Christopher Ross

Spirit Lake

Die Legende des Wendigo

CHRISTOPHER ROSS

SPIRIT LAKE

Die Legende des Wendigo

Baumhaus

MIX
Papier aus verantwortungsvollen Quellen
FSC® C083411

Dieser Titel ist auch als E-Book erschienen.

Originalausgabe

Textredaktion: Silvia Bartholl
Umschlaggestaltung: Johannes Wiebel, punchdesign, München

Umschlagmotiv: © Johannes Wiebel | punchdesign, München, unter Verwendung von Motiven von shutterstock/arturasker; shutterstock/Transia Design; shutterstock/Bildagentur Zoonar GmbH
Satz: Greiner & Reichel, Köln
Gesetzt aus der ITC New Baskerville Pro
Druck und Einband: CPI books GmbH, Ulm

Printed in Germany
ISBN 978-3-8339-0389-2

5 4 3 2 1

Sie finden uns im Internet unter www.baumhaus-verlag.de
Bitte beachten Sie auch www.luebbe.de

1

Allie lief über das Flugfeld, den Kragen ihres Anoraks gegen den kühlen Wind hochgeschlagen, und hatte schon beinahe die einmotorige Maschine erreicht, als sich eine unsichtbare Hand auf ihre Wange legte. Eisige Kälte durchströmte ihren Körper, als wäre sie von einem Toten berührt worden. Sie blieb wie angewurzelt stehen, war sekundenlang zu keiner Bewegung fähig, brachte nicht einmal einen Schrei über ihre Lippen. Doch schon im nächsten Augenblick ließ die schmerzhafte Berührung nach, und das Blut kehrte in ihre Wangen zurück.

»Was ist denn?«, rief ihr Vater. »Hast du plötzlich Angst vorm Fliegen?«

»Ich komme!« Allie folgte ihm zögernd, immer noch benommen und ein wenig atemlos, und holte tief Luft, bevor sie in die Maschine kletterte. Erschöpft ließ sie sich neben ihren Vater auf einen der hinteren Sitze fallen. Sie schüttelte sich, als könnte sie die unheimliche Berührung damit vergessen machen, und lehnte sich in dem etwas ramponierten Ledersitz zurück. »Alles okay«, erwiderte sie. Ihre Stimme zitterte. »Ich hab keine Angst, weißt du doch.«

»Bist du sicher? Du siehst blass aus.«

»Nein, nein … alles okay.« Sie legte ihrem Vater eine Hand auf die Schultern und bemühte sich um ein Lächeln. »Ich hab mich nur erschreckt.«

Allie war gerade achtzehn geworden. Sie galt als hübsch, vor allem wegen ihrer strahlenden Augen, und war eher der sportliche Typ. Sie war eine gute Läuferin und bei den Leichtathletikmeisterschaften ihrer Highschool auf einem der vorderen Plätze gelandet. Umso erstaunlicher, dass sie sich geweigert hatte, bei den Cheerleadern mitzumachen. »Ich hab keine Lust, mich jede Woche wie ein Clown zurechtzumachen!«, hatte sie erklärt. Sie ging lieber joggen oder segeln.

Allie hatte die dunkelblonden Haare zu einem lockeren Knoten gebunden. Sie trug verwaschene Jeans, ein dunkelblaues Sweatshirt, weiße Laufschuhe und einen weinroten Anorak, nicht gerade die neueste Mode, aber locker und bequem genug für die lange Reise in eine neue Zukunft.

Ihr Vater schloss den Sicherheitsgurt und blickte auf den Piloten, der sich bereits die Kopfhörer aufgesetzt hatte und seine Checkliste durchging. »Mir geht's auch nicht besonders«, erwiderte er. Er hatte die gleichen blauen Augen wie seine Tochter und wirkte ein wenig blass nach der aufregenden Gerichtsverhandlung vor wenigen Tagen. »Ich komm mir vor wie in einem Film. Oder wie jemand, der neu geboren wird … oder aus dem Koma erwacht. Irgendwie erschreckend, der Gedanke.«

US-Marshal Alexis Blair kletterte auf den Kopiloten-Sitz. Sie war eine sportliche Lady um die dreißig mit markanten Wangenknochen und dunklen Augen. Ihre schwarzen Haare hatte sie zu einem Pferdeschwanz gebunden. Indianisches

Blut, vermutete Allie. Der Tarnung wegen war sie in Zivil und trug Jeans und einen dunkelblauen Anorak ohne Aufschrift und ohne Abzeichen.

Während der Pilot, ein junger Bursche namens Randy, den Anweisungen des Towers folgte und zur Startbahn rollte, dachte Allie an die Worte von Alexis Blair. »Denken Sie immer daran«, hatte sie ihnen eingeschärft. »Sie sind Alison McCormick, genannt Allie, und Robert McCormick aus Philadelphia. Benutzen Sie Ihre alten Namen nicht mehr, auch nicht, wenn Sie allein sind. Sie kommen aus Philadelphia und haben dort einen Drugstore in der Fairmount Avenue geführt. Das Haus wurde abgerissen. Sie haben das College abgebrochen, Allie, und Ihrem Vater im Laden geholfen.« Alle Unterlagen, Zeugnisse und Dokumente waren entsprechend geändert worden. Auf dem neuen Konto lagen sowohl das Startkapital für den neuen Drugstore als auch die Gebühren für das College, das sie an ihrem neuen Wohnort besuchen würde.

Alexis Blair drehte sich zu ihnen um: »Ich hoffe, Sie haben Ihre neuen Biografien genau studiert. Bitte rufen Sie keine Verwandten, Freunde und Bekannten aus Ihrem früheren Leben an, und benutzen Sie keine früheren Internetaccounts und Passwörter mehr. Jeder Versprecher oder Anruf könnte Sie verraten, und ich habe keine Lust, dann noch einmal kreuz und quer mit Ihnen durch die Vereinigten Staaten zu fliegen.« Sie rang sich ein Lächeln ab. »Ich weiß, das alles ist nicht einfach für Sie, aber Sie werden sich rasch an Ihr neues Leben gewöhnen, davon bin ich überzeugt.«

Sie blickte nach vorn und nickte dem Piloten zu, der gerade sein Okay vom Tower bekam. Er steuerte die Cessna auf die Startbahn und ließ den Motor aufheulen. Heftiges Zittern lief durch die Maschine. Allie hielt sich mit den Händen am Sitz fest, als das Flugzeug über die Startbahn rollte und nach oben stieg.

In einer steilen Kurve lenkte der Pilot die Maschine nach Norden. Er sprach in sein Funkmikrofon und sagte etwas zu Alexis Blair, die sich ebenfalls einen Kopfhörer aufgesetzt hatte und über Funk mit ihm sprechen konnte. Allie und ihr Vater blickten aus den Fenstern. Unter ihnen zogen die Vororte der Zwillingsstädte Minneapolis und St. Paul hinweg. Dort waren sie zum sage und schreibe zehnten Mal umgestiegen. Kreuz und quer durch die Vereinigten Staaten hatte Blair sie geführt. Eine Sicherheitsmaßnahme, wie sie öfter betont hatte.

Allie lehnte ihren Kopf gegen das Fenster und erschrak, als sie den kalten Kunststoff an ihrer Stirn spürte. Die ersten Wolkenfetzen flogen um die Maschine. Unter ihnen gingen die Vororte in scheinbar endlose Wälder über, die sich wie ein dunkler Teppich bis zum Horizont erstreckten, aufgelockert durch zahlreiche Flüsse und Seen. Ihr Wasser glänzte wie Silber in der blassen Sonne. *Land der zehntausend Seen* nannte man Minnesota auch; eine urwüchsige Wildnis, die sich an der kanadischen Grenze noch genauso wild und ungestüm wie vor mehreren hundert Jahren zeigte. Damals waren Indianer und weiße Fallensteller mit ihren Kanus durch die Flüsse und Seen gepaddelt.

Ihre Heimat in Maine war dieser Wildnis ganz ähnlich, auch dort gab es endlose Wälder und zahlreiche Seen, und doch hatte Allie Tränen in den Augen, als sie sich immer weiter von der Ostküste entfernten. Der Gedanke, dass man einen Teil ihres Lebens durch ein paar Federstriche und Computerklicks gelöscht und durch eine erfundene Biografie ersetzt hatte, machte ihr schwer zu schaffen. Dies war mehr als ein unfreiwilliger Umzug, es war ein schmerzhafter Abschied von ihrem bisherigen Leben. Man hatte ihr alles genommen und durch eine ungewisse Zukunft ersetzt, über tausend Meilen von ihrem Heimatort und ihren Freundinnen an der Camden-Rockport Highschool entfernt. Verloren für immer der vertraute Anblick des Hafens, verstummt das Donnern des Atlantiks gegen die felsige Küste. Nie mehr würde sie die freundliche Lady in der Bücherei begrüßen und den Hummerfischern beim Leeren ihrer Fallen helfen. Verkauft ihr Haus am Stadtrand, das seit dem plötzlichen Tod ihrer Mutter vor zwei Jahren so seltsam leer gewesen war. Nicht einmal ihr Grab würden sie jetzt noch besuchen können, vielleicht das größte Opfer, das Allie und ihr Vater bringen mussten.

Wie die meisten Männer in Camden hatte Robert McCormick jahrelang als Fischer gearbeitet, bevor die gesetzlichen Auflagen strenger geworden waren und sich die Fischerei immer weniger gelohnt hatte. Der Souvenirladen, den er zusammen mit seiner Frau eröffnet hatte, war wesentlich ertragreicher gewesen, doch nach ihrem Tod war der Umsatz zurückgegangen, und Allie musste nach der Highschool den Laden schmeißen. So würde sie es auch in dem Drugstore halten, den ihnen das FBI eingerichtet hatte. Zumindest in der ersten Zeit. Danach wollte Allie Betriebswirtschaft studieren. Sie konnte schon jetzt besser mit Zahlen umgehen als ihr Vater. Mit dem Grundkapital, das ihnen die Regierung überwiesen hatte, ließ sich einiges bewerkstelligen.

Ihr Vater hatte lange überlegt, ob er seiner Tochter und sich selbst diesen Neuanfang zumuten sollte. Auch für ihn war es nicht einfach, die Heimat im Stich zu lassen und von der Küste wegzuziehen. Kein Mensch hätte es ihm übel genommen, wenn er vor den Mafiabossen in die Knie gegangen wäre und die Aussage verweigert hätte. Es war reiner Zufall gewesen, dass er sie bei der Übernahme der Drogenlieferung in der Penobscot Bay überrascht hatte. Er war mit seinem Boot unterwegs gewesen, und niemand hatte ihn kommen sehen. Mit der Taschenlampe hatte er dem berüchtigten Tony Gattuzzo direkt ins Gesicht geleuchtet. Dessen Männer hatten sofort das Feuer eröffnet und das Boot ihres Vaters versenkt, aber er war rechtzeitig über Bord gesprungen und wenig später von einem Hummerfischer aus dem Wasser gezogen worden. Ein Wunder, dass er überlebt hatte. Eine »neue Identität« für ihn und seine Tochter hatte ihm das FBI versprochen, wenn er gegen den Gangsterboss aussagte, und er hatte sich auf den Deal eingelassen.

Die Cessna flog durch dichte Wolken und geriet in leichte Turbulenzen. Allie hatte keine Flugangst, sie war oft genug bei rauem Seegang auf dem Meer gewesen und nicht so leicht aus der Ruhe zu bringen. Aus unerklärlichen Gründen wurde sie dennoch nervös. Von den Wolkenfetzen, die vor den Fenstern der Cessna vorbeiflogen, ging etwas Bedrohliches aus – als gehörten sie zu einem lebendigen Wesen, das in der Lage war, die kleine Maschine zu umklammern und in die Tiefe zu reißen. Einen Augenblick hatte sie das Gefühl, die unsichtbare Hand würde erneut nach ihrer Wange greifen und eisige Kälte durch ihren Körper jagen.

Unwillkürlich wich sie vor dem vermeintlichen Ungeheuer zurück und wurde nur durch den Sicherheitsgurt daran gehindert, auf den Sitz ihres Vaters zu rutschen. Was war bloß mit ihr los? Sie stellte sich doch sonst nicht so an. Ohne den Vater anzublicken, rückte sie ans Fenster zurück. Draußen türmten sich die Wolken wie schmutzige Watteberge, dunkel und bedrohlich, als wären sie kurz davor, die Maschine in einen tödlichen Strudel zu ziehen. Es sind doch nur Wolken, versuchte Allie sich zu beruhigen, selbst Regen oder Schnee machen der Cessna nichts aus! Doch die Wolken rückten immer näher heran und pressten sich wie das verzerrte Gesicht eines tobenden Ungeheuers gegen das Fenster: die blassen Augen leer und bedrohlich, der Mund weit aufgerissen.

Ihr Schrei ging in einem heftigen Rütteln unter, das die Maschine plötzlich erfasste. Der Motor heulte auf, als wehrte er sich gegen das blasse Ungeheuer, das Allie vor dem Fenster gesehen hatte. »Verdammt!«, fluchte der Pilot so laut, dass man es selbst in dem Motorenlärm verstand. Alexis Blair blickte nervös zu ihm hinüber. Viel zu mühsam kämpfte sich die Cessna durch die Wolkenberge nach oben. In einer besonders dunklen Wolke sackte sie plötzlich ab, fing sich aber wieder und stieg erneut nach oben.

Ihrem Vater schien die Rüttelei nichts auszumachen. »Nur ein Luftloch. Du bist doch sonst nicht so ängstlich, Allie. Siehst du ... schon vorbei.«

»Da ... da war ...« Allie merkte, wie lächerlich ihre Angst vor einem Ungeheuer in seinen Ohren klingen musste, und verschluckte den Rest. Alles nur Einbildung, sagte sie sich, du siehst schon Gespenster. Kein Wunder nach den Ereignissen der letzten Wochen und der schier endlosen Odyssee durch zwölf oder dreizehn Bundesstaaten. »Schon gut, Dad. Ich bin nur nervös.«

»Das verstehe ich.« Ihr Vater griff nach der Hand seiner Tochter und drückte sie. »Mir geht die Fliegerei auch auf die Nerven.« Er beugte sich nach vorn und tippte Blair auf die

Schulter. »Wie lange brauchen wir noch, Marshal?«, fragte er, nachdem sie den Kopfhörer von ihren Ohren geschoben hatte.

»Eine halbe Stunde«, erwiderte sie und beugte sich über die Rückenlehne. »Jetzt darf ich Ihnen auch sagen, wie Ihr neuer Wohnort heißt. Spirit Lake ... etwas kleiner als Camden. Der schönste Fleck auf Erden, sagt einer meiner Kollegen, der mal in der Gegend seinen Urlaub verbracht hat. Liegt ungefähr zwanzig Meilen vom Indianerreservat entfernt an der kanadischen Grenze.«

»Spirit Lake?«, wunderte sich Allies Vater. »Nie gehört. Wahrscheinlich eines dieser Nester. Gibt's eine größere Stadt in der Nähe? So wie Portland oder Boston?«

»Leider nein, aber Sie haben dort alles, was Sie brauchen. Einkaufszentrum, College, Krankenhaus ... alles da. Ihr Drugstore liegt an der Hauptstraße.«

Er lehnte sich seufzend zurück. »Nun ja, Camden war auch keine Großstadt«, tröstete er sich. »Aber so schön wie dort hätten wir es sowieso nicht mehr treffen können. Nur gut, dass Claire das nicht mehr erleben muss.«

»Der Ort wird Ihnen gefallen, Robert, glauben Sie mir. Viele Leute würden Sie um Ihren neuen Wohnsitz beneiden. Wer bekommt heute schon die Chance zu einem völligen Neuanfang, und das in einer Gegend, in der andere Leute Urlaub machen?«

»Vielleicht haben Sie recht, Marshal. Es fällt mir ...« Er sah Allie an. »Es fällt uns nur etwas schwer, uns daran zu gewöhnen. Eine Pflanze lässt auch erst mal den Kopf hängen, wenn man sie umtopft ... hab ich mir sagen lassen.«

Ein Lächeln huschte über das Gesicht der Sicherheitsbeamtin. »Und manche blühen danach umso schöner. Sie werden sehen, in ein paar Wochen wollen Sie aus Spirit Lake gar nicht mehr weg.«

Das bezweifelte Allie. Sie fuhren nicht in die Ferien, und der Bruch mit ihrer Vergangenheit war so endgültig, als würden sie auf einen weit entfernten Planeten umziehen. Daran konnten auch die Vorteile, die ihnen das Zeugenschutzprogramm brachte, nichts ändern: die neue Identität, das Haus, das Geld auf ihrem neuen Konto, das Stipendium fürs College. Sie wäre lieber zu Hause geblieben. Warum musste ihr Vater diesem Mafiaboss begegnen? Warum gab es solche Zufälle?

Sie holperten über die Wolken hinweg, und Allie schaffte es sogar, sich für eine Weile von ihren quälenden Gedanken zu lösen und zu schlafen. Doch bald riss sie heftiges Schütteln aus dem Schlaf, und sie beobachtete entsetzt, wie dichter Schnee gegen die Scheiben klatschte. Das Ungeheuer war zurück, nur spuckte es diesmal Schnee und Eis und ließ den Wind so stark wirbeln, als wäre es fest entschlossen, sie alle in den Tod zu reißen.

Wie aus dem Nichts fegte ein Blizzard heran und tauchte den Innenraum der Cessna in tiefe Dunkelheit. Der Sturm zerrte an der Maschine und ließ sie in allen Fugen erbeben, drängte sie zur Seite, ließ sie fallen und zog sie wieder nach oben. Das alles geschah so plötzlich und in so ruckhaften Bewegungen, dass Allie keine Zeit mehr fand, sich festzuhalten. Sie wurde aus ihrem Sitz gehoben, und der Sicherheitsgurt grub sich schmerzhaft in ihren Körper. Ihrem Vater und der Gesetzesbeamtin ging es nicht anders. Der Pilot umklammerte den Steuerknüppel mit beiden Händen und versuchte vergeblich, dem Blizzard zu entkommen und die schweren Turbulenzen auszugleichen.

Für einen kurzen Augenblick fühlte Allie sich schwerelos, wie in dieser wilden Achterbahn, mit der sie in einem Vergnügungspark in Florida gefahren war. *Wie in einem Jet, der von einem Flugzeugträger abhebt!* hatte in der Broschüre des Parks gestanden. Aber dieser Flug hier war noch wilder und vor allem gefährlicher, und es gab keine stählernen Schienen, die ihre Maschine auf sicherem Kurs hielten. Hilflos wie ein Spielball holperte die Cessna durch die Wolken, getrieben von heftigen Winden und eingehüllt in ein tobendes Meer aus blütenweißem Schnee, der dunkler wurde, je näher er dem Flugzeug kam, und ihnen vollkommen die Orientierung nahm. Allie drehte es den Magen um. Sie bekämpfte den Brechreiz, suchte nach den Sitzlehnen, bekam sie endlich zu fassen und klammerte sich verzweifelt daran fest, als könnte sie dadurch einem drohenden Absturz entkommen. Leise wimmernd verkrampfte sie sich in ihrem Sitz, kaum noch zu einem klaren Gedanken fähig. Ihr Gesicht war blass wie ein Totenlaken.

Die Maschine sackte ab, fing sich wieder und schaukelte weiter durch die Wolken. Die Notbeleuchtung in der Kabine brannte und verbreitete unheimliches Licht, die Positionslichter an den Tragflächen waren nicht zu erkennen. Zu dicht waren die Wolkenmassen und der Schnee. Hinter den Fenstern war tiefe Nacht.

Durch das Rumpeln und Rattern drang auf einmal ein heiseres Flüstern. Wie aus weiter Ferne hörte Allie ihren Namen rufen, ein heiseres »Alison! Alison!«

Sie schüttelte den Kopf, begann zu schreien und gleichzeitig zu weinen, umklammerte die Sitzlehnen so fest, bis die Knöchel ihrer Hände weiß hervortraten, doch die unheimliche Stimme blieb und hallte wie ein höhnisches Echo in ihren Gedanken nach. Gegen ihren Willen blickte sie nach draußen. Die Tragflächen der kleinen Maschine schaukelten, als würde ein unsichtbarer Riese an ihnen zerren, wütend darüber, dass fremde Wesen in sein Reich drangen und die Kühnheit besaßen, in den endlosen Wäldern landen zu wollen.

Sie verdrängte die verrückten Gedanken und blickte nach vorn. Der Pilot rief irgendwas in sein Funkmikrofon, wiederholte es mehrmals und fluchte wütend. Er versuchte, den Steuerknüppel mit einer Hand zu halten, drehte und zog an einigen Knöpfen und klopfte gegen die Anzeigen, schaffte es jedoch nicht, die Maschine zu stabilisieren. Die beiden Monitore flackerten nervös. Ein heftiger Schlag, der alle außer dem Piloten aufschreien ließ, riss die Cessna nach links, schleuderte sie aus den schwarzen Wolken und drückte sie der Erde entgegen. Die Monitore erloschen. Der Motor verstummte ächzend, und sie trieben im Gleitflug auf den Boden zu, immer noch geschüttelt von heftigen Böen und kräftigen Fallwinden, die sich in die Maschine verkrallt hatten und sie mit aller Macht nach unten drückten.

Ohne das Brummen des Motors wirkten alle anderen Geräusche noch bedrohlicher – die dumpfen Schläge, wenn eine Böe den Rumpf oder die Fenster traf, das Rauschen und Heulen des Sturmes, der sie von allen Seiten angriff, das Rattern und Klappern im Innenraum. Die Cessna sauste steil nach unten. »Wir müssen notlanden!«, rief der Pilot. Ohne das Motorengeräusch war er deutlich zu verstehen. »Ich kann die Maschine nicht mehr halten! Wir müssen runter!«

»Dad!«, sagte Allie leise. Sie jammerte nicht. »Dad! Ich hab dich lieb!«

»Ich dich auch.« Er nannte sie bei ihrem richtigen Namen.

Allie griff nach seiner Hand und spürte plötzlich eine unerschütterliche Ruhe, als könnte ihr der Sturm nichts mehr anhaben. Für ein paar Sekunden glaubte sie sich mit ihrem Vater allein auf einer einsamen Insel, es gab nur ihn und sie und ihre Mutter, die aus dem Himmel zusah. Erst als sie wieder aus dem Fenster blickte, kehrte die Nervosität zurück. Unter ihr war nichts als Wald zu sehen, endloser Wald. Mächtige Schwarzfichten, die sich als dunkle Masse gegen den Schnee und die einsetzende Dämmerung abhoben und ihr das Gefühl gaben, sie hätten längst den Polarkreis überflogen und wären über die einsamen Regionen der Tundra zum Nordpol unterwegs. Selbst Seen und Flüsse gab es plötzlich nicht mehr, nur diesen endlosen Wald und verschneite Lichtungen, die als leuchtend weiße Flecken aus dem dunklen Wald hervortraten.

Sie stürzten mit rasender Geschwindigkeit auf den Boden zu. Je tiefer sie gingen, desto schneller wurde das Flugzeug. »Was ist bloß mit der verdammten Kiste los?«, fluchte der Pilot. Mit einem gewagten Manöver, bei dem er die Maschine beinahe auf den Kopf stellte, gelang es ihm, etwas von dem irrwitzigen Tempo rauszunehmen, er zog die Nase hoch und musste sich gleichzeitig der wütenden Böen erwehren, die auf die Cessna einwirkten. Die Papiere, die auf der Ablage über den Monitoren lagen, rutschten von links nach rechts und auf den Boden. »Die Instrumente sind ausgefallen«, schimpfte er. »Keine Ahnung, was los ist. Der Blizzard war nicht auf dem Radar. Wir sind nur ein paar Meilen südlich von Spirit Lake.«

Unter ihnen tauchte ein schmales, weißes Band auf. Eine einsame Straße mitten in der Wildnis, kein Auto weit und breit, nicht mal ein Holztruck. »Die Straße nach Spirit Lake!«, rief der Pilot erleichtert. Viel zu schnell steuerten sie darauf zu. Begleitet vom Sturm, der immer noch versuchte, die Maschine wegzudrücken und zerschellen zu lassen, rasten sie der Straße entgegen.

»Festhalten! Kopf zwischen die Knie!«, rief der Pilot.

Allie konnte nur ahnen, dass der Pilot mit letzter Kraft versuchte, die Cessna waagerecht zu halten und die Straße zu treffen, um dann viel zu linkslastig auf dem verschneiten Boden aufzusetzen. Das Fahrgestell knickte weg, die linke Tragfläche bohrte sich in den Schnee und brach, die Maschine überschlug sich und blieb im Tiefschnee neben der Straße liegen, wenige Schritte vom Waldrand entfernt.

Dann wurde es still um sie herum.

2

Allie öffnete die Augen und stellte verwundert fest, dass sie noch lebte. Als sie vorsichtig ihren Körper abtastete, fand sie keine offenen Wunden, lediglich ihre Rippen und das Becken schmerzten vom Sicherheitsgurt. Kein Bruch, soweit sie feststellen konnte, nur geprellte Rippen und einige Schrammen, sehr schmerzhaft zwar und unangenehm, aber vermutlich nicht lebensgefährlich.

Was nicht hieß, dass sie aus dem Schneider war. Das Adrenalin, das auch nach dem Crash durch ihren Körper strömte, konnte selbst starke Schmerzen unterdrücken, und es war nicht ausgeschlossen, dass sie innere Verletzungen hatte. Doch sie war am Leben und konnte klar denken, wenn sie auch einige Zeit brauchte, um sich über das wahre Ausmaß ihrer Lage im Klaren zu sein.

Sie bewegte sich stöhnend und stellte fest, dass sie kopfüber in der Maschine saß. »Dad!«, rief sie. Ihre Stimme klang belegt. »Bist du okay?« Sie drehte den Kopf und sah ihn mit blutüberströmtem Gesicht in seinem Sicherheitsgurt hängen. »Dad! Um Gottes willen! Sag doch was, Dad!«

Er öffnete die Augen und blickte sie seufzend an. »Gott

sei Dank, du lebst! Ich dachte schon …« Er bewegte sich und stöhnte dabei. »Ich bin okay.« Wieder nannte er sie bei ihrem richtigen Namen. »Ich bin mit der Nase …« Er schaffte es nicht, den Satz zu vollenden. »Ich bin …« Er öffnete den Sicherheitsgurt, sackte nach unten und schrie vor Schmerz. »Mein Bein! Ich glaube, … es … es ist gebrochen!«

Allie öffnete vorsichtig ihren Gurt und kroch aus der Maschine. Die Angst um ihren Vater ließ sie kaum einen klaren Gedanken fassen. »Nicht bewegen, Dad!« Ihre Stimme überschlug sich fast. »Bleib, wie du bist!« Sie stemmte sich vom Boden hoch und kämpfte ächzend gegen die Schmerzen an, die von ihren geprellten Rippen ausgingen und sich allmählich in ihrem ganzen Körper ausbreiteten. Sie musste sich mit beiden Händen am Wrack der Cessna festhalten, um nicht das Gleichgewicht zu verlieren. In ihren Augen standen Tränen. Erst nachdem sie die Augen geschlossen und ein paarmal tief durchgeatmet hatte, ging es ihr besser. Ihr fiel auf, dass sich weder der Pilot noch Alexis Blair rührten.

»Halt durch, Dad! Ich bin gleich bei dir!«, rief sie ihrem Vater zu. Sie stapfte um das Wrack herum, ohne den eisigen Wind zu spüren, und beugte sich zu ihm hinunter. Zum Glück lag das Flugzeug so, dass sie die Tür öffnen konnte. Die Sicherheitsbeamtin kippte ihr entgegen.

Allie wich zurück, überwand dann ihr Entsetzen und legte zwei Finger auf Alexis Blairs Halsschlagader, wie sie es im Erste-Hilfe-Kurs gelernt hatte. Ihr Puls war nicht zu spüren. Allie öffnete den Sicherheitsgurt, zog die junge Frau an den Armen aus dem Flugzeug und schleifte sie unter die Bäume. Ob sie tot war? Allie hatte keine Zeit, lange darüber nachzudenken. Der Benzingestank trieb sie an. In den meisten Actionfilmen schafften es die Überlebenden eines Absturzes im letzten Augenblick, sich in Sicherheit zu bringen, bevor sich der Treibstoff entzündete und das Flugzeug explodierte, aber dies war die Wirklichkeit, und niemand garantierte ihr ein Happy End.

Sie stapfte zurück und zog ihren Vater aus dem Wrack. Er schrie vor Schmerz, als er mit dem linken Bein im Schnee aufkam. Es musste gebrochen sein. »Hilf mir, Dad!«, flehte sie ihn an. »Wir müssen so weit wie möglich von dem Wrack weg. Es kann jeden Moment explodieren!« Er biss auf die Zähne und stieß sich mit dem gesunden Fuß ab, sackte jedoch erschöpft zusammen, als sie die Bäume erreicht hatten.

»Der Pilot«, rief sie ihm zu, »der Pilot ist noch drin!«

Ihr Vater wollte sie zurückhalten, war aber zu schwach dazu. Mit aufgerissenen Augen beobachtete er, wie sie zu dem Wrack zurücklief, den leblosen Körper des Piloten von seinem Sitz zog und ebenfalls unter die Bäume schleifte. Sie hockte sich in den Schnee, viel zu erschöpft und von Schmerzen geplagt, um sich auf den Beinen zu halten. Beinahe teilnahmslos erlebte sie, wie sich das Wrack entzündete und wenige Sekunden später explodierte, allerdings wesentlich unspektakulärer als in den Actionfilmen. Sie starrte lange in die Flammen, fand dann endlich die Kraft, aufzustehen und zu ihrem Vater zu gehen.

Benommen von der Anstrengung sank sie neben ihm auf die Knie. Sein blutverschmiertes Gesicht wirkte im flackernden Schein der Flammen noch blasser. Sie weinte leise, rang immer wieder nach Luft und begann zu zittern. Verzweifelt krallte sie ihre Hände in den Schnee, als könnte sie den Schmerz in den gefrorenen Boden leiten. Erst allmählich beruhigte sie sich. Sie wandte sich von ihrem Vater ab, schniefte ein paarmal und blickte ihn dann lächelnd an.

Mit einem Papiertaschentuch tupfte sie das Blut von seinem Gesicht. Einige ihrer Tränen tropften auf seine Haut und vermischten sich mit seinem Blut. Eine aufgeplatzte Augenbraue und starkes Nasenbluten, aber keine ernsthaften Wunden, stellte sie erleichtert fest. Das Bein sah schlimmer aus, es lag leicht abgewinkelt im Schnee. Sie versuchte, ihren Vater aufzuheitern: »Es kommt sicher gleich Hilfe, Dad. Spirit Lake soll ganz in der Nähe liegen, da haben sie den Absturz bestimmt mitbekommen. So ein Flugzeug hat doch einen Notsender, oder? Ein Signal, das die Polizei alarmiert. Und auf dem Radar müssen sie uns auch gesehen haben. Ich hoffe doch, sie haben Radar auf diesen kleinen Flughäfen.« Sie bemerkte, wie er das Gesicht verzog, und berührte ihn liebevoll. »Hast du große Schmerzen, Dad?«

Leise stöhnend stützte er sich auf die Ellbogen und blickte an seinem gebrochenen Bein hinunter. »Wenn ich stillhalte, ist es gar nicht so schlimm.« Er versuchte ein Lächeln, das aber gründlich misslang. Die Schmerzen waren wohl stärker, als er zugeben wollte. »Wenn es … nur nicht so kalt wäre … und dieser eisige Wind …« Er blickte auf die leblosen Körper von Blair und dem Piloten. Die Flammen warfen zuckende Schatten auf sie. »Sind … die beiden tot?«

Allie nickte. »Ich glaube, ja. Sie sehen schlimm aus.« Dann stand sie auf und kramte ihr Handy aus der Anoraktasche. Mit klammen Fingern wählte sie die Notrufnummer. Kein Tuten, keine Durchsage. Sie blickte auf das Display und fluchte leise. »Kein Netz … hätte ich mir ja denken können. In den hintersten Winkel haben sie uns gebracht. Woanders wäre längst die Polizei hier.«

Sie steckte das Handy weg und blickte ihren Vater besorgt

an. In sein blasses Gesicht war etwas Farbe zurückgekehrt. »Sieht ganz so aus, als müsste ich dich für eine Weile allein lassen«, sagte sie. Dann ging sie wieder in die Knie und strich ihm über die Stirn. »Keine Angst, ich komme so schnell wie möglich zurück. Spirit Lake muss da hinten liegen.« Allie deutete die schmale Straße hinauf.

»Dass … dass die auf … auf dem Flughafen nichts gesehen haben …«

»Wer weiß, wie groß der ist. Vielleicht gibt's da nur eine Landebahn.« Allie sammelte einige Fichtenzweige und legte sie auf den Bauch und die Beine ihres Vaters. Zwischen den Bäumen war er einigermaßen gegen den eisigen Wind geschützt. »Ich hab leider keine Wolldecke, Dad, aber Fichtenzweige sind der beste Ersatz für ein Daunenbett. Hab ich aus einem Pfadfinderbuch.« Diesmal war ihr Lächeln ehrlich. »Du wirst mir doch nicht schlappmachen?«, fragte sie besorgt. »Halt durch, ja? Lange kann es nicht mehr dauern, bis der Krankenwagen hier ist. Zur Not fahre ich selbst.«

Er lächelte schwach. »Das würdest du tun, da bin ich sicher.«

Von dem Blizzard, der die Cessna zum Absturz gebracht hatte, war auf der Straße so gut wie nichts zu spüren. Nur gelegentlich peitschten heftige Böen aus dem Norden heran und wirbelten den Schnee auf. Der Wind machte eher durch seine Lieder auf sich aufmerksam: ein klagender Singsang wie beim Begräbnisritual eines geheimnisvollen Indianervolkes. Kein Fauchen und keine Stimmen mehr, und dennoch fühlte sich Allie wie von einem Heer bedrohlicher Geisterwesen umzingelt, die nur darauf warteten, sie verschlingen zu können.

Die Straße schien ins Nichts zu führen. Zu beiden Seiten von dunklem Wald begrenzt, ging sie in leichten Windungen nach Norden und verlor sich irgendwo in der Ferne im nebligen Dunst zwischen den Bäumen. Dicht an dicht ragten die Schwarzfichten aus dem Schnee, wie Soldaten einer stummen Armee, die unter dem Befehl einer höheren Macht standen und nur darauf warteten, endlich zuschlagen zu können. Seltsamerweise war die Straße gespurt, ein Schneeräumer musste kurz zuvor durchgekommen sein, obwohl es keine Reifenspuren auf der festen Schneedecke gab.

Nur vereinzelt wirbelten Flocken herab. Die Nacht hatte sich über das Land gesenkt, eine tiefe Dunkelheit, wie man sie nur in der Wildnis fern jeder menschlichen Siedlung erlebte. Mond und Sterne waren von einer dichten Wolkendecke verdeckt. Das einzige Licht kam vom hellen Schnee. Eisige Kälte kroch unter Allies Anorak und ließ ihre Wangen und Nase brennen. Ihr Atem gefror in der kalten Luft. Selbst in dem dicken Anorak und den gefütterten Stiefeln war sie nur unzureichend gegen die eisigen Temperaturen hier draußen geschützt.

Lange würde ihr Vater in dieser Kälte nicht durchhalten. Ein Verletzter, der sich nicht bewegen konnte, würde die Nacht niemals überleben. Zumindest würde er schwere Verletzungen davontragen, wenn der Krankenwagen nicht bald kam. Wo blieb er nur? Wo war der Sheriff? Irgendjemand musste doch gemerkt haben, was passiert war. Sie waren bereits im Anflug auf Spirit Lake gewesen, und sie hatte gehört, wie der Pilot mit jemandem über Funk gesprochen hatte. Auch auf kleinen Flughäfen und selbst in winzigen Siedlungen, die nur einen Landestreifen besaßen, gab es einen Verantwortlichen, der den Flugverkehr überwachte. Er musste doch die Polizei alarmiert haben.

Ein paar Meilen, hatte der Pilot gesagt, aber von Spirit Lake war weit und breit nichts zu sehen. Keine Häuser, keine

Lichter, keine Streifen- oder Krankenwagen, die ihr mit heulender Sirene entgegenkamen. Als wäre sie mitten in der Wildnis gelandet, viele hundert Meilen von der Zivilisation entfernt. Die Straße konnte genauso gut eine Schneise für Holztrucks sein, die Baumstämme aus den abgelegenen Holzfällercamps zu den Sägewerken transportierten. Hatte der Pilot sich geirrt? War er den falschen Angaben eines betrunkenen Funkers auf den Leim gegangen? So was hatte es schon gegeben. Oder hatte die Elektronik aus irgendeinem Grund verrücktgespielt? War sie schon vor dem Verlöschen der Monitore ausgefallen? Der Gedanke, sie könnte einer Straße folgen, die sich irgendwann in der Wildnis verlor, und vergeblich nach Hilfe für ihren Vater suchen, machte Allie Angst.

Ein langgezogenes Heulen ließ sie innehalten. Ein unheimlicher Laut, der als vielfaches Echo zwischen den Bäumen verhallte und von allen Seiten zu kommen schien. Sie blickte sich erschrocken um, ließ ihren Blick über den dunklen Waldrand gleiten. Jeden Augenblick erwartete sie, das gelbe Augenpaar eines Wolfs zu entdecken, doch sie sah weder die Augen einer Bestie, noch hörte sie ein verdächtiges Geräusch. Zögernd ging sie weiter. Alles nur Einbildung, beruhigte sie sich, du bist die Wildnis nicht gewohnt und machst dir beim kleinsten Laut in die Hose. Doch ihre Wachsamkeit blieb, und nur die Angst um ihren Vater ließ sie weiterhin einen Fuß vor den anderen setzen.

Allie hatte das Gefühl, bereits stundenlang nach Norden gelaufen zu sein, als sie eine Hügelkuppe erreichte und die Lichter einer kleinen Stadt vor sich liegen sah. Erleichtert blickte sie ins Tal hinab. Ihre Armbanduhr verriet ihr, dass seit dem Absturz nicht viel mehr als eine Stunde vergangen war. In der

Hoffnung, dass ihr Handy so nahe bei einer Siedlung funktionieren würde, wählte sie erneut die Notrufnummer 911. »Kein Netz«, teilte ihr das Display mit.

Fast hatte sie eine solche Meldung erwartet. Sie steckte das Handy weg und lief die abschüssige Straße zu den ersten Häusern hinab, zuerst schnell und voller Hoffnung, dann zögernd und enttäuscht, als sie erkannte, was für ein langweiliges Provinznest sie mit Spirit Lake erwartete.

Die Stadt war wesentlich kleiner als Camden, eine abgelegene Siedlung, einige hundert Meilen von der Küste entfernt, umgeben von dichten Wäldern und quälender Einsamkeit. Die Straße, über die sie gekommen war, ging in die Hauptstraße über und führte im Norden wieder aus der Stadt hinaus. Auf einem Hügel im Nordwesten lag ein zweistöckiger Bau, das modernste Gebäude der Stadt, wahrscheinlich ein Krankenhaus oder eine Schule. Der Rest war eine Ansammlung von schmucklosen Holzhäusern.

Vor der Reklametafel mit der Aufschrift *Welcome to Spirit Lake*, die einen Goldsucher mit einem schwer beladenen Maultier zeigte, blieb sie stehen. Was sie zögern ließ, so schnell wie möglich das nächste Telefon anzusteuern und die Polizei anzurufen, wusste sie selbst nicht. Etwas Unheimliches ging von der Stadt aus. Als wäre sie von einem unsichtbaren Schutzschild umgeben, so wie in *Star Trek* oder anderen Science-Fiction-Filmen, und würde jeden in ihren Klauen behalten, der diesen Schild durchbrach. Vielleicht lag es an dem Schnee, der selbst auf der Hauptstraße kaum Spuren aufwies, oder an der ungewohnten Stille. Bis auf die Häuser und die wenigen Lichter, die in den Häusern brannten, unterschied sich Spirit Lake kaum von der Wildnis, die es umgab. Wie eine Geisterstadt kam es ihr vor, als hätte irgendeine Katastrophe die meisten Bewohner vertrieben. Nur im Gebäude auf dem Hügel waren alle Fenster hell erleuchtet. Bei genauerem Hinsehen erkannte sie ein rotes Kreuz … also doch das Krankenhaus.

Was für ein trostloses Nest, dachte Allie, während sie ihr Unbehagen abschüttelte und weiterlief. Noch keine zwanzig Uhr, und schon lagen die meisten Bewohner in ihren Betten. Sie stapfte durch den Neuschnee auf der menschenleeren Hauptstraße und lief auf die trüben Lichter einer Tankstelle zu. Daneben war ein Motel. Das O und das E der Leuchtschrift flackerten nervös. Dort musste es ein Telefon geben, wenigstens ein Münztelefon, über das sie endlich Hilfe holen konnte. Den weiten Weg zum Krankenhaus hinaufzulaufen, würde viel zu lange dauern.

Doch als sie die Tankstelle erreichte, war niemand mehr da, und an dem benachbarten Motel hing ein Schild mit der Aufschrift *Wegen Renovierung vorübergehend geschlossen.* Das Motel wirkte so schäbig, als hätte man mit der Renovierung noch gar nicht begonnen. Aber Allie fand ein Münztelefon, nahm den Hörer ab und warf eine Münze ein. Sie erntete nicht mal ein Freizeichen. Wütend hängte sie den Hörer zurück.

Sie suchte nach einem weiteren Licht und entdeckte ein erleuchtetes Fenster im ersten Stock eines Wohnhauses. Oder war es nur das Flackern des Fernsehers? Ein Wunder, dass es in diesem Kaff so was wie Fernsehen gab. Ob man hier einen Internetanschluss bekam? Unsinn, sagte sie sich, der Ort kommt dir nur verlassen vor. Du hast einen Flugzeugabsturz überlebt und bist eine Stunde durch den verschneiten Wald gelaufen. Warum sollten die Leute bei diesem Wetter auf die Straße gehen? Auch in Camden waren die Straßen an manchen Wintertagen menschenleer. Und dafür, dass offenbar niemand etwas von dem Absturz gemerkt hatte, gab es sicher auch eine einleuchtende Erklärung. Sie würde die Leute bitten, die Polizei zu alarmieren, dann würde es keine zwanzig Minuten dauern, bis ein Krankenwagen bei ihrem Vater war.

Der Schnee auf einer nahen Kreuzung begann zu glitzern, und Scheinwerfer spiegelten sich in den Schaufenstern eines Ladens. Das dumpfe Blubbern eines schweren Dieselmotors durchbrach die Stille. Allie blieb überrascht stehen und sah einen weißen Ford Explorer in die Hauptstraße einbiegen. *Sheriff River County* stand in großen Goldbuchstaben auf den Türen. Allie winkte aufgeregt und wartete am Straßenrand auf den Wagen, der mit flackerndem Rot- und Blaulicht, aber ohne Sirene auf sie zukam.

Das Beifahrerfenster senkte sich, und ein übergewichtiger Mann in Khaki-Uniform beugte sich zu ihr herüber. Der breitkrempige Hut ließ sie nur seine Augen und einen schmalen Mund erkennen. Er trug ein silbernes Abzeichen. »Was tun Sie denn um diese Zeit auf der Straße, Miss?« Er musterte sie neugierig. »Ich hab Sie hier noch nie gesehen. Kann ich Ihnen helfen?«

»Gut, dass ich Sie treffe, Sheriff«, sagte sie und ließ ihn kaum ausreden. »Ich hab schon versucht, die 911 anzurufen, aber mein Handy funktioniert nicht, und das Telefon an der Tankstelle geht auch nicht. Ich brauche dringend Hilfe!« Sie erzählte ihm von der missglückten Notlandung und ihrem verletzten Vater. »Er liegt schon über eine Stunde da draußen. Wenn er nicht bald Hilfe bekommt …«

»Steigen Sie ein!« Entweder war er ein nüchterner Mann, den kaum etwas aus der Ruhe brachte, oder ein erfahrener Polizist, der gelernt hatte, in Krisensituationen die Nerven zu behalten. Oder beides. »Wo genau?«

»Zwei, drei Meilen die Straße runter ... südlich von hier.« Sie stieg ein und setzte sich auf den Beifahrersitz. Es roch nach frischem Kaffee. Der verschlossene Becher steckte in der Halterung, daneben lag eine angebrochene Tüte mit Schokolinsen. Der Monitor des Bordcomputers zeigte ein Sheriff-Abzeichen. »Das Wrack liegt direkt an der Straße. Gibt's hier einen Hubschrauber? Mein Vater ist schwer verletzt. Er braucht dringend Hilfe!«

Der Sheriff betätigte das Funkgerät. »Hörst du mich, Molly?«

»Laut und deutlich, Sheriff. Was gibt's?«

Anscheinend legte man in Spirit Lake keinen Wert auf verschlüsselte Meldungen und die üblichen Kürzel beim Funkverkehr. »Das Wrack einer Cessna, zwei oder drei Meilen südlich der Stadt. Direkt an der Straße. Männlicher Verletzter ...« Er wandte sich an Allie. »Wie schwer ist Ihr Vater verletzt?«

»Sein linkes Bein ist gebrochen, aber vielleicht hat er auch innere Verletzungen ... ich weiß es nicht. Der Pilot und die ...« Wenn nicht mal die Polizei wissen durfte, dass ihr Vater und sie im Zeugenschutzprogramm waren, durfte sie auf keinen Fall verraten, dass Alexis Blair ein US Marshal war. »Der Pilot und eine Passagierin sind tot. Wir müssen uns beeilen!«

Der Sheriff sprach wieder in sein Funkmikrofon. »Hast du gehört, Molly? Alarmiere das Krankenhaus! Der Krankenwagen soll sich ranhalten!«

»Zehn-vier, Sheriff.« Also doch Kürzel. »Roger und out.«

Nun schaltete der Sheriff die Sirene ein und fuhr nach Süden. Er hieß Ronald DeGraff, so stand es auf seinem Namensschild unter dem Abzeichen. Im schwachen Licht der Armaturenbeleuchtung erkannte Allie, dass seine Haut unnatürlich gerötet war, wahrscheinlich zu hoher Blutdruck, und Haare aus seinen Ohren und seiner Nase wuchsen. Er musste um die sechzig sein. Alle paar Minuten steckte er sich eine Schokolinse in den Mund. »Wie heißen Sie, Miss?«, fragte er. Er blickte zu ihr herüber. »Hey … Sie und Ihr Vater haben den Drugstore an der Hauptstraße gemietet, hab ich recht? Höchste Zeit, dass jemand den Laden übernimmt, der steht schon seit ein paar Wochen leer.«

»Allie McCormick«, stellte sie sich vor. »Mein Vater heißt Robert.«

»Aus Philadelphia, stimmt's? South Philly?«

Sie fragte sich, ob er ihr misstraute.

»Zu gefährlich, da würde ich mich allein gar nicht auf die Straße trauen.«

Sie schüttelte den Kopf. »Fairmount.«

»Im Norden?«

»Innenstadt … in der Nähe vom Kunstmuseum.« Jetzt zahlte sich aus, dass Blair tagelang mit ihnen gepaukt hatte. Inzwischen kannte sie Philadelphia fast besser als ihre Heimatstadt. »Waren Sie mal in Philly?«

»Vor zehn Jahren … bei meiner Tante. Sie ist vor fünf Jahren gestorben.«

Kein Smalltalk, eher ein Verhör, dachte Allie. Ein typischer Kleinstadt-Sheriff, der alles wissen wollte, was in seiner Stadt passierte. Kein unangenehmer Typ, wenn man davon absah, dass er sie manchmal wie eine Verdächtige musterte.

»Zwei Meilen?«

»Ungefähr«, erwiderte sie. Aus dem beheizten Wagen heraus kam ihr die Straße wesentlich ungefährlicher als während ihres Marsches vor. Ein verschneiter Highway, wie es ihn tausend Mal in den USA gab, auch in Maine. Im hellen Licht der starken Scheinwerfer gab es keine Geheimnisse, sie leuchteten bis in den Wald hinein. Die Dunstschleier, die zuvor über der Straße und in den Bäumen gehangen hatten, waren verschwunden, und es schneite nicht mehr. Die Räder des Geländewagens mahlten sich durch die dichte Schneedecke und hielten sicher die Spur. Der Sheriff war ein guter Fahrer, er wirkte selbst bei diesem schnellen Tempo bedächtig.

Der Schnee kam so plötzlich wie während des Flugs. Er schlug gegen die Windschutzscheibe und hüllte das Innere des Wagens für mehrere Sekunden in tiefe Dunkelheit. Alle Lichter erloschen, auch die Armaturenbeleuchtung und der Monitor, und aus dem Funkgerät drang ein heiseres Fauchen, wie von einem aufgebrachten Wolf. Allie glaubte ihren Namen zu vernehmen, hörte das Flüstern so nahe, als säße die geheimnisvolle Gestalt, die ihn ausstieß, auf dem Rücksitz hinter ihr.

Der Sheriff trat so fest auf die Bremse, dass sich der Ford drehte, gewann aber sofort wieder die Kontrolle über den Wagen und brachte ihn zum Stehen. Der Schneesturm verschwand so schnell, wie er gekommen war. Als hätte es ihn gar nicht gegeben. Nur die Schneereste auf der Windschutzscheibe und der Kühlerhaube erinnerten noch daran. Die Armaturenbeleuchtung und der Monitor flammten auf. DeGraff schaltete den Scheibenwischer ein, wartete einen Augenblick, bis die Scheibe wieder sauber war, und fuhr weiter. Er wirkte verstört. »Sorry, so was kann hier schon mal passieren«, entschuldigte er sich.

3

Wenige Minuten später erreichten sie die Unfallstelle. DeGraff stellte den Wagen quer und ließ die Warnlichter an, damit er von niemandem gerammt würde. Hinter ihnen rauschte der Krankenwagen mit heulender Sirene heran. Wie frische Blutflecken spiegelten sich die rotierenden Rotlichter im Schnee.

Allie war als Erste draußen und rannte zu ihrem Vater. Sie kniete sich neben ihn hin und sah, dass er die Augen geöffnet hatte. »Hey, Dad! Es ging leider nicht schneller! Die wussten gar nicht, dass wir einen Crash hatten.« Sie berührte seine Stirn und strich ihm zärtlich über die Haare. »Wie geht es dir?«

Er blickte in die Richtung, in der das Wrack lag. Nur noch vereinzelte Flammen zeigten sich zwischen den Trümmern. »Das … das Feuer …« Das Warten im Schnee hatte ihm anscheinend mehr zugesetzt, als er zugeben wollte. Seine Stimme war heiser und brüchig. »Das Feuer hat mich warm gehalten.«

»Der Notarzt ist auch schon da«, sagte sie, »du wirst wieder gesund!«

Er wandte den Kopf. »Der … der Pilot und … schwarze Männer …«

»Dr. Sheila Griffin … ich bin die Notärztin«, meldete sich eine helle Stimme. Die Frau war noch jung, höchstens Mitte dreißig, trug einen orangefarbenen Anorak über den grünen Arzthosen und eine schwarze Wollmütze. Ihre Haare waren zu einem schulterlangen Zopf gebunden. »Sie sind mit dem Verletzten verwandt?«

»Allie McCormick … ich bin seine Tochter.« Sie berichtete der Ärztin, was passiert war. »Sein linkes Bein ist gebrochen.«

Die Ärztin ging in die Hocke und öffnete den Notfallkoffer. Mit wenigen Handgriffen legte sie einen Zugang und schloss Allies Vater an einen Tropf an. Das gebrochene Bein stabilisierte sie notdürftig, bevor die Sanitäter den Verletzten auf eine Trage legten und in den Krankenwagen schoben. »Sie kommen besser auch mit«, sagte sie. »Ich untersuche Sie unterwegs. Sieht so aus, als hätten Sie großes Glück gehabt und nur ein paar Prellungen abbekommen.« Die Ärztin blickte auf die ausgebrannte Maschine. »Aber bei so einem Crash weiß man nie.«

»Wo ist der Pilot?«, fragte der Sheriff. Er wandte sich an Allie, nicht ohne Dr. Griffin einen gönnerhaften Blick zuzuwerfen. »Sagten Sie nicht, dass der Pilot und eine Passagierin bei dem Crash ums Leben gekommen wären?«

»Dort drüben … unter den Bäumen.«

»Da liegt niemand.«

»Wie bitte?« Sie lief an dem Wrack vorbei zum Waldrand und blieb verwundert stehen. Die Leichen waren verschwunden. Verschmorte Gegenstände aus der Cessna, darunter die Überreste einer Wolldecke und einer Armlehne, lagen im schmutzigen Schnee – sie waren wohl während der Explosion herübergeschleudert worden.

»Aber ich hab die beiden hierhingelegt ... hier in den Schnee!«

»Sind Sie sicher, Miss?«, hakte der Sheriff nach.

»Ganz sicher«, beteuerte Allie. »Ich wollte nicht, dass sie verbrennen.«

DeGraff nickte. »Sie haben recht, im Flugzeug sind sie nicht. Ich habe die ganze Absturzstelle nach ihnen abgesucht. Sie sind verschwunden.« Er blickte Allie an. »Können Sie beschwören, dass Sie zu viert in der Maschine saßen?«

»Natürlich!« Allie wurde ärgerlich. »Was soll das, Sheriff? Wollen Sie etwa behaupten, dass ich lüge? Warum sollte ich? Ich habe nichts zu verbergen. Der Pilot und ...« Sie überlegte angestrengt. »... und eine Bekannte waren dabei. Sie hieß Alexandra oder Alexis. Ihren Nachnamen hab ich vergessen.«

»Ich beschuldige Sie nicht, Miss.« Der Sheriff bewahrte seine Ruhe. »Aber so ein Crash ist kein Kinderspiel. Sie könnten sich eine Gehirnerschütterung oder so was zugezogen haben und nicht mehr genau wissen, was passiert ist.«

»Ich weiß genau, was geschehen ist, Sheriff!«

DeGraff zeigte sich unbeeindruckt. Er ging zum Krankenwagen, nickte den beiden Sanitätern zu und fragte Allies Vater: »Wissen Sie, wohin die Leichen des Piloten und der Passagierin verschwunden sind, Mr. McCormick?«

Allie und die Ärztin waren neben den Sheriff getreten.

»Ich ... ich weiß nicht ... zwei ... schwarz gekleidete Männer ...«, lallte er benommen, »... dachte, nur geträumt, aber ... die Leichen ... verschwunden ...«

Die Ärztin schüttelte den Kopf. »Er kann Ihnen nicht mehr antworten, Sheriff. Ich habe ihm ein Beruhigungsmittel gegeben. Vielleicht morgen oder übermorgen. Auch die junge

Dame braucht erst mal Ruhe. Ich möchte beide gründlich untersuchen, bevor ich sie Ihnen anvertraue. Wenn Sie uns jetzt entschuldigen wollen …« Sie blickte Allie an. »Steigen Sie bitte ein, Allie!«

Allie gehorchte und kletterte zu ihrem Vater in den Krankenwagen. Sie setzte sich auf die Bank am Kopfende und griff nach seiner Hand. »Es wird alles gut, Dad.«

Die Ärztin kletterte ebenfalls in den Krankenwagen und verriegelte die Tür von innen. Während die Sanitäter ins Fahrerhaus stiegen und den Wagen umständlich wendeten, überprüfte sie den Tropf, an dem Allies Vater hing. Mit einer Schere machte sie sich daran, sein linkes Hosenbein aufzuschneiden. Der Anblick des gebrochenen Beines, dessen untere Hälfte unnatürlich zur Seite abstand, ließ Allie das Gesicht verziehen.

»Ist es … sehr schlimm, Dr. Griffin?«

Die Ärztin betrachtete die Bruchstelle und zuckte die Achseln. »Es ist kein offener Bruch, das ist schon mal gut, aber Genaueres kann ich erst sagen, wenn wir das verletzte Bein geröntgt haben.«

Auch bei ihr nahm Dr. Griffin eine gründliche Untersuchung vor. Während einer der Sanitäter den Krankenwagen vorsichtig über die feste Schneedecke steuerte, tastete die Ärztin ihren gesamten Körper ab, ließ sie den Oberkörper freimachen und schmierte eine lindernde Salbe auf die Prellungen. »Alles okay, das wird wieder. Wie gesagt, Sie haben großes Glück gehabt. Nichts Ernstes.«

Allie zog sich an und blickte zu einem der beiden Fenster empor. Außer dem flackernden Rotlicht, das sich auf den schneebedeckten Ästen spiegelte, war nichts zu sehen. Der Motor des Krankenwagens brummte. Die Sirene war nicht eingeschaltet und in dieser Einsamkeit auch nicht nötig. Noch wies die Straße keine Schlaglöcher auf, ein Segen für ihren Vater, der nur gelegentlich stöhnte. Das Beruhigungsmittel ersparte ihm starke Schmerzen.

»Ich habe mir die beiden Toten nicht eingebildet«, sagte Allie nach einer Weile. »Ich habe sie unter die Bäume gelegt, das weiß ich ganz genau. Den Piloten und die Passagierin.« Sie blickte Sheila an. »Wie hätten wir denn ohne den Piloten hierherkommen sollen? Mein Vater hat keinen Flugschein.«

Die Ärztin hatte sich inzwischen auch gesetzt. »Sie dürfen dem Sheriff nicht böse sein. Nach so einem schweren Unfall verschwimmt manchmal die Wahrnehmung. Ich hatte schon Patienten, die nach einem Crash schworen, ihre tote Großmutter gesehen zu haben. Wenn es keine Spuren gab, muss der Sheriff annehmen, dass Sie und Ihr Vater allein in der Maschine waren.«

»Ich bin okay. Ich bilde mir nichts ein.«

»Schon gut, ich glaube Ihnen ja, Allie.« Die Ärztin lächelte verhalten. »Wenn Sie die Toten tatsächlich unter die Bäume gelegt haben, gibt es sicher eine plausible Erklärung für ihr Verschwinden. Wilde Tiere vielleicht … es gibt Bären und Wölfe hier. Dass sie zwei Unfallopfer in den Wald ziehen, glaube ich allerdings kaum. Nicht, wenn die Opfer schon tot sind. Sie hätten sich viel eher an Ihrem …« Sie brach mitten im Satz ab. »Ich bin sicher, der Sheriff findet die Leichen. Spätestens morgen früh bei den Aufräumarbeiten.«

»Mein Vater hat zwei Männer gesehen.«

»Er halluziniert vielleicht. Es geht ihm nicht besonders gut.«

»Sie meinen, er bildet sich die beiden ein?«

»Davon gehe ich aus. Das Phänomen beobachten wir oft bei Unfallopfern. Sie werden sehen, wenn er wieder gesund ist, sieht die Sache schon anders aus. Machen Sie sich keine Sorgen.«

Dann hatten sie das Krankenhaus erreicht und parkten in der Einfahrt zur Notaufnahme. Die Türen des Krankenwagens öffneten sich. Mit geübten Griffen zogen die Sanitäter die Trage mit Allies verletztem Vater aus dem Innenraum, legten sie auf einen Wagen und schoben ihn in die Notaufnahme.

»Kommen Sie mit«, sagte die Ärztin zu Allie. Sie ging in den Behandlungsraum voraus und wies ihr eine Liege hinter einem Vorhang zu. »Ich schicke Ihnen eine Kollegin, die Sie noch mal gründlich untersucht. Nach so einem schweren Unfall gehe ich gern auf Nummer sicher.«

Allie setzte sich auf die Liege und wartete geduldig. Nach wenigen Minuten erschien eine junge Ärztin, eine Inderin, wie sich herausstellte, die sie mit leichtem Akzent begrüßte: »Ich bin Dr. Gupta.«

Die Untersuchung dauerte eine knappe Stunde und ergab nichts Neues. Außer den Prellungen, die heftig schmerzten, wenn sie sich zu hastig bewegte, hatte Allie nichts abbekommen.

»Sie haben großes Glück gehabt, Miss McCormick. Sie haben den Absturz fast unbeschadet überstanden. Gegen die Schmerzen gebe ich Ihnen Tabletten mit, nur für alle Fälle.« Die Ärztin schüttelte ihr die Hand und führte sie in den Warteraum, wo die Schwester an der Rezeption bereits die Rechnung in den Computer tippte. »Ich nehme an, Ihr Vater zahlt dann alles auf einmal«, sagte sie.

»Sicher«, antwortete Allie. »Wir sind gut versichert.« Auch

das gehörte zum Service des FBI. »Wissen Sie, wie es meinem Vater geht?«

»Darum kümmert sich Dr. Griffin. Sie sagt Ihnen Bescheid, sobald sie Näheres weiß. Sie warten am besten hier. Es kann nicht mehr lange dauern.«

Allie blickte sich im Warteraum um. Neben dem verglasten Schalter der Schwesternstation gab es einige Sitzgruppen mit weißen runden Tischchen und roten Vinylsesseln sowie ein Regal mit Zeitschriften und Zeitungen. An den Wänden hingen Fotos von Bären, Elchen und Wölfen. Außer ihr waren noch eine ältere Frau im Rollstuhl, ein buckliger Mann mit weißen, nach allen Seiten abstehenden Haaren und ein junges Ehepaar im Warteraum. Das Ehepaar hielt sich an den Händen und blickte immer wieder zur Doppeltür der Notaufnahme hinüber. Neben ihnen auf dem Tisch lag ein leuchtend roter Kinderanorak.

Die Frau im Rollstuhl steuerte mit heftigen Armbewegungen durch den Raum und bremste vor Allie. Ihr Gesicht war blass und von tiefen Falten durchzogen, ihre Augen geweitet, als hätte sie vor vielen Jahren etwas Entsetzliches gesehen und sich noch immer nicht von dem Anblick erholt. Die strähnigen und für eine ältere Dame erstaunlich langen Haare hingen ihr bis auf die Schultern.

»Sie hab ich hier noch nie gesehen.« Ihre Stimme klang hell und brüchig und kippte manchmal. »Sie sind neu in der Stadt, was? Sehr mutig von Ihnen, Missy, wirklich mutig.« Sie kicherte. »Ich wette, Sie haben noch nie vom Wendigo gehört. Dann wären Sie nämlich bestimmt nicht hier. Selbst wenn man Ihnen den Kopf abgeschlagen hätte und Sie dringend Hilfe bräuchten, wären Sie an Spirit Lake vorbeigefahren.« Sie drehte sich zu dem jungen Ehepaar und dem buckligen Mann um. »Ist doch so, Leute, oder? Das ist seine Zeit. Wenn es draußen kalt wird, kommt er aus den Bergen herunter und holt sich kleine Mädchen. Der Wendigo hat großen Hunger, wissen Sie? Der holt auch große Mädchen, und wenn Sie Pech haben, sind Sie die Nächste. Mich hat er geholt, vor sechzig Jahren hat er mich geholt, und ich hab's nur seiner Nachlässigkeit zu verdanken, dass ich noch am Leben bin. Er verirrte sich in einem Blizzard, den er selbst angezettelt hatte. Der Blizzard war so mächtig und so stark, dass ich kaum noch Luft bekam. Ob Sie's glauben oder nicht, der Wendigo ließ mich fallen, und ich schaffte es irgendwie in die Stadt zurück. Ich konnte von Glück sagen, dass mich der alte Ned auf der Straße liegen sah. Der alte Ned ist schon lange tot, war einer von den Goldsuchern, die sich damals in der Gegend rumtrieben. Seit damals sitze ich im Rollstuhl. Ein Jammer ist das, finden Sie nicht auch?« Die Alte kicherte wieder, nur klang es diesmal schadenfroh und gemein. »Wenigstens wagt sich der Wendigo nicht mehr an mich ran. Der hat genug von mir, das können Sie mir glauben. Noch mal blamiert er sich nicht!«

Ihr Kichern drang bis in den Glaskasten. Die Schwester kam heraus und verdrehte die Augen. »Erzählt sie wieder vom Wendigo? Wie sie ihm in den Bergen davongelaufen und beinahe erfroren ist?« Sie schüttelte den Kopf und schob die Lady ans Fenster. »Ich hab Ihnen doch gesagt, Sie sollen sich ausruhen, Wendy. Diese Schauergeschichten will keiner hören.« Sie blickte aus dem Fenster. »Sehen Sie die Scheinwerfer auf dem Parkplatz? Das ist bestimmt Ihr Bruder, der bringt Sie wieder nach Hause. Wenn er bei Ihnen ist, brauchen Sie keine Angst vor dem Wendigo zu haben. Gute Nacht, Wendy.«

»Sie halten Wendy wohl für verrückt?«, sagte der bucklige Alte. Seine weißen Haare standen so weit vom Kopf ab, als hätte er gerade einen schweren Stromschlag überlebt. »Wendy ist nicht verrückt, das sollten Sie wissen. Ich war damals auch schon in Spirit Lake. Ist schon ein paar Jährchen her, aber ich kann mich noch genau daran erinnern. Wendy lag auf der Straße, mitten auf der Hauptstraße, und ich schwöre tausend Eide, dass ich sah, wie ein riesiges Raumschiff mit bunten Lichtern über ihr auftauchte und die Außerirdischen versuchten, sie mit irgendwelchen Strahlen an Bord zu holen. Der Wendigo ist ein Außerirdischer, das sag ich schon seit vielen Jahren, aber ...«

»Aber niemand hört Ihnen zu, ich weiß«, sagte die Schwester. Sie kannte ihre Pappenheimer. »Was tun Sie überhaupt schon wieder hier? Ich hab Ihnen doch gestern erst ein neues Hustenmittel gegeben. Warum gehen Sie nicht nach Hause und kurieren Ihre Erkältung aus? Sie sind doch erkältet?«

»Natürlich bin ich erkältet, aber ...«

»Nichts aber«, reagierte die Schwester unwirsch. »Ich rufe Ihnen jetzt ein Taxi, und Sie fahren auf dem schnellsten Weg nach Hause, verstanden?«

Allie war nicht in der Stimmung, den beiden Alten noch länger zuzuhören, und war froh, als Dr. Griffin zurückkehrte. Die jungen Eltern sprangen erwartungsvoll auf, als die Klapptüren aufgingen, und setzten sich enttäuscht wieder hin, als sie sahen, dass die Ärztin zu Allie ging.

»Ihr Vater hat Glück gehabt«, sagte sie, »keine inneren Blutungen. Aber der Bruch ist komplizierter, als wir dachten, und wir müssen ihn eine Weile hierbehalten. Keine Angst, es wird nichts zurückbleiben. Es hätte schlimmer ausgehen können.«

»Darf ich zu ihm?«

»Heute nicht mehr«, wiegelte sie ab, »ich habe ihm ein Schlafmittel gegeben. Wegen der Schmerzen, die noch kommen werden. Morgen Nachmittag, würde ich sagen.« Die Ärztin lächelte ihr aufmunternd zu. »Kein Grund zur Sorge, Allie. Hier, das soll ich Ihnen geben.« Sie gab ihr einen Briefumschlag mit zwei Schlüsseln und seiner Bankkarte. »Damit Sie nicht auf dem Trockenen sitzen. Die Schlüssel für das neue Haus und den Wagen. Und Sie möchten ihm bitte etwas Unterwäsche kaufen.« Sie legte eine Hand auf Allies Schultern. »Keine Angst, ich kümmere mich persönlich um Ihren Vater. Es wird ihm an nichts fehlen, okay? Soll ich Ihnen ein Taxi rufen?«

»Das wäre nett«, erwiderte Allie. Sie verabschiedete sich von der Ärztin und ging zum Ausgang. In ihrem Rücken spürte sie die Blicke der alten Frau im Rollstuhl und des buckligen Mannes. Wirklich nett hier, dachte sie betrübt.

4

Sie gab dem Taxifahrer die Adresse, die auf dem Umschlag stand, und ließ sich in die Stadt fahren. Nicht einmal in den Außenbezirken von Camden oder weiter nördlich in den kleinen Orten an der Küste war es so düster und einsam gewesen. Noch stärker als vor ein paar Stunden hatte sie das Gefühl, durch eine tote Stadt zu fahren. Außer den trüben Straßenlampen gab es keine Lichter mehr, selbst die wenigen Ampeln waren abgeschaltet, und das leise Brummen des Motors durchbrach als einziges Geräusch die Stille. Der Taxifahrer, ein Inder, sagte lediglich: »Fünf Dollar«, als sie vor dem Laden hielten.

Allie zahlte und stieg aus. Ihr Gepäck war in dem Wrack verbrannt, und sie kam ohne Koffer oder Tasche in ihrer neuen Heimat an. Um niemanden auf ihre Spur zu bringen, hatte man auch darauf verzichtet, ihnen ihr Hab und Gut in Containern nachzuschicken. Allie und ihr Vater hatten nicht nur die Vergangenheit, sondern ihren ganzen Besitz in Camden zurückgelassen. Ihr neues Zuhause war eingerichtet, zudem hatte das FBI einen ansehnlichen Betrag auf ihrem neuen Konto in Spirit Lake deponiert. Für eine Zeugenaussage, die zur Festnahme eines gefürchteten Mafiabosses führte, ließ sich die Regierung nicht lumpen. Mit dem Geld, das ihr Vater bekommen hatte, würden sie sich auch Dinge leisten können, die sie bisher nicht besessen hatten.

Sie blieb zögernd vor dem Hauseingang stehen. Das Taxi war längst verschwunden, und sie war allein. Das trübe Licht der Straßenlampen spiegelte sich im Schnee und in den Schaufenstern der Restaurants und Läden zu beiden Seiten der Hauptstraße. Die meisten Häuser waren zweistöckig und hatten flache Dächer, wie in einer Westernstadt. Alle Fenster waren dunkel, auch keines der Schaufenster war erleuchtet. Der Wind wehte feine Schneeschleier über die große Kreuzung mit der ausgeschalteten Ampel.

Einer der Schlüssel in ihrem Umschlag gehörte zu dem silbernen Chevy Tahoe vor dem Haus, einem SUV, wie ihn sich ihr Vater immer gewünscht hatte. Ein weiteres Entgegenkommen des FBI und in dieser Einöde wohl auch der richtige Wagen. Der zweite Schlüssel öffnete die Tür zum Drugstore. Der geräumige Laden lag im Parterre eines dreistöckigen Hauses aus rotem Backstein, ein Überbleibsel aus den Fünfzigerjahren, wie sie vermutete. Zumindest sahen so die Häuser in Uralt-Fernsehserien wie *Vater ist der Beste* aus.

Allie ging hinein und stellte dankbar fest, dass sogar die Heizung eingeschaltet war. Der Lichtschalter ließ die Neonlichter über dem langen Tresen aufflackern. »Wow!«, flüsterte sie beim Anblick der gefüllten Regale. In fünf Reihen zogen sie sich vom Kassenbereich vor dem Schaufenster bis hin zu der Apotheke im hinteren Bereich. Wie in jedem Drugstore bestand das Angebot aus einem bunten Sammelsurium, das von Drogeriewaren und Kosmetika bis zu Schreibwaren und Spielsachen reichte. In der Apotheke bekam man Medikamente auf Rezept. Und neben der Kasse gab es einen Getränkeschrank.

Die Neonlichter begannen zu flackern. Gleichzeitig frischte der Wind auf und wehte körnigen Neuschnee gegen das Schaufenster. Für ein paar Sekunden wurde es ganz dunkel, dann flammten die Lichter wieder auf, und auch der Wind legte sich. Allie blickte sich nervös um. Anscheinend genügte schon ein kurzer Stromausfall, um sie aus der Ruhe zu bringen. Lag das an den seltsamen Geschichten der alten Frau und des alten Mannes im Krankenhaus? Sie hätte das Geschwafel gern als Hokuspokus abgetan, aber als die Cessna in den Schneesturm geraten war, hatte sie ja auch die Nähe eines Monsters gespürt, und der Wind hatte ihren Namen geflüstert.

Alles nur Einbildung, sagte sie sich, nach der Aufregung der letzten Wochen auch kein Wunder. Oder ging es in Spirit Lake tatsächlich nicht mit rechten Dingen zu? Die Stille, die leeren Straßen, die dunklen Fenster ... am Ende der Welt konnte es nicht einsamer und geheimnisvoller sein. Und wohin waren die Leichen des Piloten und von Alexis Blair verschwunden? Falls der Sheriff und seine Leute sie nicht fanden, würde man ihr wahrscheinlich weismachen, dass der Wendigo sie geholt hatte. »So ein Schwachsinn!«, schimpfte sie mit sich selbst. Sie ging zum Getränkeschrank und nahm eine Dose Gingerale heraus. Ihr Vater konnte die Limo nicht ausstehen. Sie mochte das klebrige Zeug, genau die richtige Medizin, wenn man so nervös war wie sie.

Allie blickte aus dem Schaufenster und sah die Scheinwerfer eines Autos über die Hauswände geistern. Gleich darauf war der Streifenwagen des Sheriffs zu sehen. Wahrscheinlich durch das erleuchtete Schaufenster angelockt – ein ungewöhnlicher Anblick in dieser Stadt –, näherte er sich ihrem Haus. Im Schritttempo fuhr er daran vorbei. Unendlich langsam, als würde er sich überlegen, ob er zurückfahren und aussteigen sollte, bog er in die nächste Seitenstraße. Warum war er nicht mehr draußen beim Wrack? So eine Untersuchung dauerte doch lange.

Sie öffnete die Gingerale-Dose und nahm einen großen Schluck. Herrlich, das Zeug, danach ging es einem gleich ganz anders. Allie schlenderte durch die Regalreihen, alle bis zum Rand gefüllt. Neben dem Apothekenbereich führte eine Tür in das schmale Treppenhaus, das man auch durch eine Seitentür von außen erreichen konnte. Im ersten Stock lag die Wohnung ihres Vaters, im zweiten ihre eigene. Nicht besonders groß, jede nur mit zwei Zimmern und Küche und Bad, jedoch vollständig eingerichtet nach den Vorgaben, die ihr Vater und sie dem FBI gemacht hatten. Ein Entgegenkommen, in dessen Genuss nicht alle Mitglieder im Zeugenschutzprogramm kamen.

Besonders anspruchsvoll war Allie nicht. Ein Messingbett, ein roter Schrank und eine rote Kommode im Schlafzimmer, eine gemütliche Couch, ein Plüschsessel, ein kleiner Tisch, eine Kommode mit Fernseher, DVD-Player und Stereoanlage und ein Schreibtisch im Wohnzimmer, die Küche und das Bad bescheiden eingerichtet. Dennoch kam ihr die Wohnung ziemlich luxuriös vor, denn bisher hatte sie lediglich ein eigenes Zimmer bewohnt.

Viel lieber hätte sie auf die großzügigen Geschenke des FBI verzichtet und wäre in der Heimat in Maine geblieben. Nicht nur wegen der Freunde und Bekannten und der vertrauten Umgebung, auch wegen ihrer Mutter. Jeden Freitag nach der

Schule hatte sie das Grab besucht. Jetzt musste ihr ein Foto genügen, das sie in ihrer Anoraktasche stecken hatte. Sie würde es scannen und auf den neuen Laptop übertragen, der auf ihrem Schreibtisch stand. Auch ein Geschenk des FBI.

Aus dem Laden drang das Klingeln des Telefons herauf. Das Krankenhaus? War etwas mit ihrem Vater? Wer sollte sie sonst um diese Zeit anrufen? Sie kannte doch niemanden. Allie ließ die Limodose stehen und rannte nach unten, nahm den Hörer ab und meldete sich mit ihrem Namen.

»Ja ... hallo ... ist dort Miller's Drugstore?«, fragte eine ältere Dame mit zittriger Stimme. Sie klang wie achtzig oder neunzig. »Sind Sie das, Emily?«

Allie erinnerte sich dunkel daran, dass der Drugstore einem Frank Miller und seiner Frau gehört hatte. »Hier ist Allie McCormick.« Sie sprach laut und deutlich, damit die alte Dame sie verstand. »Die Millers sind weggezogen, mein Vater führt jetzt den Drugstore und die Apotheke. Robert McCormick. Ich bin seine Tochter.«

»Oh!« Die alte Dame brauchte eine Weile, um die Nachricht zu verarbeiten. »Ihnen gehört der Drugstore jetzt? Ich ...« Sie klang etwas verwirrt. »Ich bin Rose Pattinson. Sie können gern Rose zu mir sagen ... oder Grandma Rose, das tut jeder hier. Wie war doch gleich Ihr Name, junge Frau?«

»Alison McCormick. Allie«, antwortete sie.

»Allie, das ist ein schöner Name.« Selbst durchs Telefon spürte sie, wie Grandma Rose lächelte. »Ich weiß, es ist schon spät, Allie, aber ich habe vollkommen vergessen, mir meine Medizin bringen zu lassen. Plavix. Ich brauche die Tabletten unbedingt. Ich hatte vor einigen Monaten einen Herzinfarkt, wissen Sie, und kann ohne die Tabletten nicht mehr leben. Wären Sie wohl so freundlich, mir ein Gläschen zu bringen? Das Rezept habe ich hier.«

Allie unterdrückte nur mühsam ein Stöhnen. »Plavix … natürlich, Rose. Ich bringe Ihnen das Mittel gleich vorbei. Darf ich fragen, wo Sie wohnen?«

»Ungefähr eine halbe Stunde nördlich von Spirit Lake. Das Blockhaus oberhalb der Straße. Ich lasse das Licht an. Sie können es nicht verfehlen.«

Eine halbe Stunde!

»Okay, ich fahre gleich los.«

»Und bringen Sie mir bitte Hustenbonbons mit, wenn Sie sowieso schon unterwegs sind. Die roten mit den weißen Streifen. Ich hab den Namen vergessen. Irgendwas mit ›Cherry‹. Ich erwarte Sie dann gleich, Miss … äh …«

»Allie«, ergänzte sie. »Allie McCormick.«

Allie legte auf und nahm die Tabletten aus dem Schrank. Eigentlich war es streng verboten, ein Medikament ohne Rezept herauszugeben, aber Rose war offenbar eine Stammkundin und dachte sich nichts dabei. Die Hustenbonbons hingen an einem Ständer neben der Kasse. Allie packte beides in eine Plastiktüte, knipste das Licht aus und ging zum Wagen.

Sie brauchte einige Zeit, um ihn in Gang zu bringen. Gegen die alte Kiste, die sie zu Hause besessen hatten, war der SUV der pure Luxus. Ein elektronisches Wunderauto, bei dem sogar die Außenspiegel beheizt waren. Sie fuhr vor zur Kreuzung, wandte sich dann nach Norden und folgte dem breiten Highway aus der Stadt hinaus. Ihre geprellten Rippen schmerzten bei jeder noch so geringen Bewegung.

Der Wagen fuhr sich leicht und meisterte den Schnee besser als der Streifenwagen des Sheriffs. Den Motor hörte man kaum. Die Scheinwerfer warfen helles Licht auf den Schnee und streiften an den Gebäuden außerhalb der Stadt entlang. Abseits der Straße lagen ein Gebrauchtwagenhandel und ein Baumarkt, daneben eine Autowerkstatt. Ein Hähnchengrill und ein Walmart flogen vorbei.

Die Stadt endete so plötzlich, wie sie auf der anderen Seite begonnen hatte, und ging abrupt in dichten Wald über. Unter den Bäumen war es noch dunkler, und sie musste etwas langsamer fahren, um nicht von der Straße abzukommen. Im Unterholz leuchteten die Augen zahlreicher Waschbären, ein Anblick, der ihr von der alten Heimat vertraut war. Der Schnee, der durch die Räder ihres Chevy aufgewirbelt wurde, zwang sie, die Scheibenwischer einzuschalten. Das rhythmische Geräusch verstärkte das Gefühl von Einsamkeit, das in dieser Wildnis besonders stark war.

Nach ungefähr zwei Meilen endete der Wald, und die Straße führte am Ufer eines Sees entlang, immer weiter nach Norden. Wie ein weißes Laken lag der gefrorene und verschneite See in der Dunkelheit. Auf der anderen Seite erstreckten sich schneebedeckte Wiesen und kleinere Gewässer, dazwischen führten vereinzelte Straßen in die Dunkelheit. Kaum vorstellbar, dass in dieser Einöde jemand wohnte, außer ein paar Fallenstellern oder Anglern vielleicht, die hier ein wahres Paradies vorfanden. Eher bedrohlich ragten in weiter Ferne einige Berge in den Himmel, mehr als die weißen Gipfel war bei diesem bedeckten Himmel nicht zu sehen.

Das erste Anzeichen dafür, dass etwas nicht stimmte, bekam Allie beim Anblick des zugefrorenen Sees. Im Scheinwerferlicht, das in jeder Kurve über das Eis streifte, bemerkte sie, wie sich der Schnee auf dem Eis zu kräuseln begann. Bei jedem

Hinsehen wirbelte er höher. Schuld war der Wind, der jetzt in heftigen Böen aus dem Norden kam und so stark gegen ihren Wagen drückte, dass sie mit beiden Händen steuern musste, um ihn unter Kontrolle zu behalten. Sie blickte nervös in den Flockenwirbel. Warum hatte sie bloß den Hörer abgenommen? Warum war sie nicht früher ins Bett gegangen?

Voller Panik beobachtete sie, wie sich der Schnee zu einer riesigen Woge aufbäumte, höher als ein zweistöckiges Haus, eine Wand aus tobendem Schnee, die zuerst von vorne und plötzlich von allen Seiten zu kommen schien und ihren Wagen innerhalb weniger Augenblicke umschloss. Sie trat auf die Bremse, der Chevy geriet ins Schleudern, drehte sich ein paarmal um die eigene Achse und blieb so dicht am Ufer des zugefrorenen Sees stehen, dass sie beinahe auf dem Eis landete. Der Motor gab den Geist auf, und sie konnte sich gerade noch rechtzeitig am Armaturenbrett abstützen. Entsetzt blickte sie in das tobende Unwetter hinaus.

Der Schnee drückte so fest gegen die Scheiben, dass sie zu bersten drohten. Der Wind sang und heulte, und in dem tosenden Lärm hörte Allie, wie jemand ihren Namen flüsterte. Sie begann zu weinen, zuerst leise, dann immer heftiger, sie schrie um Hilfe und versuchte vergeblich den Motor zu starten, um die wütende Windhose hinter sich zu lassen und im Wald untertauchen zu können.

Irgendjemand musste sie erhört haben, denn gerade, als sie schluchzend aufgeben wollte, zog sich der Sturm zurück, und eine dunkle Gestalt mit einer lodernden Fackel tauchte neben ihrem Wagen auf.

Allie duckte sich noch tiefer in ihren Sitz und blickte mit verheulten Augen zum Fenster empor. Die Angst zog ihr die

Kehle zusammen, und sie wagte kaum zu atmen, als die Gestalt ihr Gesicht gegen das Fenster presste und aus dunklen Augen auf sie herabblickte. Mit angehaltenem Atem verfolgte sie, wie das Wesen mehrmals an der festgefrorenen Tür riss, bis sie endlich aufsprang. Schnee wehte ihr entgegen, eisige Kälte vermischte sich mit dem heißen Luftschwall der Fackel. Das Gesicht mit den dunklen Augen beugte sich zu ihr herab und kam ihr so nahe, dass sie seinen eisigen Atem zu spüren glaubte.

Entsetzt wich Allie zurück. Sie rutschte rückwärts auf den Beifahrersitz, die dunkle Gestalt direkt vor sich, und griff mehrmals ins Leere, bevor sie den Türgriff zu fassen bekam und die Beifahrertür mit dem Handrücken nach außen drückte. Jetzt wehte der Schnee von beiden Seiten in den Wagen und bremste auch den unheimlichen Fremden und hielt ihn davon ab, dass er mit seinen langen Armen nach ihr greifen konnte. Er ließ die Fackel fallen und hob sie auf, bevor das Feuer auf den Sitz übergreifen konnte. Er fluchte unterdrückt.

Allie nutzte die Verwirrung und stieß sich mit beiden Beinen am Armaturenbrett ab. Ihre Rippen schmerzten. Sie landete rückwärts im Schnee, stemmte sich vom Boden hoch und stolperte davon, stürzte schon nach wenigen Schritten, rappelte sich wieder auf und rannte weiter, immer am Ufer entlang, bis sie erneut das Gleichgewicht verlor und der Länge nach in den Schnee fiel. In ihrer Panik war Allie zu keiner weiteren Bewegung fähig. Mit weit aufgerissenen Augen verfolgte sie die Gestalt, die im unruhigen Schein der Fackel durch den Schnee heranstapfte.

Sie hatte bereits den Mund zu einem Schrei geöffnet, als sich die Gestalt über sie beugte und im Lichtschein der Fackel das Gesicht eines jungen Mannes erschien. An ihm war nichts Böses, im Gegenteil, sein Blick war eher besorgt, und als er eine Hand nach ihr ausstreckte, erschien sogar ein freundliches Lächeln auf seinem Gesicht. »Tut mir leid, wenn ich Sie erschreckt habe«, sagte er, »aber ich habe gesehen, wie sich Ihr Wagen gedreht hat. Ich dachte, Ihnen wäre was passiert. Sie sind doch nicht verletzt, Miss, oder?«

Sie griff zögernd nach seiner Hand und ließ sich vom Boden hochziehen. Selbst durch die dicken Handschuhe glaubte sie, seine Wärme spüren zu können. Sie beruhigte sich allmählich. »Nein ... nein, ich bin okay ... wirklich.« Die Angst und die überstürzte Flucht waren ihr jetzt beinahe peinlich. »Ich dachte nur ... Der Blizzard kam so plötzlich, und ich dachte schon, der ... der ...«

»Ich weiß, was Sie dachten«, erlöste sie der junge Mann. Er schien erst jetzt zu merken, dass er immer noch ihre Hand hielt, und ließ sie so plötzlich los, als hätte er sich an ihr verbrannt. Er wurde verlegen. »Kommen Sie, ich bringe Sie zu Ihrem Wagen zurück. Wo wollten Sie denn hin um diese Zeit?«

Sie erklärte es ihm. »Ich bin Alison McCormick – nennen Sie mich Allie, das klingt nicht so abgehoben.« Obwohl sie noch nicht einmal den Namen des jungen Mannes kannte, fühlte sie sich auf seltsame Weise zu ihm hingezogen. Warum, vermochte sie auch nicht zu sagen. »Mein Vater und ich sind neu in der Stadt. Wir haben den Drugstore an der Hauptstraße übernommen.«

»Chris Logan. Chris«, stellte er sich vor. Er führte sie zum Wagen zurück und blieb vor der Beifahrertür stehen. Der Sturm hatte so schnell nachgelassen, wie er begonnen hatte, und der Wind war zu einem leisen Rauschen abgeklungen. Er blickte sie lächelnd an. »Und jetzt wollen Sie Grandma Rose ihre Medizin bringen, stimmt's?«

»Ja ... woher wissen Sie ...?«

»Das war nicht schwer zu erraten.« Er griff nach der Beifahrertür. »Grandma Rose verlegt ständig ihre Medizin und bekommt sofort Panik, wenn sie ihre Tabletten nicht finden kann. Dann ruft sie auch mitten in der Nacht im Drugstore an. Meistens hat sie die Pillen schon wiedergefunden, wenn man bei ihr ankommt. Frank und Emily hatten sich längst daran gewöhnt.« Er deutete auf den Beifahrersitz. »Kommen Sie, ich bringe Sie hin.«

Allie war viel zu überrascht, um etwas dagegen einzuwenden, und kletterte auf den Beifahrersitz. Das fängt ja gut an, dachte sie, während Chris um den Wagen herumlief und sich hinters Steuer setzte. Er startete den Motor, fuhr rückwärts von der Böschung und lenkte den Wagen auf die Straße zurück.

5

Erst als die Heizung zu arbeiten begann, fiel ihr auf, wie nass ihre Jeans und ihr Anorak waren. Der Schnee war unter ihre Kleidung gefahren und bis auf ihre Haut gedrungen, und nicht einmal das warme Gebläse vertrieb das frostige Gefühl aus ihrem Körper. Sie griff nach der Wolldecke, die auf dem Rücksitz lag, und hüllte sich darin ein. Sie glaubte jede einzelne Rippe zu spüren.

Im schwachen Licht der Armaturenbeleuchtung musterte sie den jungen Mann am Steuer verstohlen. Ein tatkräftiger Bursche, sehr männlich und selbstsicher und mit leicht hervorstehenden Wangenknochen, wie sie für Indianer typisch waren. Seine Haare, die unter einer Wollmütze mit dem Wappen eines Football-Vereins hervorlugten, waren rabenschwarz. Er trug Jeans, feste Stiefel und einen Anorak mit pelzbesetzter Kapuze.

Er schien ihre Gedanken zu erraten. »Ich bin Halbindianer. Mein Vater war weiß, hab ich mir sagen lassen. Ich hab ihn nie gesehen. Ein Holzfäller, der gleich verschwand, als er hörte, dass meine Mutter schwanger war.« Es klang verbittert. »Meine Mutter war eine Anishinabe, eine Ojibway-Indianerin. Sie starb ein halbes Jahr nach meiner Geburt.« Er schwieg einen Augenblick. »Ich bin bei meinen Großeltern aufgewachsen ... den Lone Eagles.«

Sie wunderte sich über die offene und eigentlich unnötige Erklärung des jungen Mannes, der in wenigen Minuten wieder aus ihrem Leben verschwinden würde, nahm aber an, dass sich hinter seiner nüchternen Schilderung ein wesentlich leidvolleres Schicksal verbarg, als es seine Worte ausdrückten. Erst nach einer längeren Pause fragte sie: »Sind Sie zu Fuß unterwegs? Ich hab gar keinen Wagen gesehen. Ihnen hätte doch sonst was passieren können in dem Blizzard!«

»Das war kein Blizzard«, erwiderte er, »nur eine besonders heftige Sturmböe. So was passiert häufiger am Seeufer. Das Wetter in unserer Gegend ist unberechenbar. Wenn man hier draußen lebt, gewöhnt man sich daran.«

Allie hatte das Gefühl, dass er ihr etwas verschwieg, bohrte aber nicht weiter. Lächelnd sagte sie: »Ich wäre bei so einem Wetter lieber zu Hause. Mit einem spannenden Buch auf der Couch oder in der Badewanne ... das wär's jetzt.«

»Ich laufe oft am See entlang. Bei jedem Wetter.« Sie konnte ihn durch das Rauschen der Heizung kaum verstehen. Als er bemerkte, dass sie ihn fragend anblickte, wiederholte er den Satz und sprach lauter. »Hier draußen in der Wildnis kann ich klarer denken. Hab ich von meinem Großvater, der ist oft tagelang allein unterwegs. Nur in der Natur bekommst du den Kopf frei, sagt er. Dort bist du den Geistern am nächsten.«

»Den Geistern?«, fragte sie. »Dem Wendigo?«

»Sie haben vom Wendigo gehört?«

»Eine alte Frau hat mir von ihm erzählt.« Sie beschloss, ebenso offen wie Chris zu sein, berichtete von der Bruchlandung und der Einlieferung ihres Vaters ins Krankenhaus, auch vom Verschwinden der beiden Leichen, hütete sich jedoch, ihm den wahren Grund für ihr Kommen zu verraten. Niemand durfte wissen, dass sie im Zeugenschutzprogramm war. »Seitdem sehe ich überall Gespenster. Vorhin im Drugstore, als der Strom ausfiel, und in der Sturmböe, als der Wagen verrückt spielte. So was habe ich noch nie erlebt. Dabei waren da, wo ich herkomme, die Winter auch nicht wirklich …« Sie erinnerte sich gerade noch rechtzeitig, dass sie nicht über ihre Heimat in Maine sprechen durfte, und verbesserte sich rasch: »In Philly schneit es manchmal auch ganz schön. Aber dieser Sturm, der fühlte sich tatsächlich an, als ginge ein Ungeheuer auf mich los.«

Chris schwieg so lange, dass Allie ihn neugierig anblickte. Nachdenklich steuerte er den Wagen durch die Nacht, das schwache Licht der Armaturen im Gesicht. »Da vorn geht es zum Haus von Grandma Rose«, sagte er, als die Scheinwerfer eine Abzweigung erfassten. Die Erleichterung, auf diese Weise vom Wendigo ablenken zu können, war ihm deutlich anzumerken. »Wahrscheinlich hat sie ihre Herztabletten längst gefunden, und Sie sind ganz umsonst hier draußen.«

Sie parkten vor dem Blockhaus der alten Dame und stiegen aus. Fast augenblicklich schallte Hundegebell durch die Nacht – ein riesiger Dobermann, der wie ein hungriges Raubtier um die Ecke geschossen und mit gebleckten Zähnen auf sie zugerannt kam. Allie wich erschrocken zurück, bis sie mit dem Rücken gegen den Chevy stieß, und schrie vor Entsetzen, schrie auch dann noch, als sie merkte, dass der Hund an einer Kette hing und sie nicht erreichen konnte. Sie hatte große Angst vor Hunden.

Erst als Chris um den Wagen herumlief und den Dobermann mit drohenden Brummlauten zum Schweigen brachte und ihn zwang, auf seinen Platz neben dem Haus zurückzukehren, beruhigte sie sich wieder. Erstaunt beobachtete sie, wie sich die Bestie unterwürfig auf den Boden legte und nur noch leise winselte.

»Tut mir leid, ich hätte Sie warnen müssen«, sagte Chris. »Das ist Jack, der Wachhund der alten Dame. Sie hat ihn nach ihrem Exmann benannt.«

Allie schlug einen großen Bogen um den Dobermann, als sie auf das Haus zuging, und ließ ihn nicht aus den Augen. »Er bekommt rohes Fleisch zu fressen«, erklärte Chris, »meine Freunde und ich jagen für Grandma. Sie bezahlt uns mit Gutscheinen für den Supermarkt. Damit wir das Geld nicht für Alkohol und Zigaretten ausgeben.«

Grandma Rose war durch das Bellen ihres Hundes auf sie aufmerksam geworden und öffnete die Tür. Wie die Hexe im Märchen trat sie auf die Veranda, leicht gebückt, die rechte Hand auf einen Krückstock gestützt, das Haar schlohweiß und zu einem Knoten gebunden. Sie trug einen langen Fellmantel über einem altmodischen Trainingsanzug. »Chris, mein Junge«, begrüßte sie den jungen Mann, »dachte mir schon, dass du das bist. Du bist der Einzige, bei dem Jack Ruhe gibt. Bringst du mir wieder ein Kaninchen?«

»Heute nicht, Grandma«, erwiderte Chris. »Wir gehen morgen oder übermorgen wieder auf die Jagd. Ich habe Allie hergebracht. Sie und ihr Vater haben den Drugstore von den Millers übernommen. Sie bringt dir die Tabletten, das Plavix. Du hast heute Abend bei ihr angerufen, erinnerst du dich?«

»Ich? Angerufen?« Grandma Rose blickte sie verständnislos an. »Aber ich habe noch ein ganzes Fläschchen mit Pillen. Warum sollte ich sie denn anrufen?« Grandma Rose schüttelte den Kopf. »Nein, ich brauche keine Medizin.« Sie war für einen Augenblick verwirrt und trat dann lächelnd zur Seite. »Aber kommt doch rein, wenn ihr schon mal hier seid. Ich hab frischen Tee aufgesetzt.«

Allie fror erbärmlich in ihren feuchten Kleidern und war froh über die Einladung. Dankbar trat sie vor den warmen Herd, eines dieser eisernen Ungetüme, die sie nur aus alten Filmen kannte. Es gab keinen Strom in dem Blockhaus. Im flackernden Lichtschein einer Petroleumlampe, die auf dem Holztisch vor dem Fenster stand, erkannte sie einen Küchenschrank, eine Kommode und einen abgewetzten Plüschsessel, auf dem eine zusammengeknüllte Wolldecke lag. An den Wänden hingen ein kitschiges Ölgemälde mit einem Bison in einer Winterlandschaft, ein Hochzeitsfoto und etliche andere Fotografien, die Rose in allen möglichen Verkleidungen auf einer Bühne zeigte.

Während Chris die Tür schloss, nahm Grandma Rose drei Becher aus dem Schrank und schenkte Tee ein. Sie musste weit über achtzig sein, zitterte jedoch kaum. »Zieht lieber eure Anoraks aus, sonst erkältet ihr euch noch«, sagte sie. »Hier ist es doch heiß genug.« In ihrer Stimme schwang ein seltsamer Unterton mit, den Allie nicht zu deuten wusste.

Grandma Rose stellte die Becher auf den Tisch und holte eine Blechdose mit Schokoladenkeksen aus dem Schrank. »Hab ich selbst gebacken«, betonte sie. Ihre Stimme war heiser geworden, wahrscheinlich wegen des kalten Luftzugs, in dem sie gestanden hatte. Ihre Augen waren leicht gerötet. »Jetzt wird es wohl endgültig Winter, nicht wahr? So kalt wie heute war es schon lange nicht mehr.« Sie setzte sich und trank einen Schluck, hielt den Becher mit beiden Händen fest. Ihr Blick richtete sich auf Allie. »Der Winter ist eine gefährliche Jahreszeit in dieser Gegend. Es gibt Lawinen in den Bergen und heftige Blizzards und Sturmböen.« Sie trank erneut einen Schluck und blickte ihrer Besucherin forschend in die Augen. »Hat man dich schon vor dem Wendigo gewarnt?«

Der Wendigo schien das vorherrschende Thema in Spirit Lake zu sein, sonst hätte ihn die alte Dame wohl kaum erwähnt. Der Ausdruck in ihren Augen ließ nicht erkennen, ob sie ernsthaft an ihn glaubte oder ihn als Hirngespinst abtat. Allie sagte: »Eine indianische Legende, nicht wahr? Man hat mir von ihm erzählt. Ein Monster, das sich im Winter kleine Mädchen holt und sie auffrisst … so was gibt es doch nur im Kino.«

»Oh, das wissen wir beide besser, nicht wahr, Chris?« Grandma Rose blickte den jungen Halbindianer an, als wäre er ihr Verbündeter. »Alle Leute in Spirit Lake glauben an den Wintergeist der Anishinabe, außer ein paar Besserwissern wie dem Pfarrer und der Ärztin natürlich. Aber warum verschwinden sonst so viele Mädchen? Und nicht nur junge, auch erwachsene Frauen und Männer. Im letzten Winter soll der Wendigo einen Bauarbeiter geholt haben, und ich bin mir beinahe sicher, dass die Knochen, die Jack im Januar ausgegraben hat, zu ihm gehören. Der Wendigo nagt seine Opfer bis auf die Knochen ab, und wenn ihm danach ist, verspeist er sie sogar mit Haut und Haaren. Ich lebe schon seit über achtzig Jahren in dieser Gegend und hab es wohl nur meinem Glück zu verdanken, dass er mich nicht geholt hat. Vielleicht war ich ihm auch nicht hübsch genug.« Sie lachte heiser. »Hübsche Frauen sind ihm am liebsten.«

»Mach ihr keine Angst, Grandma!«, mischte sich Chris ein. »Allie ist gerade erst nach Spirit Lake gekommen. Was soll sie denn von uns denken?« Er wandte sich an Allie und versuchte ein aufmunterndes Lächeln. »Glauben Sie nicht alles, was Grandma Rose sagt. Sie erzählt gerne Schauergeschichten. Bevor sie nach Spirit Lake kam, war sie eine bekannte Schauspielerin. Das stimmt doch, Grandma?«

»Oh ja. Nicht so berühmt wie die Hayworth oder die Hepburn, aber immerhin. Aber mit dem Wendigo aufnehmen könnte es keiner von uns.« Sie schilderte den Wendigo wie einen äußerst begabten, aber unliebsamen und gefürchteten Konkurrenten. »Der Wendigo kann alles. Manchmal kommt er mit Pauken und Trompeten, in einem Blizzard oder in einem heftigen Sturm, ein anderes Mal macht er sich unsichtbar und verschlingt seine Opfer bei lebendigem Leib. Und ich bin sicher, er ist noch zu ganz anderen Dingen fähig, wenn er es auf einen bestimmten Menschen abgesehen hat. Die Indianer bringen ihm regelmäßig Opfer dar, damit er sie verschont. Stimmt doch, Chris?«

»Wir beten viel«, verbesserte er sie. Man sah ihm an, wie unangenehm ihm dieses Thema war. »Nur wer sich mit den guten Geistern verbündet, kann gegen das Böse bestehen, sagt mein Großvater.« Er zwang sich zu einem Lächeln. »Lass uns über was anderes reden, Grandma. Nimmst du deine Herztabletten auch regelmäßig? Du weißt, wie gefährlich es werden kann, wenn du sie vergisst. Bis der Krankenwagen hier draußen ist, kann eine halbe Stunde vergehen, und dann … Willst du nicht doch lieber in die Stadt ziehen?«

Grandma Rose trank einen Schluck, stellte den Becher auf den Tisch und schüttelte entschieden den Kopf. »Ich lebe seit über achtzig Jahren in diesem Blockhaus und werde auch den Rest meines Lebens hier verbringen. Was soll ich in einer kleinen Stadtwohnung? Ich fühle mich wohl hier draußen, das weißt du doch. Du und dein Großvater – ihr wohnt doch auch am Seeufer!«

»Wir sind Indianer, das ist was anderes.«

Draußen frischte der Wind auf. Nicht so plötzlich wie zuvor, eher langsam und bedächtig, als wollte er die Menschen, die sich irgendwo in der Wildnis aufhielten, erst einmal warnen. Der Dobermann bellte, zerrte nervös an seiner Kette und klang eher ängstlich als wütend; beinahe schien er darum zu betteln, ins Haus gelassen zu werden, um dem drohenden Sturm zu entkommen.

Nur einen Atemzug später ging sein Bellen im lauten Fauchen des Windes unter, der von einer Sekunde auf die andere mit einer solchen Wucht gegen das Haus drängte, dass es in allen Fugen zu knarren und zu ächzen begann. Er schlug gegen die Wände und die Tür, drückte gegen die Fenster und trieb dichte Schneewehen vor sich her. Eines der Fenster zerbrach. Das Klirren der Scherben war kaum zu hören. Die Petroleumlampe verschwand unter einem eisigen Schleier und erlosch.

Chris war aufgesprungen, griff sich eines der Bretter, die neben dem Küchenschrank an der Wand lehnten, und nahm einen Hammer und Nägel aus der Werkzeugkiste im untersten Fach. »Helfen Sie mir, Allie!«, sagte er.

Allie sprang auf und folgte ihm zu dem zerbrochenen Fenster. In ihrer Panik merkte sie gar nicht, dass sich die alte Dame ebenfalls erhoben hatte und mit verzerrter Miene nach einem der schweren Holzscheite griff, die neben dem Herd auf dem Boden gestapelt lagen. Mit einem beinahe unmenschlichen

Schrei, der sogar den heulenden Wind übertönte, stürzte sie sich auf Allie und holte mit dem Holzscheit aus.

Chris bemerkte es gerade noch rechtzeitig und wirbelte herum. Sie ließ das Brett, den Hammer und die Nägel fallen und blockte ihren Schlag mit seinem rechten Unterarm ab. Grandma Rose geriet aus dem Gleichgewicht und taumelte rückwärts, holte noch einmal aus und hätte wohl getroffen, wäre sie nicht über das Brett gestolpert und zu Boden gestürzt. Ein heiseres Keuchen kam aus ihrer Kehle und vermischte sich mit dem Schluchzen von Allie, die nicht verstand, was plötzlich in die alte Dame gefahren war. Durch das zerstörte Fenster fuhr der stürmische Wind herein und trieb ihr eisigen Schnee ins Gesicht.

Doch Grandma Rose hatte noch immer nicht genug. Mit einem Schrei stürzte sie sich erneut auf Allie, die sich diesmal selbst verteidigte und die Angreiferin mit beiden Armen aufhielt und von sich wegstieß. »Grandma Rose! Um Gottes willen!«, rief sie, als die alte Dame das Holzscheit fallen ließ, quer durch den beinahe stockdunklen Raum torkelte und gegen den Herd stieß. Wie durch Zauberhand öffnete sich die Klappe, und ein glühender Funkenregen ergoss sich in den Raum und zwang Grandma Rose erneut zu Boden. Chris machte sich sofort daran, das zersprungene Fenster zuzunageln, während Allie der stöhnenden alten Dame vom Boden aufhalf und sie auf einen Stuhl setzte. Sie schien sich nicht verletzt zu haben, ein Wunder bei einer Frau ihres Alters, die sich schon bei einem harmlosen Sturz die Knochen brechen konnte. Allie zündete die Petroleumlampe an und drehte den Docht hoch. Im zitternden Lichtschein erkannte sie, wie sich die alte Dame den rechten Unterarm hielt. Ihre Stimme klang eher weinerlich als heiser, als sie sagte: »Was ist denn passiert? Bin ich gestürzt?«

»Du bist ausgerutscht, Grandma«, antwortete Chris, noch bevor Allie etwas sagen konnte. »Der Wind hat das Fenster eingedrückt und dich zu Boden geworfen. Halb so schlimm, Grandma, du bist hart im Nehmen. Soll ich dir eine von deinen Kreislaufpillen holen? Die liegen auf dem Nachttisch, oder?«

»Tu das, Chris! Und einen Tee, einen Tee hätte ich gern.«

»Darum kümmere ich mich«, sagte Allie schnell. Sie zitterte immer noch, war aber erleichtert, dass Grandma Rose wieder bei Sinnen war und auch der Sturm nachgelassen hatte.

Sie setzte frisches Wasser auf und kehrte die Scherben der Becher zusammen, die der Wind vom Tisch gefegt hatte, und schüttete sie in den Abfalleimer neben dem Herd. Dabei blickte sie immer wieder verstohlen auf die alte Dame, um zu sehen, ob sie sich wirklich beruhigt hatte. Ohne ihr den Rücken zuzukehren, nahm sie neue Becher aus dem Küchenschrank und goss frischen Tee auf. Dann setzte sie sich zu ihr und griff aus lauter Verlegenheit nach einem Schokokeks. Er schmeckte wirklich gut, erinnerte sie an die Weihnachtsfeste, als ihre Mutter noch am Leben gewesen war. Sie ließ den Keks auf der Zunge zergehen und schloss die Augen, vergaß für einen Moment die Aufregung der letzten Minuten und gab sich der schönen Erinnerung hin. Sie vermisste ihre Mutter.

Nachdem Chris mit den Kreislauftabletten zurückgekehrt war und der alten Dame ein Glas Wasser gebracht hatte, stand Allie auf. »So, jetzt muss ich aber wirklich gehen, Grandma Rose. Höchste Zeit, dass ich ins Bett komme!«

»Pass auf dich auf!«, gab ihr die alte Dame mit auf den Weg.

6

»Sei ihr nicht böse«, sagte Chris, als sie das Haus verließen, »sie lebt seit dem Tod ihres Mannes allein hier draußen, da kann man schon mal die Nerven verlieren. Vielleicht sind auch die starken Medikamente schuld. Wenn sie die nicht regelmäßig nimmt, dreht sie manchmal durch. Ihr Mann wurde von einem Wolf angefallen und zerrissen, das vergisst man nicht so schnell. Ich hab ihr schon ein paarmal gesagt, sie soll in die Stadt ziehen, da wäre sie wenigstens unter Menschen, aber sie will in der Nähe ihres Mannes bleiben.«

Er duzte sie ganz selbstverständlich, Allie freute sich darüber. Außerdem war sie froh, dass er eine einleuchtende Erklärung für das seltsame Verhalten der alten Dame hatte. Als zukünftige College-Studentin würde sie sich vor allem mit Zahlen auseinandersetzen und für jedes Problem eine logische Lösung bereithaben müssen; dazu passten böse Geister nicht.

Der Dobermann hatte während des Sturms wohl stark gelitten und knurrte nicht mal, als Allie zum Wagen ging. Sie schlug dennoch einen großen Bogen um ihn. Chris, der wieder etwas verlegen wirkte, begleitete sie. Dicke Flocken wirbelten durch die dunkle Nacht und zwangen sie, die Augen zusammenzukneifen, als sie vor der Fahrertür stehen blieben und sich voneinander verabschiedeten.

»Und du willst wirklich allein nach Hause fahren?«, vergewisserte er sich. »Ich könnte mir den Wagen von Grandma ausleihen und dir Geleitschutz geben.« Er amüsierte sich über den Ausdruck. »Falls es wieder stürmt.«

Sie öffnete lächelnd die Tür. »Ich hab keine Angst, Chris. Und wenn es nach dem Gesetz der Wahrscheinlichkeit geht, gerate ich auf keinen Fall mehr in einen Blizzard. Ist doch nur eine halbe Stunde bis Spirit Lake.« Sie schickte sich an, in den Wagen zu steigen, und hielt noch mal inne. »Vielen Dank, dass du mich zu Grandma Rose begleitet hast. Du bist sehr nett.« Sie spürte, wie sie errötete, und war froh, dass man es im schwachen Licht der Innenbeleuchtung nicht sah. »Vielleicht kommst du mich mal im Drugstore besuchen. Auf eine Cola … oder ein Gingerale.«

»Gingerale? Du magst das Zeug?«

»Du nicht?«

Er verzog das Gesicht. »Damit kann man mich jagen. Dann lieber eine Cola oder einen Latte macchiato. Der darf dann gern auch süß sein.«

»Na, mal sehen, ob ich den hinkriege.«

In einem Reflex, über den sie in diesem Moment wenig nachdachte, legte sie Chris eine Hand auf die Schulter und küsste ihn auf die Wange. Eine Geste, die auf dem Campus ihrer Highschool wenig bedeutet hätte, da verabschiedete sich inzwischen jeder Zweite mit einem Küsschen, doch bei Chris war es anders … viel persönlicher und intimer. Sie spürte seine Haut noch Minuten später, als sie längst wieder auf der Hauptstraße war und der Stadt entgegenfuhr. Einen jungen Mann wie ihn hatte sie noch nie kennengelernt, und es erschreckte sie fast, wie sehr sie sich schon nach kurzer Zeit zu ihm hingezogen fühlte.

Nach der ganzen Aufregung fiel es ihr schwer, sich auf die Straße zu konzentrieren. Ihr Chevy war bestens ausgerüstet für die winterlichen Verhältnisse, und die beheizte Frontscheibe blieb selbst im stärksten Schneegestöber klar, doch am Seeufer war der Flockenwirbel besonders dicht, die Scheinwerfer blendeten auf dem hellen Schnee, und man sah kaum die Hand vor Augen. An einigen Stellen geriet der Wagen trotz der breiten Winterreifen ins Schlingern, und sie musste mit beiden Händen dagegenlenken, um nicht von der Straße abzukommen und in den Graben zu rutschen. Nicht auszudenken, wenn sie hier draußen festsaß.

Vor ihr tauchten grelle Scheinwerfer aus der Nacht auf. Sie blendeten so stark, dass sie noch weniger sah als zuvor und in ihrer Verwirrung so stark auf die Bremse trat, dass der Wagen erneut ins Schlingern geriet und unsanft gegen die Böschung auf der Seeseite prallte. Er rutschte über die Straße zurück und kam gerade noch rechtzeitig vor dem Graben auf der anderen Seite zum Stehen.

Sie fluchte leise und fuhr langsam weiter, die Augen gegen das grelle Licht zusammengekniffen. Es kam ihr beinahe so vor, als hätte der Fahrer, der ihr entgegenkam, das Fernlicht eingeschaltet, doch es war nur der Schnee, der das Licht der Scheinwerfer so stark reflektierte. Ihre Augen schmerzten vom blendenden Weiß. Sie fuhr im Schritttempo weiter, glaubte, bei dem leise blubbernden Motor sogar zu hören, wie die Räder im Schnee knirschten.

Als der andere Wagen nur noch wenige Schritte von ihr entfernt war und sie feststellte, dass er keine Anstalten machte, langsamer zu fahren, hielt sie an und wartete. Mit röhrendem Motor jagte er an ihr vorbei, so schnell, dass sie den Mann hinterm Steuer nur als flüchtigen Schatten wahrnahm. Hochspritzender Schnee prasselte auf ihren Wagen.

Obwohl sie darauf gefasst war, zuckte sie zusammen. Sie schickte ihm einen wüsten Fluch hinterher, drehte das Gebläse hoch und wartete nervös, bis der Schnee auf der Scheibe geschmolzen war und sie weiterfahren konnte. Im Außenspiegel verfolgte sie, wie sich die Rücklichter des Wagens immer weiter entfernten und nach einer Weile hinter einer Biegung verschwanden. Erleichtert beschleunigte sie wieder. Bis zum Waldrand war es höchstens noch eine Meile. Unter den dichten Baumkronen würde das Schneetreiben wesentlich schwächer sein und sie kaum noch behindern. Die Vorfreude auf ihr neues Zuhause und ihr warmes Bett vertrieb den Ärger über den Schnee und den rücksichtslosen Fahrer.

Doch ihre Freude währte nur kurz, denn als sie wenige Sekunden später den Blick hob und in den Innenspiegel blickte, blendeten sie erneut zwei Scheinwerfer. Sie stieg vor lauter Schreck auf die Bremse und starrte in das gleißende Licht. Allein an der rasanten Art, wie der Fremde fuhr, erkannte sie, dass es sich um denselben Fahrer handeln musste. Er hatte gewendet und versuchte, sie einzuholen. Er schien noch schneller zu fahren als vor ein paar Minuten und nahm keine Rücksicht auf seinen Wagen. Hatte die Mafia herausbekommen, wohin das FBI sie gebracht hatte? Oder war doch was dran an den Geschichten über den Wendigo?

Ein Gedanke war so schlimm wie der andere. Ohne daran zu denken, dass es sich auch um einen vollkommen harmlosen

Menschen handeln konnte, der in der Stadt gewesen war und etwas vergessen hatte, fuhr sie weiter. Keinesfalls sollte der Fremde sie überholen, deshalb trat sie das Gaspedal fest durch.

Im Spiegel war nicht zu erkennen, dass sich der Abstand zwischen ihr und dem vermeintlichen Verfolger vergrößerte. Im Gegenteil, der Pick-up wurde immer größer. Der Fremde legte es anscheinend darauf an, sie so schnell wie möglich einzuholen. Ihr blieb nichts anderes übrig, als noch weiter zu beschleunigen, auch wenn sie Gefahr lief, die Kontrolle über ihren Wagen zu verlieren. Beide Hände um das Lenkrad geklammert, trieb sie ihren Wagen über die verschneite Fahrbahn. Wenn sie nur schon im Wald wäre! Dort gab es vielleicht eine Möglichkeit, sich vor dem Fremden zu verstecken. Bis zur Stadt hielt sie dieses wahnwitzige Tempo nicht durch.

Schlitternd erreichte sie die ersten Bäume. Sofort sah sie klarer. Die dichten Kronen der Fichten hielten das Schneetreiben ab, und auf der Schotterstraße blitzte sogar der sandige Boden durch. Den schmalen Waldweg, der hinter der nächsten Biegung auftauchte, erkannte sie nur, weil ihr Wagen leicht ins Schleudern geriet und die Scheinwerfer für einen Sekundenbruchteil tief in den Wald hineinreichten. Allie reagierte instinktiv, nutzte den Augenblick, in dem ihr Verfolger noch hinter der Biegung war und sie nicht sehen konnte, und bog ab.

Die kurze Fahrt wurde zur Tortur. Der Wagen holperte und schaukelte, die Räder polterten gegen hervorstehende Wurzeln und große Steine, und Fichtenzweige knallten wie Peitschenhiebe gegen die Windschutzscheibe. Schließlich blieb sie im Unterholz stecken.

Mit einer raschen Handbewegung schaltete sie den Motor aus. Sie blieb erschöpft sitzen, aber nur für einen Augenblick, dann stieg sie aus. Angestrengt versuchte sie ihren Verfolger zwischen den Bäumen auszumachen. Er tauchte schon wenige Sekunden später auf. Die Scheinwerfer seines Wagens waren zwei leuchtende Flecken in der Dunkelheit, flackerten über die Baumstämme und spiegelten sich im Schnee. »Fahr weiter, bitte fahr weiter!«, bat sie flüsternd. Als die Lichter stehen blieben, verstummte sie. Sie hörte, wie eine Autotür geöffnet wurde.

Der Fahrer ließ die Scheinwerfer eingeschaltet und den Motor laufen. Im Lichtschein erkannte sie einen dunklen Schatten. Der Mann war ausgestiegen und suchte nach ihr. Wahrscheinlich hatte er die Wagenspuren gesehen und wusste, dass sie in den Wald geflohen war. Schon jetzt glaubte sie, seine Schritte in unmittelbarer Nähe zu hören, und sie hätte beinahe einen Schrei ausgestoßen, doch das Knacken der Äste und Zweige kam von einem kleinen Tier, das sie und ihren Verfolger gewittert hatte und rasch das Weite suchte.

Der Fremde würde nicht lange brauchen, um sie aufzuspüren. So leise wie möglich und beide Arme ausgestreckt, um sich im Dunkeln besser zurechtzufinden und nicht gegen einen Baum zu laufen, entfernte sie sich von ihrem Wagen. Abseits des schmalen Waldweges kam sie nur langsam voran. Alle paar Schritte stieß sie mit den Händen gegen einen Baumstamm oder verhedderte sich im dichten Unterholz und war gezwungen, in eine andere Richtung zu gehen. Sie lief einfach drauflos, dachte in ihrer Panik nicht daran, dass ihre Fußspuren im Schnee deutlich zu sehen und das Knacken der Äste und Zweige, auf die sie trat, in der nächtlichen Stille weithin zu hören waren.

Eine flüchtige Bewegung zwischen den Bäumen ließ sie erstarren. Nicht hinter ihr, sondern weit vor ihr, auf einer Lichtung, die als heller Fleck in der Ferne zu erkennen war. Hatte der Fremde sie überholt und kam ihr jetzt entgegen? Unmöglich, so schnell wäre nicht mal ein Fallensteller oder ein Indianer. Sie hatte sich bestimmt geirrt. Ein Tier wahrscheinlich, ein Elch oder ein Hirsch, vielleicht auch nur ein Nachtvogel.

Und doch – sie war fast sicher, dort einen Menschen gesehen zu haben, eine schlanke Gestalt, die sich unheimlich schnell und geschickt bewegt und irgendetwas in den Händen gehalten hatte. Eine Waffe? Ein Gewehr? Einen Bogen? Vielleicht ein Jäger … oder ein Wilderer?

»Miss?«, rief eine Männerstimme hinter ihr.

Vor Schreck zuckte sie so heftig zusammen, dass sie beinahe das Gleichgewicht verlor. Sie fuhr herum und sah sich einem weißhaarigen Mann mit Vollbart gegenüber. Er trug einen dunklen Parka und eine gefütterte Mütze mit Ohrenklappen. Der Schnee reflektierte genug Licht, dass sie sein verwittertes Gesicht und seine Augen erkennen konnte. Ihr freundliches Funkeln beruhigte sie etwas. So sah kein Gangster aus und auch kein Mann, der mit dem Wendigo oder anderen bösen Mächten im Bunde war.

»Ich wollte Sie nicht erschrecken, Miss«, beruhigte er sie. Seine Augen wurden klein, als er lächelte. »Sie dachten wohl, ich wäre einer von diesen jugendlichen Rowdys, als ich an Ihnen vorbeifuhr, was? Tut mir leid, Miss, aber ich drücke gern auf die Tube, wenn ich aus der Stadt komme. Ich kann Städte nicht leiden und bin jedes Mal froh, wenn ich in meine Hütte komme. Ich wohne ein paar Meilen die Straße hoch. Tut mir wirklich leid. Ich dachte, kehrst lieber um und entschuldigst dich bei der Lady, bevor sie zum Sheriff läuft und dir einen reinwürgt. Woher sollte ich denn wissen, dass Sie in Panik geraten und in den Wald laufen? Ich wollte mich nur bei Ihnen entschuldigen, Miss. Ich bin ein altes Raubein, ich weiß, und lebe schon zu lange allein, um zu wissen, wie Frauen ... Aber ich rede schon wieder zu viel. Kommen Sie, ich bringe Sie zu Ihrem Wagen zurück. Falls irgendwas an der Kiste kaputt ist ...«

Allie fand ihre Sprache wieder. »Nein, nein, der Wagen ist okay. Außerdem bin ich ja selbst schuld. Ich bin neu in dieser Gegend, wissen Sie. Ich komme aus ... aus Philadelphia.« Sie reichte ihm die Hand. »Allie McCormick. Meinem Vater und mir gehört der Drugstore an der Hauptstraße.« Sie blickte ihn an. »Jetzt denken Sie sicher, ich bin eine dieser verwöhnten Stadtfrauen, die vor ihrem eigenen Schatten davonlaufen oder schreiend auf einen Tisch klettern, wenn sie eine Maus oder eine Spinne sehen. So bin ich nicht.«

»Sie brauchen sich nicht zu entschuldigen, Miss. Ich hatte wahrscheinlich achtzig Sachen drauf, als ich an Ihnen vorbeigebrettert bin. Normalerweise begegnet mir hier draußen niemand. Grandma Rose wagt sich kaum aus dem Haus, und Jeremiah Lone Eagle und sein Enkel sind meist zu Fuß unterwegs.« Er erwiderte ihren Handschlag. »Joey Brennan. Ich bin Fallensteller.«

Sie gingen zu ihrem Wagen zurück, und Allie hielt sich mit beiden Händen an der offenen Tür fest. Nach ihrer überstürzten Flucht war sie immer noch schwach auf den Beinen. Sie war hungrig und müde.

»Trösten Sie sich«, sagte der Fallensteller, »Sie sind nicht die einzige Frau, die in dieser Gegend verrücktspielt. Alle haben Angst vor dem Wendigo, und wenn ich ehrlich bin ... mir macht der Bursche auch zu schaffen, obwohl er sich an einen alten Knacker wie mich bestimmt nicht rantraut. Aber ich war zwanzig Jahre mit einer Indianerin verheiratet und hab mir jeden Winter ihr Gejammer anhören müssen. Sie hatte eine Heidenangst vor dem Wendigo. Ich musste ständig ein Feuer vor meiner Hütte brennen haben – nur mit Feuer können Sie den Wendigo vertreiben, wenn Sie Glück haben. Bei ihr hat es genützt. Leider starb sie dann an einer hundsgewöhnlichen Lungenentzündung.«

»Tut mir leid, Mr. Brennan.«

»Joey … sagen Sie Joey zu mir.« Er wartete, bis sie auf den Sitz geklettert war. »Und passen Sie gut auf sich auf! In Spirit Lake passieren seltsame Dinge. Auch wenn Sie nicht an den ganzen Geisterkram glauben … sicher ist sicher!«

Allie versprach es und schlug die Tür zu. Sie wartete, bis der Fallensteller aus ihrem Rückspiegel verschwunden war, schaltete den Motor ein und ließ die Scheinwerfer aufflammen. Rückwärts fuhr sie auf die Hauptstraße zurück. Ihre Gedanken waren bei dem alten Fallensteller, als sie aus dem Wald fuhr, und bei der geheimnisvollen Gestalt, die sie auf der Lichtung gesehen hatte.

7

Obwohl Allie erst gegen zwei Uhr ins Bett gekommen war, wachte sie am nächsten Morgen früh auf. Sie hatte das Gefühl, aus einem schrecklichen Traum aufzutauchen, konnte sich aber nicht mehr an Einzelheiten erinnern. Sie wusste nur noch, dass sie von feindlichen Wesen aus einer anderen Welt umzingelt gewesen war. Leise stöhnend öffnete sie die Augen. Auf ihrem Wecker leuchteten die Ziffern 6:48, und das Fenster war dunkel.

Nur ganz allmählich erinnerte sie sich daran, dass sie unter einem neuen Namen in einer neuen Stadt wohnte. Allie McCormick. Sie hatte sich ihren Vornamen selbst ausgesucht. Er klang ihrem alten Namen sehr ähnlich und gefiel ihr fast noch besser. Weniger begeistert war sie von Spirit Lake. Die Kleinstadt war ihr schon am vergangenen Abend spießerhaft und unnahbar vorgekommen, und fast alle Leute, die sie bisher getroffen hatte, hatten vom Wendigo gesprochen. Als hätte der Wintergeist der Indianer die Stadt mit einem grausamen Fluch belegt und sie fest in der Hand.

Ach was, machte sie sich Mut, die Bruchlandung und die Aufregung danach haben mich so durcheinandergebracht, dass ich kaum noch klar denken konnte. In einen plötzlichen

Schneesturm konnte man im nördlichen Minnesota immer geraten, und dass eine alte Dame durchdrehte, passierte auch in Krankenhäusern und Altersheimen. Sie selbst war so verwirrt gewesen, dass sie sogar vor einem harmlosen Fallensteller davongelaufen war.

Allie schlug die Decke zurück und ging ins Bad. Nach einer ausgiebigen Dusche fühlte sie sich schon wesentlich besser, und als sie in Jeans und Sweatshirt am Küchentisch saß und frühstückte, war auch die letzte Müdigkeit verschwunden. Den Kaffee und die Muffins hatte sie aus ihrem Laden geholt. Sie beschloss, den Drugstore vorerst noch geschlossen zu halten, und klebte eine entsprechende Nachricht an die Eingangstür. Als Erstes wollte sie ihren Computer checken, dann würde sie ihren Vater im Krankenhaus besuchen, das war erst mal wichtiger. Mit einem zweiten Becher Kaffee ging sie an ihren Schreibtisch.

Sie klappte den neuen Laptop auf und schaltete ihn ein. Während der Rechner hochfuhr, blickte sie aus dem Fenster über ihrem Schreibtisch und sah, dass das Schneetreiben aufgehört hatte und stattdessen leichter Nebel über der Stadt hing. Die wenigen Lichter, auch das nervöse Blinken des Motelschildes, leuchteten wie verwaschene Flecken in den düsteren Schwaden. Jenseits der Stadt kündigte ein rötlicher Streifen am Horizont den Morgen an.

Das miese Wetter passte perfekt zu der düsteren Stimmung, die schon seit ihrer Ankunft über dieser seltsamen Stadt lag. Warum bloß hatte sich das FBI für Spirit Lake entschieden? Warum hatte man sie nicht nach Hawaii gebracht? Oder nach Florida? Dort hätte sie sich nicht über das Wetter ärgern müssen und wenigstens das Meer vor der Haustür gehabt. Das Rauschen der Brandung und den Geruch von Salz und Tang würde sie in Spirit Lake vermissen.

Der Laptop meldete sich und überraschte sie mit mehreren Dateien, die wohl das FBI überspielt hatte, darunter auch ein Excel-Ordner mit einer ausführlichen Drugstore-Inventurliste und den dazugehörigen Preisen. Sie machte einige Stichproben und war hocherfreut, dass ihre unbekannten Helfer so genau und sorgfältig gearbeitet hatten. Auch ein Onlinekonto ihrer Bank war bereits verfügbar, sie musste nur noch das Passwort einrichten. Alle gängigen Programme, darunter auch Photoshop, Word und E-Mail, hatte man eingerichtet, und ihr Browser öffnete mit Google und lud sie ein, ein Suchwort einzugeben.

Nur die Erinnerung an die eindringlichen Warnungen von US-Marshal Alexis Blair und die Angst vor einem plötzlichen Auftauchen der Mafiakiller, die ihren Boss rächen wollten, hielt sie davon ab, die Seiten ihres College oder ihrer Freundin Evelyn Snyder aufzurufen. Die Mafia war besser und professioneller vernetzt als das FBI oder die Polizei, und man würde ihr und ihrem Vater sofort auf die Spur kommen, wenn sie eine Seite aus ihrer Vergangenheit anklickte. Evelyn war erst vor einem Jahr an ihre Schule gekommen, eine hochbegabte junge Frau, die sich besser mit Computern auskannte als manch gelernter Programmierer und bereits das Angebot einer großen Computerfirma in der Tasche hatte. Ihre Website war voller Spiele und kleiner Überraschungen, und Allie hatte ganze Nachmittage darauf verbracht. Sie und Evelyn, die aus Atlanta kam, hatten sich auf Anhieb verstanden.

Die traurige Erkenntnis, dass man ihr nicht einmal die Gelegenheit gegeben hatte, sich von ihr zu verabschieden, und

Evelyn jetzt wahrscheinlich stocksauer auf sie war, machte ihr schwer zu schaffen. Wie gerne hätte sie ihr eine Mail geschickt, nur eine ganz kurze, die ihr klarmachen würde, dass ihr Schweigen kein böser Wille war. Sie öffnete das E-Mail-Programm und schloss es rasch wieder. Jede Nachricht, und wenn sie noch so kurz war, würde die Mafia auf ihre Spur bringen. »Auf gar keinen Fall!«, hatte Blair immer wieder betont.

Allie öffnete den Browser und überlegte eine Weile. Dann gab sie »Spirit Lake« als Suchbegriff ein und fand – zwei Städte, eine in Iowa und eine in Kansas. Sie glaubte an einen Fehler, versuchte es noch einmal und erhielt dieselben Angaben. Mit »Spirit Lake, Minnesota« lief es nicht besser. Sie wiederholte die Suche mit dem Namen des Krankenhauses und des Coffee Shops schräg gegenüber, tippte sogar den Namen des Sheriffs ein, nur um zu erfahren, dass Google nie von ihm gehört hatte. Überrascht hielt sie inne. Wenn es nach der Suchmaschine ging, gab es Spirit Lake gar nicht, und Allie war inzwischen überzeugt davon, dass keine der Firmen, die ihren Standort in der Stadt hatten, mit einer Seite im Internet vertreten waren. Sie öffnete Mapquest und gab »Spirit Lake, Minnesota« ein, bekam die Karte des Bundesstaates, aber nicht die Stadt auf den Monitor. Auch auf den anderen Karten von Minnesota, die sie aufrief, war Spirit Lake nicht verzeichnet. Ein Fehler im System? Oder Absicht, weil man in Spirit Lake unter sich bleiben wollte? Allie vergrößerte die Karte, bis selbst die winzigsten Käffer zu sehen waren, wiederholte ihre Suche mit Google Earth und fand nicht mal einen Ort, der so *ähnlich* wie Spirit Lake hieß, auch kein Naturschutzgebiet, keinen See oder ein Indianerreservat. Es gab ein Spirit Lake in Iowa und Kansas, einen See mit dem gleichen Namen in Washington und die Spirit Lake

Nation der Sioux-Indianer in North Dakota, aber nicht den geringsten Hinweis auf eine Stadt dieses Namens in Minnesota.

Allie blieb ratlos vor ihrem Computer sitzen, starrte wie gebannt auf den Monitor und vergaß sogar ihren Kaffee. Einer Eingebung folgend, tippte sie »Wendigo« in die Suchmaske. Hier kam eine ganze Reihe von Verweisen, vor allem auf einen Horrorfilm, der mit mäßigem Erfolg in den Kinos gelaufen war. Auf den gängigen Lexikonseiten wurde der Wendigo als Wintergeist der Anishinabe- oder Ojibway-Indianer und als gefräßiges Monster erklärt, das vornehmlich in den Wäldern des amerikanischen Nordens zu Hause war und sich von Menschenfleisch ernährte. Der Legende nach zeigte sich der Wendigo abwechselnd als fellbedecktes Ungeheuer oder als dürres Skelett mit einem Herz aus Eis, dem nur mit loderndem Feuer beizukommen war. Gelegentlich brachte der Wendigo auch einen Menschen unter seine Kontrolle und zwang ihm seinen Willen auf. Spirit Lake wurde nirgendwo erwähnt.

Sie drückte die Seite weg und brachte ihren Becher mit dem kalten Kaffee in die Küche. Nachdem sie ihn ausgespült und in den Schrank gestellt hatte, ging sie in den Laden hinunter. Schon nach zehn – höchste Zeit für ein Gingerale. Ihre Mutter hatte immer geschimpft, wenn sie schon in aller Herrgottsfrühe nach der süßen Limonade gegriffen hatte, die doch nur aus Chemie bestände, aber ihr schmeckte das Getränk, und in gewissen Situationen beruhigte es ihre Nerven. So wie jetzt. Nach einem kräftigen Schluck und mit der Dose in der Hand lief sie durch den Laden zur Tür und blickte auf die Straße hinaus, die Bilder des Wendigo, die sie im Internet gesehen hatte, noch vor Augen.

Was, zum Teufel, war hier los? Was sollte diese Geheimnistuerei? Jede Stadt war im Netz vertreten, selbst das kleinste Kaff hatte sein Portal. Zumindest hätte sie das Krankenhaus finden müssen. Wenn schon nicht mit einer eigenen Seite, dann doch in irgendeinem Zeitungsbericht. Ein Arzt der Klinik, der irgendwo einen Vortrag gehalten hatte. Die Einweihung einer neuen Station. Irgendwas in der Art. Dass eine Stadt oder ein Krankenhaus gar nicht erwähnt wurden, war eigentlich ausgeschlossen. Und was sollte dieses seltsame Gerede vom Wendigo? Hatte der Wintergeist der Anishinabe die Stadt unter seine Kontrolle gebracht? Waren alle Einwohner verhext?

Nicht Chris, dachte sie sofort, auch die Ärztin, die ihren Vater behandelte, war über jeden Verdacht erhaben. Der Sheriff hatte sich zwar seltsam benommen, aber so wie er waren alle Kleinstadt-Sheriffs, das wusste man doch aus dem Fernsehen. Und die Leute, die sie im Warteraum des Krankenhauses getroffen hatte – der buckelige Alte, der Außerirdische für das Verschwinden der Opfer verantwortlich machte, oder Wendy, die vorgab, dem Wendigo in letzter Minute entkommen zu sein? Waren sie nur ein paar kauzige Wichtigtuer, die auf sich aufmerksam machen wollten? Wer steckte wirklich hinter dem Verschwinden der Opfer? Gab es tatsächlich einleuchtende Erklärungen dafür?

Sie starrte auf die Hauptstraße hinaus, die Limodose an den Lippen. Der Tag war angebrochen, und die ersten hellen Flecken zeigten sich am bewölkten Himmel. Ein trister Wintertag, wie es ihn auch in ihrer Heimatstadt gegeben hatte, nur war dort mehr Leben gewesen, und in den Häusern und auf der Straße hatten mehr Lichter gebrannt. Hier waren selbst die Straßenlampen von einem matten Weiß, das sich kaum von den grauen Nebelschwaden abhob. Wie schmutzige Schleier hingen sie zwischen den Häusern und über der verschneiten Hauptstraße. Und obwohl Allie die Heizung bis zum Anschlag aufgedreht hatte, drang die eisige Kälte durch das Schaufenster herein.

Sie trank einen Schluck von ihrem Gingerale und stellte die halbvolle Dose auf den Tresen. Beim Anblick der verschneiten Straße war ihr eher nach einem heißen Kaffee oder Tee zumute. Spirit Lake lag anscheinend noch weiter von der Zivilisation entfernt, als sie befürchtet hatte. Gegenüber brannten nur wenige Lichter, als wären nicht alle Häuser bewohnt, und eine der altmodischen Straßenlampen flackerte nervös und war nahe daran, den Geist aufzugeben. *Jimmy's Grill*, das Hamburger-Lokal an der Ecke, lag so dunkel und verlassen da, als hätte es für alle Zeiten geschlossen.

Das ungefähr siebenjährige Mädchen sah Allie nur, weil es einen leuchtend gelben Anorak trug, der sich als greller Farbfleck von dem grauen Einerlei abhob. Sie kam aus der Seitenstraße neben *Jimmy's Grill*, einen Rucksack über der linken Schulter, und wandte ständig den Kopf, als würde sie verfolgt. Allie konnte ihre nervöse Miene genau erkennen.

Ungeachtet der Kälte, die ihr auf dem Gehsteig entgegenschlug, trat Allie vors Haus. Sie hatte den Eindruck, dass mit dem Mädchen etwas nicht stimmte. Weinte sie? Ihre Schritte wurden immer schneller.

»Hey«, rief Allie über die Straße. »Alles okay mit dir?«

Das Mädchen beachtete sie nicht, schien sie gar nicht zu hören. Irgendetwas trieb die Kleine unbarmherzig an und beschäftigte sie so sehr, dass sie keinen Blick mehr für ihre Umgebung hatte. Wohin wollte sie um diese Zeit? In die Schule? Waren nicht Ferien?

»Was ist los?«, versuchte es Allie noch einmal, wieder ohne Erfolg. Die Kleine hatte keine Augen für sie, sie lief immer weiter.

In der Seitenstraße neben dem Hamburger-Lokal tauchte ein schwarzer Geländewagen auf, ein mächtiger Range Rover mit getönten Fenstern, der besser nach New York oder Hollywood gepasst hätte und hier in der Provinz wie ein Fremdkörper wirkte. Von dem Wagen ging etwas Bedrohliches aus, nicht nur, weil er schwarz war und man den Fahrer nicht sehen konnte, sondern weil er mit blubberndem Motor auf der Kreuzung stand – wie ein Flugzeug, das vor dem Start auf der Rollbahn verharrt, bis die Triebwerke genügend Schub haben und die Maschine mit voller Power losschießt. Mit dem Unterschied, dass der Range Rover auffallend langsam fuhr, als hätte der Fahrer alle Zeit dieser Welt.

Als das Mädchen den Kopf wandte und ihn bemerkte, blieb sie abrupt stehen. Ihr Gesicht war verzerrt, und in ihren Augen spiegelte sich so viel Angst, dass sie unfähig schien, vor dem Wagen davonzulaufen oder um Hilfe zu rufen. Es sah aus, als hätte die Kleine sich mit ihrem Schicksal abgefunden und würde nur darauf warten, dass man sie über den Haufen fuhr oder in dem Wagen entführte.

Allie spürte die Bedrohung vor allem, weil der Range Rover immer langsamer wurde, und rannte über die Straße. Noch vor dem Wagen erreichte sie das Mädchen und schloss es in die Arme. Ihre Berührung holte das Kind in die Wirklichkeit zurück. Es begann zu schreien, als wäre der Leibhaftige in seiner Nähe, und versuchte vergeblich, sich aus ihrer Umarmung zu befreien. Seine Schreie waren so laut und schrill, als könnten sie Gläser zum Zerspringen bringen. »Der Wendigo holt mich!«, rief das Mädchen so laut und verzweifelt, dass sie jeder hören musste, doch keines der Fenster ging auf, und niemand kam auf die Straße gelaufen. Alle hatten Angst, auch Allie.

Der Range Rover hielt genau auf sie zu.

Doch gerade als Allie sich besann und mit dem Mädchen loslaufen wollte, beschleunigte er und fuhr davon. So schnell, dass er an der nächsten Kreuzung ins Schleudern geriet, bog er in die nächste Seitenstraße. Noch immer schrie das Mädchen so laut, dass selbst der röhrende Motor des Wagens nicht zu hören war. Seine Rücklichter verschwanden im dichten Nebel.

Sie drückte das Mädchen fest an sich und tröstete es mit ihrer ruhigen Stimme. »Du brauchst keine Angst mehr zu haben … es ist alles gut. Wie heißt du denn?«

»Melissa.«

»Und weiter?«

»Melissa Johnson.«

»Und deine Eltern? Haben die auch Namen?«

»Mom und Daddy. Und Karen und … und Fred.«

»Okay, dann rufe ich sie gleich mal an und sage ihnen, dass sie dich abholen können.« Sie führte das Mädchen über die Straße und öffnete die Ladentür. »Ich bin Allie. Meinem Vater und mir gehört der Drugstore. Wir sind neu in der Stadt. Wie wär's, wenn ich dir erst mal einen Kakao koche? Ich hab auch Kekse, wenn du magst.«

»Auch die Waffeln mit der Schokofüllung?«, fragte Melissa schüchtern.

»Natürlich, die mag ich auch gern.« Allie deutete auf den quadratischen Schachtisch neben der Heizung und ging zur Treppe weiter. »Setz dich schon mal, ich bin gleich wieder da. Du magst doch Kakao?«

»Mit Marshmallows?«

»Natürlich. Mit was denn sonst?«

Allie stieg in den zweiten Stock hinauf und rief die Eltern des Mädchens an. Nur die Mutter war zu Hause.

»Ihr ist doch nichts passiert?«, rief die Mutter voller Panik.

»Nein, es geht ihr gut. Alles okay.« Sie hörte, wie Mrs. Johnson vor Erleichterung seufzte. »Wir warten im Drugstore auf Sie. Mein Vater und ich haben den Laden übernommen.«

»Ich bin schon unterwegs«, erwiderte die Mutter.

Allie goss einen Kakao für das Mädchen und einen Kaffee für sich selbst auf und kehrte in den Laden zurück. Nachdem sie die Becher auf den Tisch gestellt hatte, fischte sie Schokowaffeln und Marshmallows aus dem Regal mit den Süßigkeiten heraus. Sie schüttete Melissa einige Marshmallows in den Kakao und fragte: »Wie alt bist du denn?«

»Sieben.«

Allie setzte sich auf den freien Hocker und wartete, bis Melissa von ihrem Kakao getrunken hatte. Das Gesicht des Mädchens hellte sich ein wenig auf.

»Und wo willst du um diese Zeit schon hin? Habt ihr denn keine Ferien?«

»Doch … ich will zu meiner Tante. Damit mich der Wendigo nicht findet. Ich konnte doch nicht wissen …« Sie begann wieder zu weinen. »Ich konnte doch nicht wissen, dass … dass er mich schon gefunden hat.« Sie wischte sich schniefend die Tränen aus den Augen. »Der schwarze Wagen … die Männer in dem schwarzen Wagen helfen dem Wendigo. Sie stehlen Mädchen wie mich. Meine Mom sagt, dass sie einen zum Wendigo bringen und …«

»Den Wendigo gibt es doch nur im Märchen.« Allie legte

eine Hand auf den rechten Unterarm des Mädchens. »In dem Wagen saßen bestimmt ganz normale Leute.« Leider war sie sich ihrer Sache inzwischen selbst nicht mehr so sicher. »Du brauchst keine Angst vor dem Wendigo zu haben, ehrlich!«

»Und was ist mit Caroline?«

»Caroline?« Allie blickte das Kind verwundert an.

»Caroline hat der Wendigo im letzten Winter geholt. Er hat sie nicht …« Sie schniefte wieder und griff dankbar nach dem Taschentuch, das Allie ihr reichte. »Er hat sie nicht gefressen, aber … aber als sie zurückkam, war sie sehr krank und konnte nicht mehr sprechen. Sie … sie wohnt jetzt in einem Heim.«

Allie erschrak. »Und keiner weiß, was ihr zugestoßen ist?«

»Der Wendigo«, antwortete Melissa, als wäre das Erklärung genug. »Ich glaube, ich könnte auch nicht mehr sprechen, wenn ich den Wendigo gesehen hätte. Meine Mom sagt, der … der Wendigo ist noch böser als der Teufel!«

Darauf wusste Allie nichts mehr zu sagen.

8

Durch das Schaufenster beobachtete Allie, wie der Sheriff seinen weißen Geländewagen vor dem Drugstore parkte. Er rückte seinen Gürtel mit der schweren Ausrüstung zurecht, bevor er an die Tür klopfte und Allie ihm öffnete. Er berührte seine Hutkrempe. »Morgen, Miss. Was macht denn die Kleine bei Ihnen?«

»Allie hat mich vor dem Wendigo gerettet«, sagte Melissa, bevor Allie dem Sheriff antworten konnte. »Die Männer in dem schwarzen Wagen wollten mich holen. Als Allie kam, sind sie weitergefahren. Stimmt doch, Allie?«

Allie zuckte die Achseln. »Melissa hatte wahnsinnige Angst, Sheriff. Ihre Mutter hat ihr vom Wendigo und den Männern in dem schwarzen Wagen erzählt, ein Märchen natürlich, aber jetzt fürchtet sie sich und läuft vor jedem schwarzen Auto davon. Ich dachte, ich gebe ihr erst mal einen heißen Kakao, der beruhigt und bringt sie auf andere Gedanken. Ihre Mutter muss gleich hier sein.«

»Gute Idee.« Der Sheriff nahm eine Packung Schokolinsen aus dem Regal, hielt sie hoch, was wohl bedeuten sollte, dass er sie später bezahlen würde, und riss sie auf. Er schob sich zwei Schokolinsen in den Mund und zerbiss sie vorsichtig. »Obwohl Ihnen die Leute hier was anderes erzählen werden. Die glauben nicht, dass es den Wendigo nur im Märchen gibt.« Er blickte Melissa an. »Hat Ihnen die Kleine von ihrer Freundin erzählt? Von Caroline?«

»Ja … aber Sie glauben doch nicht …«

»Was ich glaube, spielt keine Rolle«, unterbrach sie der Sheriff. »Ich weiß nur, dass die Leute in Spirit Lake große Angst vor dem Wendigo haben und dass hier viele Dinge passieren, die man sich nicht erklären kann.« Er fischte zwei rote Schokolinsen aus der Tüte. »Wo waren Sie eigentlich gestern Abend?«

Allie hatte das Gefühl, dass der Sheriff sie aushorchen wollte. Als würde er ihr nicht trauen, weil sie eine Fremde war, und vermutlich hatte man ihm auch nicht verraten, dass sie und ihr Vater im Zeugenschutzprogramm waren. »Grandma Rose rief gestern Abend an, ich sollte ihr Herztabletten vorbeibringen. Als ich bei ihr war, stellte sich raus, dass sie noch genug Tabletten hatte. Chris sagte, sie wäre wohl ein wenig vergesslich.« Sie verschwieg ihre Begegnung mit dem Fallensteller, weil sie sich nicht lächerlich machen wollte.

»Chris? Chris Lone Eagle? Sie haben den Indianer getroffen?«

Sie wurde rot. »Chris hat mir geholfen. Ich war mit meinem Wagen auf die Uferböschung geraten, und er … nun ja, er kennt sich mit Autos aus.«

»So war das also.«

»Haben Sie was gegen Chris, Sheriff?«, fragte Allie.

Der Sheriff zerbiss eine weitere Schokolinse, diesmal eine blaue, und tat ihre Frage mit einem missmutigen Brummen ab. »Warum sollte ich?« Er wischte sich mit dem Ärmel über den

Mund. »Ich war heute Morgen noch mal an der Absturzstelle und hab nach den beiden Leichen gesucht.« Er warf einen raschen Blick auf Melissa, die gerade eine Schokowaffel aus der Tüte schüttelte. »Ich konnte leider nichts finden. Sind Sie sicher, dass Sie zu viert in dem Flugzeug saßen? Sie haben sich die anderen Passagiere nicht eingebildet?«

»Wie kommen Sie darauf, Sheriff?« DeGraff ging ihr langsam auf die Nerven. »Der Pilot, ein gewisser Randy, und eine Passagierin … Alexis … den Nachnamen hab ich vergessen.« Sie ging zum Tresen und griff nach der halb vollen Limodose. Das süße Zeug beruhigte sie. »Das hab ich Ihnen doch alles schon erzählt. Warum sollte ich Sie denn anlügen?«

»Ich wollte nur ganz sichergehen.« Der Sheriff verstaute die Tüte mit den restlichen Schokolinsen in seiner Jackentasche und wischte sich die Hände an der Hose ab. »In Spirit Lake wusste niemand etwas von Ihrer Maschine, und ich wollte Antworten haben, falls uns das Minneapolis Police Department oder Angehörige der Toten anrufen. Selbst in einer kleinen Stadt wie Spirit Lake muss alles seine Ordnung haben.«

»Ich habe mir nichts eingebildet, Sheriff.«

»Schon gut.« Er ging zur Tür und blieb noch einmal stehen. »Wie kommen Sie und Ihr Vater eigentlich auf Spirit Lake?« In seiner Stimme klang Misstrauen mit. »Ich hab noch nie erlebt, dass einer freiwillig in unser gottverlassenes Nest zieht. Oder hat man Sie strafversetzt?« Er hielt seine Frage wohl für einen guten Witz und lachte verhalten.

»Wir lieben die Natur«, antwortete sie.

»Na, davon haben wir hier reichlich«, erwiderte er fröhlich und ging zu seinem Wagen. Er winkte der Mutter des Mädchens zu, die gerade über die Straße gerannt kam, und sagte etwas zu ihr, das sie anscheinend beruhigen sollte, und fuhr davon.

»Melissa!«, rief die Mutter, eine junge Frau mit kurzen blonden Haaren. »Dir ist doch nichts passiert? Bist du okay?« Sie umarmte ihre Tochter und küsste sie mehrmals auf die Stirn. »Bin ich froh, dass du …«

»Es geht ihr gut, Mrs. Johnson.«

»Karen … sagen Sie Karen zu mir. Vielen Dank, dass Sie meine Tochter gerettet haben. Ich hätte sie niemals allein nach draußen schicken dürfen …« Sie kämpfte gegen die Tränen an. »Vielen Dank, Miss …«

»Allie. Allie McCormick. War doch selbstverständlich, Ma'am … Karen. Sie glaubt wohl an dieses Schauermärchen und hatte wahnsinnige Angst, als der schwarze Wagen kam.«

»Das ist kein Schauermärchen, Allie. Seien Sie auf der Hut vor dem Wendigo!« Karen nahm ihre Tochter bei der Hand. »So, wir beide gehen jetzt wohl besser nach Hause. Noch mal vielen Dank, Allie. Sie haben Melissa das Leben gerettet.«

Allie gab dem Mädchen zum Abschied die Hand. »Wenn du Lust auf Kakao oder Schokowaffeln hast, kannst du jederzeit wiederkommen, okay? Pass gut auf dich auf!«

Sie wartete, bis das Mädchen und seine Mutter gegangen waren, und räumte die Becher weg. Dann schlüpfte sie in ihren Anorak, verschloss die Tür hinter sich und stieg in ihren Wagen, ließ den Motor an und stellte die Scheibenheizung ein. Anders als in dem alten Pick-up, den sie in Maine gefahren hatte, tauten die Scheiben sofort. Sie schnallte sich an, blickte in den Spiegel und fuhr los.

Obwohl es schon lange nicht mehr schneite und die Uhr vor der Bank bereits halb zwölf zeigte, war ihr SUV der einzige

Wagen auf der Hauptstraße, und da kaum Lichter brannten und auch keine Fußgänger unterwegs waren, kam sie sich wie in einer verlassenen Stadt vor. Wie in diesem Science-Fiction-Film, in dem der letzte Überlebende der Menschheit durch eine menschenleere Stadt gestolpert war. Eine gewaltige Bombe hatte alles Leben vernichtet und zwang ihn, sein restliches Leben in totaler Einsamkeit zu verbringen.

Sie fuhr langsam genug, um jederzeit bremsen zu können. Die Nebelschwaden hingen bis auf die Straße herab und erinnerten sie an Camden, wo der Nebel im Winter beinahe jeden Morgen vom Meer hereinwogte und sich geheimnisvoll über die Fischerboote im Hafen legte. Auch in Camden hatten die alten Fischer von Geistern erzählt, zum Beispiel von einer wunderschönen, aber gefährlichen Meereshexe, die junge Fischer mit ihrem Gesang aufs Meer hinauslockte, sie dort mit heftigen Wellen überraschte und in die Tiefe zog.

Aber niemand hatte an diese Legende geglaubt, und kein einziger Fischer war zu Hause geblieben, weil er sich vor der verführerischen Meereshexe fürchtete. Camden war eine herrlich gelegene Küstenstadt, die im Sommer zahlreiche Urlauber anzog und wo man sich selbst bei schlechtem Wetter nicht die Laune verderben ließ. Hier in Spirit Lake hingegen schien sich der Wendigo zu einer echten Bedrohung aufgeschwungen zu haben.

Am Motel mit den flackernden Neonbuchstaben bog sie nach rechts ab. Die Tankstelle war geöffnet, und als sie in den Spiegel blickte, sah sie einen jungen Mann aus dem Büro treten und ihr neugierig nachstarren. Zumindest ein Zeichen dafür, dass die Stadt nicht ganz ausgestorben war. Jetzt kamen ihr auch einige Fahrzeuge entgegen, und der Parkplatz vor dem

Supermarkt an der nächsten Kreuzung war nicht so leer, wie sie befürchtet hatte. Doch die Leute, die aus ihren Autos stiegen, liefen alle gebückt, wie unter einer schweren Last, und als sich ein kleines Mädchen von seiner Mutter losriss und einem Hund nachrannte, schrie ihre Mutter so verzweifelt, dass Allie es bis ins Auto hören konnte. Sie beobachtete, wie die Frau ihre Tochter einfing und laut mit ihr schimpfte.

Allie bog auf die Straße zum Krankenhaus ein und beschleunigte. Sie freute sich auf ihren Vater. Für einen Augenblick verbannte sie sogar die Strapazen der vergangenen Nacht aus ihren Gedanken. Sie hatte sich immer gut mit ihrem Vater verstanden, war oft mit ihm zum Fischen aufs Meer gefahren und seit dem tragischen Unfall ihrer Mutter noch vertrauter mit ihm. Nur weil sie fest zusammengehalten und sich die Arbeit im Laden geteilt hatten, waren sie mit ihrem Tod einigermaßen zurechtgekommen. Claire McCormick war von einem betrunkenen Farmer überfahren worden und am Unfallort gestorben.

Allie parkte den Wagen auf dem Parkplatz vor dem Krankenhaus, einem schmucklosen Kasten mit zahlreichen Anbauten. Der Springbrunnen vor dem Eingang war abgestellt und mit Holzplatten abgedeckt. Allie betrat das Hauptgebäude, fragte an der Rezeption nach dem Zimmer ihres Vaters und kaufte einen Blumenstrauß, bevor sie mit dem Aufzug in den zweiten Stock fuhr. Gelbe Rosen, die liebte er besonders.

Im Krankenhaus war von der düsteren Stimmung in der Stadt wenig zu spüren. Die Neonlichter leuchteten hell, die Wände waren weiß gestrichen, alles ein wenig altmodisch, verglichen mit dem Krankenhaus in Boston, in dem sie am Blinddarm operiert worden war. Einige der Ärzte und Schwestern, die ihr im Gang begegneten, schenkten ihr sogar ein Lächeln.

Ihr Vater lag allein in einem Zweibettzimmer und begrüßte sie müde. Beim Anblick der gelben Rosen lächelte er. »Hey ... die hat mir deine Mutter auch immer geschenkt. Die einzige Frau, die ihrem Mann Blumen mitbrachte.« Er war gleich nach seiner Einlieferung operiert worden, und seine Stimme war noch ein wenig schleppend von den Schmerzmitteln. »Von mir wollte sie lieber Schokolade, weißt du noch?« Es lag immer noch Trauer in seinen Worten, aber er konnte inzwischen von ihr sprechen, ohne feuchte Augen zu bekommen. »Alles okay mit dir, mein Schatz?«

»Wenn ich mich zu hastig bewege, tut's noch weh«, sagte Allie, »nicht der Rede wert.« Sie nahm eine Vase aus dem Schrank, füllte sie mit Wasser und stellte die Blumen hinein. »Und du? Alles gut überstanden?«

»Besser, als ich dachte, obwohl es verflucht weh tat. Aber Dr. Griffin sagt, dass ich schon morgen oder übermorgen mit Krücken laufen kann. Ein glatter Bruch, sagt sie, den brauchte sie nur zu nageln. Kein Gips, nur eine Schiene, und die kommt bald wieder ab.« Er wechselte das Thema. »Und? Wie sieht unsere neue Bleibe aus? Hast du dich schon ein wenig umgesehen?«

Sie zog einen Stuhl heran und setzte sich. »Alles so, wie wir's vereinbart hatten. Im Getränkeschrank steht sogar Gingerale.« Allie beschrieb ihm die Wohnung und den Laden. »Alle Schränke und Regale sind gefüllt, und ich brauche nicht mal Inventur zu machen. Ist alles schon im Rechner abgespeichert. Es ist nur ...« Sie suchte nach den passenden Worten. »Es ist alles so ... so unheimlich hier. Nicht bei uns zu Hause ... in der Stadt. Kaum Leute auf der Straße, die Häuser grau und unansehnlich, und dann dieses Wetter ...«

»Na, dafür können die Leute doch wirklich nichts.« Er

stützte sich mit dem rechten Ellbogen ab, um etwas bequemer zu liegen, und verzog das Gesicht. Anscheinend waren seine Schmerzen doch stärker, als er zugeben wollte. »Du bist …« Er senkte seine Stimme rechtzeitig zu einem Flüstern. »Du bist unser schönes Camden gewohnt, dagegen ziehen fast alle Kleinstädte den Kürzeren. Und Schneetreiben und Nebel gab es bei uns auch. Du wirst sehen, in ein paar Tagen siehst du das alles anders.«

»Es ist nicht nur die Stadt, Dad.« Allie blieb ernst. »Es ist auch dieser …« Auch sie sprach nun nur noch gedämpft. »Dieser Wendigo. Der Wintergeist der Anishinabe … so heißen die Indianer hier.« Sie erzählte von ihrer nächtlichen Fahrt und wie Chris ihr zu Hilfe gekommen war, vom seltsamen Verhalten der Grandma Rose und der kleinen Melissa. »Ich weiß, den Wendigo gibt es nur in der Legende, aber seit gestern Nacht bin ich mir nicht mehr so sicher. Du hättest die Angst in den Augen dieses Mädchens sehen sollen.«

Ihr Vater nahm sie nicht ernst. »Für alle diese Vorfälle gibt es sicher eine ganz einfache Erklärung. Im Schneesturm bist du in Panik geraten, die alte Dame ist möglicherweise krank oder nimmt die falschen Tabletten, das kleine Mädchen hatte vielleicht schlecht geträumt. Vergiss nicht, was für eine anstrengende Zeit wir hinter uns haben und dass wir nur mühsam dem Tod entronnen sind. Es wäre doch ein Wunder, wenn man da nicht durchdrehen würde. Es gibt bestimmt keinen Wendigo, so wie es auch keinen Bigfoot und keine böse Hexe gibt. Wahrscheinlich hat sich den ganzen Zauber ein geschickter Marketingmanager ausgedacht, um mehr Besucher in die Stadt zu locken. Viele Leute lieben diesen übernatürlichen Quatsch. Fall nicht auf diesen Blödsinn rein.«

»Und wohin sind die beiden Leichen verschwunden? Hast du nicht selbst gesagt, dass du zwei schwarz gekleidete Männer gesehen hast? Das kleine Mädchen erzählte mir, dass der Wendigo zwei Männer als Handlanger beschäftigt. Sie fahren in einem schwarzen Range Rover durch die Gegend. Als Melissa schrie, kam gerade ein solcher Wagen um die Ecke. Ich glaube auch nicht an Geister, aber das kann doch kein Zufall gewesen sein. Irgendwas geht hier vor, Dad. Warum haben schwarz gekleidete Männer die Leichen gestohlen?«

Allies Vater ließ sich nicht beirren. »Die hab ich mir doch nur eingebildet. Dr. Griffin sagt, dass solche Halluzinationen kein Einzelfall sind. Die bekämen viele Leute nach einem solchen Ereignis oder während einer schweren Verletzung. Ich habe wahrscheinlich geträumt. Vermutlich waren es Wölfe oder ein Bär. Vielleicht gibt's in diesem Winter nur wenig zu fressen.«

Die Tür ging auf, und Sheila Griffin kam herein. Sie lachte fröhlich. »Ah … Allie, nicht wahr? Ihr Vater hat die Operation gut überstanden. In ein paar Wochen ist er wieder voll einsatzfähig.« Sie entdeckte die gelben Rosen. »Sind die von Ihnen, Allie? Die sind wunderschön. Ich wusste gar nicht, dass Männer auch Blumen mögen.«

»Meine Lieblingsblumen«, verriet Allies Vater. Nachdem ihn die Ärztin untersucht und die Werte auf dem Krankenblatt gecheckt hatte, nickte sie zufrieden. »Das sieht sehr gut aus, Mr. McCormick. Sie hatten Glück. Der Oberschenkelknochen ist ein Röhrenknochen, da gibt es genug Mark, in dem wir die Nägel verankern konnten.« Sie wandte sich an Allie. »Und wie geht es Ihnen? Ich würde Sie mir gern noch mal ansehen. Am besten kommen Sie gleich mit.«

Allie folgte der Ärztin in einen Behandlungsraum und zuckte ein wenig, als Dr. Griffin ihre Brust berührte. »Nur wenn ich eine falsche Bewegung mache, tut es weh«, sagte Allie. »Und wenn ich auf dem Bauch liege.«

»Das vergeht wieder. Es ist nichts gebrochen.«

»Aber ich bräuchte ein Rezept für Grandma Rose … Mrs. Pattinson. Ich musste ihr gestern Abend eine Packung mit ihren Herztabletten bringen. Sie hatte zwar noch welche zu Hause, aber das hatte sie wohl vergessen.«

»Das überrascht mich nicht«, erwiderte die Ärztin lächelnd. »Grandma Rose ist schon über achtzig und manchmal ein bisschen … verwirrt. Ich hab ihr schon hundertmal gesagt, dass ich oder einer meiner Kollegen zu ihr rausfahren kann, aber sie kommt jede Woche zur Untersuchung hierher. Dabei ist sie kaum noch fahrtüchtig. Eigentlich sollte man ihr den Führerschein abnehmen.« Ihr Lächeln verschwand. »Hat sie wieder vom Wendigo erzählt?«

Allie nickte. »Sie hat mich vor ihm gewarnt. Er wäre ein Menschenfresser und würde hier jeden Winter sein Unwesen treiben und hübsche Mädchen oder Frauen holen. Einmal hätte er sich sogar einen Bauarbeiter geschnappt.«

»Die Geschichte hat sie mir auch erzählt. Ihr Hund hätte die Knochen des Mannes gefunden, dabei waren es Tierknochen. Auch ohne mein Medizinstudium hätte ich das sofort erkannt. Grandma Rose hat eine blühende Fantasie. Sie war mal Schauspielerin, wussten Sie das?« Und als Allie nickte: »Sie dürfen nicht alles auf die Goldwaage legen, was sie sagt. Sie fantasiert manchmal munter drauflos. Sie fürchten sich doch nicht vor dem Wendigo?«

»Nein … nicht wirklich. Das heißt … sie benahm sich plötzlich selbst wie der Wendigo, da hatte ich wirklich Angst.« Sie berichtete vom Angriff der alten Dame. »Es sah so aus, als wollte sie mich mit dem Holzscheit erschlagen!«

Die Ärztin wurde sehr ernst. »Die Nebenwirkungen der Tabletten, die sie nehmen muss, sind leider sehr stark, und sie verträgt sie anscheinend besonders schlecht. Es wäre vielleicht doch besser, wenn sie in ein Heim käme.« Sie überlegte kurz. »Vergessen Sie das Rezept. Ich fahre heute Nachmittag wieder einmal zu ihr hinaus und untersuche sie gründlich.«

Sie kehrten ins Krankenzimmer zurück. »Ich sehe heute Abend noch mal bei Ihnen vorbei, okay?«, sagte sie zu Allies Vater.

»Das wäre nett«, erwiderte er.

Die Ärztin verabschiedete sich, und Allie verdrängte den Wendigo aus ihrem Gedächtnis. Sie grinste. »Erhol dich gut, Dad.«

9

Als Allie im Auto saß, atmete sie erst einmal tief durch. Ihr Vater hatte recht. Nicht jede Stadt war so romantisch wie Camden, und Spirit Lake kam ihr wahrscheinlich nur so düster und abweisend vor, weil der Nebel sich nicht lichten wollte.

Sie schaute zu dem Fenster hinauf, hinter dem sie ihren Vater vermutete. Es ging ihm den Umständen entsprechend ziemlich gut, und offenbar hatte er mit Sheila Griffin eine wunderbare Betreuerin gefunden.

Sie hatte Hunger. Ein Cheeseburger mit viel Zwiebeln und einer extra Scheibe Käse käme ihr jetzt gerade recht. Ab und zu gönnte sie sich ein üppiges Mahl, ansonsten achtete sie auf ihre Figur und darauf, dass sie noch in die Jeans passte, die sie vor einem Jahr gekauft hatte.

Ein leuchtendes Symbol auf ihrem Armaturenbrett ließ sie zu der Tankstelle abbiegen, vor der sie nachts nach einem Telefon gesucht hatte. Ein Tankwart im blauen Overall kam missmutig aus seinem Büro und fragte: »Voll?«

»Wissen Sie, warum dieses Licht leuchtet?«, fragte sie.

»Ihr Lenkrad wird beheizt. Den Hightech-Scheiß gibt's neuerdings in den meisten SUVs mit Sonderausstattung.«

»Wow!«, staunte sie.

Der Tankwart war ein junger Bursche, vielleicht drei Jahre älter als Allie, und musterte sie unverschämt. Mit seinem kantigen Gesicht und den kurzen Stoppelhaaren hätte er auch von der Marine sein können. Selbst auf einige Entfernung roch sie den Alkohol in seinem Atem.

»Neu hier?«, fragte er. »Ich hab Sie noch nie gesehen.«

»Meinem Vater und mir gehört der Drugstore.«

»Die Millers haben verkauft?« Der Tankwart schien ehrlich überrascht. »Oder hat sie der Wendigo geholt? Sie hatten verfluchte Angst vor ihm, besonders die Alte. Vielleicht sind sie auch weggezogen, obwohl ich kaum jemand kenne, der es geschafft hat, dieses miese Kaff zu verlassen.« Er blickte Allie an. »Sie sind wirklich freiwillig hier?«

»Warum nicht?«, wich sie seiner Frage aus.

Er grinste ungeniert. »Weil ich keinen kenne, der freiwillig in dieses Kaff gezogen ist. Die haben alle Schiss vor dem Wendigo. Nicht mal Babys kriegen die Leute hier, weil sie Angst haben, der Wendigo könnte sie ihnen wegnehmen und auffressen. Anstatt hier rumzujammern, sollten sie lieber was gegen die roten Nigger unternehmen, denen haben wir das verdammte Schreckgespenst doch zu verdanken.«

Allie kannte einige Leute, die gegen einen schwarzen Präsidenten waren und die Wirtschaftskrise vor allem den Schwarzen, Mexikanern und Indianern in die Schuhe schoben. Rassistische Kraftausdrücke wie diesen hatte sie an der Ostküste aber nie gehört. »Wenn Sie weiter so reden, zeige ich Sie an!«, rief sie entsetzt und wütend zugleich. »Wie können Sie so etwas sagen, und dann auch noch mit diesen unflätigen Ausdrücken? Das ist ja schlimmer als beim Ku-Klux-Klan! Was können denn die

Indianer dafür, dass einige Leute hier Angst vor dem Wendigo haben? Weil er in einer indianischen Legende vorkommt? Das ist doch nicht Ihr Ernst!« Sie zwang sich zu einem spöttischen Lächeln. »Außerdem gibt's den Wendigo doch gar nicht.«

»Wenn Sie's sagen, Miss.« Er grinste unverschämt. »Aber wundern Sie sich nicht, wenn Sie ihn irgendwann mal Ihren Namen flüstern hören. Auf junge Frauen wie Sie hat er's nämlich besonders abgesehen … die mag er.«

»Einer wie Sie würde ihm auch zu schwer im Magen liegen.«

Sein Grinsen ging in ein übertriebenes Lachen über. »Ha, der war gut! Im Magen liegen, als ob der sich an mir vergreifen würde.« Er blickte auf sie herab. »Wie wär's mit einem Date, Miss? Ich mag Frauen, die mir Kontra geben.«

»Das fehlte gerade noch!«

Sie hatte das Lachen des Tankwarts noch im Ohr, als sie auf die Hauptstraße bog und langsam nach Norden fuhr. Ein widerlicher Bursche. Ein Rassist, der eher in die Südstaaten gepasst hätte, nach Alabama oder Louisiana, wo sich die Bürgerrechte noch immer nicht herumgesprochen hatten.

Auch jetzt war auf der Hauptstraße nur wenig los. Ein Pick-up-Truck, der ihr mit einem Tisch und Stühlen beladen entgegenkam, ein älterer Herr am Steuer eines mindestens dreißig Jahre alten Straßenkreuzers, der wahrscheinlich ohne Winterreifen unterwegs war und so langsam fuhr, dass Allie zu Fuß schneller gewesen wäre, ein junger Kerl, der leicht gebückt auf seinem iPhone spielte, und ein UPS-Fahrer, der mit einem Päckchen unterm Arm in einem Hauseingang verschwand. Die vergebliche Google-Suche nach Spirit Lake im Hinterkopf, hielt sie neben dem Lieferwagen am Straßenrand.

»Haben Sie ein Päckchen für den Drugstore dabei?«, fragte

sie den UPS-Fahrer, als er zurückkehrte. Er hatte schlechte Laune, wahrscheinlich wegen des Wetters. »Mein Vater und ich sind die neuen Besitzer. Allie McCormick.«

»Drugstore? McCormick? Nee«, antwortete er mürrisch.

»Entschuldigen Sie meine Neugier, aber kommen Sie weit rum?«

Er öffnete die Tür seines Lieferwagens und zögerte kurz. »Ich und rumkommen? Zum Verteilerlager hinter der Schule und zurück. Weiter war ich schon ewig nicht.« Er lachte. »Ich werd den Teufel tun und mich in den Wäldern rumtreiben. Hab keine Lust, dem Wendigo übern Weg zu laufen.«

»Aber die Päckchen kommen von überall in den USA, oder?«

»Sogar aus Übersee. Wieso fragen Sie mich das alles?«

»Und wer bringt die Post nach Spirit Lake?«

»Trucks aus den Twin Cities. Hören Sie, Miss, ich …«

»Tut mir leid, dass ich Sie nerve, Mister, aber ich hab Spirit Lake im Internet gesucht und konnte es nirgendwo finden. Nicht mal auf Google Maps und in den Routenplanern. Hat die Stadt noch irgendeinen anderen Namen?«

Der UPS-Fahrer saß bereits hinterm Lenkrad und hatte die Hand an der Tür. »Und jetzt glauben Sie wohl, Spirit Lake gibt es gar nicht und Sie würden das Ganze nur träumen, was?« Er lachte schallend. »Soll ich Sie mal zwicken, Miss? Sie träumen ganz bestimmt nicht, und solange die Trucks aus den Twin Cities zu uns finden, bin ich auch sicher, dass unser Nest noch auf der Landkarte steht. Leben Sie wohl!« Er zog die Tür zu und fuhr lachend davon.

Allie blieb eine Weile nachdenklich sitzen und fuhr erst weiter, als der ältere Herr in seinem Straßenkreuzer um die Ecke bog und vorwurfsvoll hupte. Wahrscheinlich hatte er sich verfahren, obwohl das in Spirit Lake kaum möglich war, und eine Extrarunde gedreht. Vor *Jimmy's Grill*, dem einzigen Lokal, das sie bisher gesehen hatte, parkte sie den Wagen am Straßenrand.

Sie betrat den Imbiss, einen lang gestreckten Raum mit einem Tresen und etlichen Tischen, und sah sich eisigem Schweigen gegenüber. Wie in einem der alten Westernfilme, wenn der Fremde mit den tiefgeschnallten Colts einen Saloon betrat und alle Unterhaltungen verstummten. Sie glaubte, das Schweigen gälte ihr, doch als sich ihre Augen an das Halbdunkel im Lokal gewöhnt hatten, sah sie eine junge Frau im offenen Durchgang stehen. Anscheinend war sie gerade erst zur Hintertür hereingekommen. Nur mit einem Nachthemd bekleidet, die Haare offen und verfilzt, starrte sie mit leeren Augen über die Gäste hinweg. Ihre Füße waren nackt, und sie fror erbärmlich.

Allie fand als Erste ihre Sprache wieder. »Haben Sie denn keine Decke?«, rief sie der Besitzerin hinter dem Tresen zu, einer rundlichen Frau mit dicken Wangen. »Sehen Sie denn nicht, wie kalt der Frau ist? Tun Sie doch was!«

Die Frau rührte sich, verschwand in einem Hinterzimmer und kehrte mit einer Wolldecke zurück. Allie riss sie ihr aus der Hand und legte sie der frierenden Frau um die Schultern. Die reagierte nicht, blickte sie nicht einmal an.

Allie half ihr auf einen freien Stuhl. »Einen Teller Suppe und heißen Tee!«, rief sie der Wirtin zu. »Auf meine Kosten. Schnell! Sie sehen doch, wie durchgefroren die Frau ist! Und rufen Sie bitte einen Krankenwagen!«

Allie öffnete ihren Anorak und setzte sich der jungen Frau gegenüber. »Und mir bringen Sie bitte einen Cheeseburger mit extra Käse und ein Glas Wasser mit Zitrone!« Dann blickte sie sich in dem Lokal um. Außer ihr waren noch sieben andere Gäste anwesend. Drei junge Männer am Tresen, vielleicht Mechaniker aus der nahen Autowerkstatt, ein Rentnerpaar und zwei ältere Männer an den Tischen. Erst als einer von ihnen den Mund aufmachte, erkannte sie den buckligen Alten aus der Notaufnahme. »Das ist doch Maggy Dale … die Frau, die letzten Winter verschwunden ist. Die wäre ihrem Mann weggelaufen, habt ihr damals gesagt.« Er wandte sich an die verstörte Frau. »Hey, Maggy! Mrs. Dale! Wo waren Sie die ganze Zeit? Die Außerirdischen haben Sie entführt, stimmt's?«

»Lassen Sie die arme Frau doch in Ruhe!«, wies Allie ihn zurecht. Erst der rassistische Tankwart und nun dieser Spinner, das war einfach zu viel. »Sehen Sie denn nicht, wie durchgefroren sie ist? Lassen Sie die Frau doch erst mal was essen und heißen Tee trinken, bevor Sie diesen Unsinn verzapfen.«

»Endlich gibt's diesem Spinner mal jemand!«, freute sich der Handwerker. »Hast du gehört, Toby? Du sollst endlich mal die Klappe halten!«

Der Alte ließ sich nicht beirren. Mit seinen abstehenden weißen Haaren sah eher *er* wie jemand aus, der von Aliens mitgenommen worden war. »Waren Sie die ganze Zeit bei den Außerirdischen im Raumschiff? Wie sehen sie aus? Haben sie wirklich so große Augen wie auf manchen Bildern? Hat man Sie gefoltert? Oder auf einem Operationstisch festgeschnallt? Waren Sie bei Bewusstsein, als man Sie untersucht hat? Sagen Sie doch was, Ma'am!«

»Lassen Sie die Frau in Ruhe!«, rief Allie schärfer als vorher.

Der Alte wandte sich an den anderen Rentner. Noch immer so laut, dass es jeder hören konnte, sagte er: »Weiß der Teufel, was sie mit ihr angestellt haben … irgendwas Schlimmes …

ihre Organe durch was anderes ersetzt oder ihr Gehirn ausgetauscht. Sieh sie dir doch an!«

Inzwischen hatte die Wirtin einen Teller mit Nudelsuppe und einen Becher Tee gebracht, nicht ohne Allie einen vorwurfsvollen Blick zuzuwerfen. Sie wäre die Frau wohl gern schneller losgeworden. »Essen und trinken Sie ordentlich!«, redete Allie der immer noch zitternden Frau sanft zu. »Sie werden sehen, danach geht es Ihnen besser. Keine Angst, es wird alles wieder gut. Der Krankenwagen ist schon unterwegs.«

Maggy Dale reagierte nicht. Wie versteinert saß sie Allie gegenüber, beide Hände in die Wolldecke verkrampft, als hätte sie Angst, jemand würde sie ihr wegnehmen. Ihr Blick war ins Leere gerichtet. Nicht einmal der Duft der würzigen Nudelsuppe konnte sie dazu bringen, nach dem Löffel zu greifen.

»Mrs. Dale … Maggy … essen Sie … bitte!«

»Da können Sie lange warten«, sagte die Wirtin, als sie den Cheeseburger und das Wasser brachte. »Sie ist nicht die Erste, verstehen Sie? Wenn der Wendigo eine nicht mag, lässt er sie irgendwo fallen, und sie kann von Glück sagen, wenn sie am Leben bleibt und es zurück in die Stadt schafft. Caroline war genauso, als sie im April hier auftauchte. Die Ärzte mussten sie die ersten Tage künstlich ernähren, und geredet hat sie bis heute nicht. Wenn das so weitergeht, brauchen wir bald ein zweites Heim.« Sie wischte sich die Hände an der Schürze ab. »Sie sind neu hier, was? Ich hab Sie noch nie hier gesehen.«

»Meinem Vater und mir gehört der Drugstore gegenüber.«

»Stimmt, die Millers sind weggezogen. Komisch, sie haben sich noch nicht mal verabschiedet. Waren von einem Tag auf den anderen verschwunden. Ich dachte schon, der Wendigo hätte beide geholt, aber mit Älteren hat er's nicht so.«

»Sie glauben, dass es den Wendigo wirklich gibt?«

Die Wirtin bedachte Allie mit einem spöttischen Lächeln. »Sie nicht? Warten Sie's ab, wenn Sie erst mal länger hier wohnen, denken Sie anders. Ich hoffe nur, der Wendigo bekommt Sie vorher nicht in seine Klauen. Er steht auf junge Frauen wie Sie, und Sie wollen doch nicht wie die arme Maggy enden, oder? Gehen Sie nur auf die Straße, wenn's unbedingt sein muss, und achten Sie auf einen schwarzen Range Rover. Der Wendigo hat menschliche Helfer, die ihm neue Opfer in sein Versteck bringen. Sie glauben mir nicht? Wir haben den Wendigo auch mal für Hokuspokus gehalten, aber das ist lange her.«

Als eine vom Verstand gelenkte junge Frau, die sich bestens mit Zahlen auskannte, glaubte Allie weder an Geister, die in alten Schlössern spuken sollten, noch an Wahrsager und Hellseher. Oder an dieses Medium im Fernsehen, das vorgab, mit den Geistern der Toten sprechen zu können. Selbst wenn diese Frau etwas sagte, das nur der Tote und seine Angehörigen wissen konnten, suchte Allie nach einer logischen Erklärung oder einem versteckten Trick. Die Stimme, die ihren Namen geflüstert hatte? Nur Einbildung, sie war sich inzwischen sicher. Die Schneeböen und das seltsame Verhalten von Grandma Rose? Leicht zu erklären. Die verstörte Maggy Dale und die Angst der kleinen Melissa? Für ihr Verhalten gab es sicher andere Gründe.

Auch für den Hokuspokus in Spirit Lake musste es eine logische Erklärung geben. Schon möglich, dass der Aberglaube in einer kleinen Stadt wie Spirit Lake, abseits der Zivilisation gelegen und mit einem Indianerreservat in unmittelbarer Nähe, noch immer weit verbreitet war und sich eine Legende wie die vom Wendigo hartnäckig hielt. Aber als aufgeklärte junge Frau, der man auf der Highschool ein beachtliches logisches Denkvermögen bescheinigt hatte, fiel sie auf so etwas nicht rein.

Draußen wurden Sirenen laut, und wenig später kamen zwei Sanitäter mit einer Trage herein. Dr. Sheila Griffin war bei ihnen. »Allie!«, rief sie überrascht. »Sie haben die arme Frau gefunden?« Ohne ihre Antwort abzuwarten, eilte die Ärztin auf Maggy Dale zu und beugte sich zu ihr hinunter. »Wir kümmern uns um Sie, Maggy. Sie brauchen keine Angst mehr zu haben.« Sie half der verstörten Frau vom Stuhl und unterstützte sie dabei, sich auf die Trage zu legen.

»Sie reagiert nicht«, sagte Allie leise, »und essen wollte sie auch nicht.«

»Wir versorgen sie, Allie. Machen Sie sich keine Sorgen.«

Die Sanitäter trugen Maggy Dale nach draußen, gefolgt von der Ärztin, und Allie blieb eine Weile nachdenklich sitzen, bevor sie in ihren Cheeseburger biss. Obwohl er genau nach ihrem Geschmack war, hatte sie plötzlich kaum noch Hunger und ließ die Hälfte liegen. Maggy musste Schreckliches durchgemacht haben. Was konnte einen Menschen so erschrecken, dass er seine Sprache verlor und auf nichts mehr reagierte?

Sie bezahlte und ging.

Das Bild der vollkommen apathischen Frau ging ihr auch nicht aus dem Sinn, als sie im Wagen saß und eigentlich nur nach Hause fahren wollte. Doch gerade als sie am Randstein parken wollte, tauchte ein schwarzer Range Rover in ihrem Außenspiegel auf und rauschte an ihr vorbei. Sie hatte sich zwar das Nummernschild nicht gemerkt, glaubte aber, den Wagen zu erkennen, der Melissa in die Flucht getrieben hatte. Ohne lange zu überlegen, legte sie den Gang ein und folgte ihm.

10

Der Range Rover fuhr auf der Hauptstraße nach Süden. Viel zu schnell, als bräuchte er keine Angst vor dem Auftauchen eines Streifenwagens zu haben, überquerte er die Kreuzung an der Tankstelle. Allie hatte Glück, die Ampel noch bei Gelb zu erwischen und an ihm dranzubleiben.

Außerhalb der Stadt fiel sie schnell zurück. Zu rasant pflügte der Range Rover über den notdürftig gestreuten Highway. Schon bald war er in den dichten Nebelschwaden verschwunden, die wie triefend nasse Schleier über dem Boden hingen und ihr die Sicht erschwerten. Das Scheinwerferlicht ließ den Nebel noch heller erscheinen und zwang Allie sogar dazu, die Sonnenblende herunterzuklappen und ihre Augen schützend gegen das gleißende Licht zusammenzukneifen. Automatisch nahm sie den Fuß vom Gaspedal.

Obwohl der Range Rover im Nebel nicht mehr zu sehen war, folgte sie ihm weiter. Die Begegnung mit Maggy Dale und das viele Gerede über den Wendigo hatten sie wütend gemacht. Sie wollte wissen, was in dieser Stadt vor sich ging. Zu der modernen Version der Legende gehörte, dass ihn zwei schwarz gekleidete Männer in einem schwarzen Geländewagen unterstützten, unschuldige Mädchen wie die kleine Melissa einfingen und ihm in sein Versteck brachten. Wenn sie herausbekam, wohin der schwarze Range Rover unterwegs war und wer ihn tatsächlich fuhr, würde sie auch erfahren, was an dem Märchen dran war.

Im Wald wurde die Luft klarer. Der Nebel behinderte sie kaum noch, doch das Scheinwerferlicht reflektierte so stark auf der Schneedecke, dass sie kaum schneller fahren konnte. Sie versuchte es dennoch, geriet sofort ins Schleudern und konnte den Wagen gerade noch abfangen. Sie war allein auf der Straße, demselben Highway, neben dem sie die Bruchlandung gebaut hatten. Noch vorsichtiger als bisher folgte sie den Spuren des Range Rover, die sich teilweise tief in den Schnee gegraben hatten. Nur das Motorengeräusch ihres Wagens und das dumpfe Poltern, wenn die Räder nassen Schnee oder Eisbrocken aufwirbelten und diese gegen die Karosserie schlugen, waren zu hören. Die Lichtbalken der Scheinwerfer strichen über die Bäume und den Schnee.

An der Unfallstelle, die mit rot-weißem Flatterband abgesteckt war, fuhr sie vorbei und warf nur einen flüchtigen Blick aus dem Fenster. Die Trümmer der ausgebrannten Maschine lagen auf der Lichtung am Waldrand, sie waren teilweise von dem Neuschnee bedeckt, der während der Nacht gefallen war. Am liebsten wäre sie ausgestiegen und hätte nach den verschwundenen Leichen von Alexis Blair und dem Piloten gesucht, doch ihre Neugier auf den Verbleib des Geländewagens war größer und ließ sie erneut auf das Gaspedal treten und weiter seinen Spuren folgen.

Sie überlegte. Wenn es stimmte, dass Spirit Lake nahe der kanadischen Grenze lag, war diese Straße der schnellste Weg in die Zivilisation und mündete weiter südlich in eine der breiten Schnellstraßen nach Minneapolis und St. Paul. In zahlreichen Windungen zog sie sich durch den dunklen Wald, flankiert von hohen Fichten, die bedrohlich zu beiden Seiten emporragten und ihr wie eine schwarze Wand erschienen. Ohne die im Scheinwerferlicht leuchtenden Begrenzungspfähle wäre sie verloren gewesen.

Hinter einer Biegung sah sie die Rücklichter des Range Rover durch den Nebel leuchten. Er war keine Achtelmeile vor ihr und schien jetzt langsamer zu fahren. Doch schon nach wenigen Sekunden verschwanden die Lichter wieder im Nebel. Allie fluchte leise und beschleunigte, bis die Räder kaum noch Halt auf der glatten Straße fanden, ging in einer Kurve rasch vom Gas und wich im letzten Augenblick einem Fuchs aus, der wie gebannt auf der Straße verharrte, als ihn die Scheinwerfer erfassten, und erst das Weite suchte, als Allie bereits an ihm vorbei war.

Die Straßensperre tauchte so plötzlich vor ihr auf, dass sie beinahe die rotweißen Sperrbalken über den Haufen fuhr. Im Scheinwerferlicht sprangen ihr die Worte ROAD CLOSED und DETOUR entgegen, die Straße war gesperrt, und rechts davon führte eine Umleitung durch den Wald. Die Ausfallstraße nach Süden gesperrt? Die Hauptverbindung und der nächste Weg in die Zivilisation? Allie fluchte leise in sich hinein. Wahrscheinlich war die Meldung im Fernsehen und im Radio gekommen, ein Erdrutsch, ein Unfall, ein umgekippter Truck, ein Grund, warum die Straße so verlassen war.

Ihr bitteres Lachen erfüllte den Wagen. Eigentlich hätte sie jetzt umkehren und nach Hause fahren müssen, denn was brachte es, einem Phantom über eine abgelegene Forststraße zu folgen, nur um herauszufinden, dass der Range Rover einem Fallensteller oder einem Einsiedler gehörte, der hier draußen seine Hütte hatte. Stattdessen legte sie den Rückwärtsgang ein und stieß ein wenig zurück, bis ihre Scheinwerfer die Forststraße erfassten, die an dem unbekannten Hindernis vorbeiführte. Beim Anblick der holprigen Straße, vor der anscheinend auch der Schneeräumer kapituliert hatte, schaltete sie in einen der Geländegänge und fuhr in den Wald. Beide Hände am Lenkrad, folgte sie den Spuren des Range Rover, die hier noch deutlicher zu sehen waren.

Die Forststraße war breit genug für die Sattelschlepper, die im Sommer die Stämme der gefällten Bäume aus dem Wald schafften, durch den Schnee und den feuchten Nebel aber schwer befahrbar. Ein normaler Mittelklasse-Wagen wäre in dieser Umgebung kläglich gescheitert. Auch ihr SUV schlingerte und rutschte immer wieder zur Seite, kämpfte sich mit aufheulendem Motor durch den Schnee und kam nur langsam voran. Die Bäume standen noch dichter, wirkten wie erstarrte Riesen, die jederzeit aus ihrem Tiefschlaf erwachen und ihr den Weg verstellen konnten. Wenn sich Schnee von den Zweigen löste und auf ihre Windschutzscheibe platschte, brauchten die Scheibenwischer unendlich lange, um wieder für freie Sicht zu sorgen.

Die Fahrt war so anstrengend, dass sie den Grund dafür beinahe vergaß. Nicht mal die Reifenspuren des Range Rovers waren in dem aufgewühlten Schnee noch zu sehen. Kein Scheinwerferlicht, keine Rücklichter, kein dunkler Schatten zwischen den Bäumen. Nur sie und ihr SUV, umgeben von einem dunklen und endlos erscheinenden Wald, der sie fest in seinen Klauen zu haben schien. Sie hatte längst die Orientierung verloren, selbst das eingebaute Navi spielte verrückt und wechselte ständig die Richtung. Nur die Hoffnung, dass die Umleitung bald zu Ende war und sie wieder den Highway erreichte, trieb sie voran. Dort würde sie umkehren und nach Spirit Lake zurückfahren.

Sie wusste nicht, wie lange sie unterwegs gewesen war, als sie endlich die Hauptstraße erreichte. Sie steuerte ihren Wagen um die letzte Biegung, fuhr auf den Highway und trat so heftig auf die Bremse, dass sie nach vorn geworfen wurde und es nur ihrem Sicherheitsgurt zu verdanken hatte, dass sie nicht gegen die Windschutzscheibe flog. Verwirrt blickte sie auf die Straßensperre, die drei Schritte vor ihr den Highway blockierte, die rotweißen Sperrschilder und die gelbschwarzen mit der Aufschrift ROAD CLOSED und DETOUR. Dieselbe Straßensperre, vor der sie vorhin schon gestanden hatte! Sie war, ohne es zu merken, im Kreis gefahren und zum Ausgangspunkt zurückgekehrt.

Einen Augenblick blieb sie wie vor den Kopf geschlagen in ihrem Wagen sitzen. Sie starrte ungläubig auf die Schilder und schüttelte langsam den Kopf. Das war doch nicht möglich! Sie hatte nirgendwo gewendet, war die ganze Zeit dem verschneiten Forstweg gefolgt, und doch war sie aus derselben Forststraße gekommen, in die sie vor einiger Zeit abgebogen war. Wie lange war das jetzt her? Eine halbe Stunde? Zwei Stunden? Noch länger? Wieso stellten sie ein Umleitungsschild auf, wenn sie doch wissen mussten, dass die Straße im Kreis führte?

Um sicherzugehen, stieg sie aus. Fröstelnd schlug sie die Hände gegeneinander. Die Reifenspuren eines Geländewagens führten um die Absperrung herum auf die gesperrte Straße und verschwanden in den Nebelschwaden, die wie der eisige Atem eines Riesen über dem Boden hingen.

Hatte der Fahrer des Range Rover die Absperrung einfach ignoriert? War er auf der Hauptstraße weitergefahren? Oder gehörten die Spuren zum Wagen eines Forstaufsehers, der hier zu tun hatte? Zum Wagen des Sheriffs, der sich um einen Unfall hinter der Absperrung kümmerte? Oder hatte der Range Rover gewendet und war zurück in die Stadt gefahren?

Allie spürte, wie der kalte Nebel unter die Kleidung kroch, und kehrte in ihren Wagen zurück. Fröstelnd drehte sie die Heizung auf. Sie blieb eine Weile sitzen, rieb ihre Hände in dem warmen Luftstrom, überlegte und entschloss sich dann, den Spuren zu folgen und die Absperrung ebenfalls zu umfahren. Vorsichtig fuhr sie an den Sperrschildern vorbei, schaltete in den Normalgang zurück und fuhr entschlossen in den Nebel hinein.

Auch jetzt lenkte sie mit beiden Händen, jederzeit darauf gefasst, auf das Hindernis zu stoßen, das die Absperrung notwendig gemacht hatte. Ein Unfall, ein umgestürzter Baum, ein toter Hirsch, in dieser Gegend war alles möglich. Vielleicht hätte sie doch umkehren sollen. Obwohl sie zügig fuhr, waren die Rückleuchten des Range Rover im dichten Nebel nicht zu sehen. Allie war allein mit der winterlichen Natur, dem Brummen des Motors, dem Knirschen der Reifen im Neuschnee, dem rhythmischen Geräusch des Scheibenwischers, der die Windschutzscheibe vom feuchten Nebeldunst befreite, ihr aber kaum bessere Sicht verschaffte.

Der Highway war frei befahrbar. Es gab weder einen Unfall noch einen umgestürzten Baumstamm oder irgendein anderes Hindernis, das sich ihr in den Weg stellte. Als würde es die Absperrung gar nicht geben. War sie etwa nur ein Dummer-Jungen-Streich? Hatten übermütige Kids die Sperrschilder aufgestellt? Oder steckte das Fernsehen dahinter? Vorsicht, Kamera? Es gab genug Sendungen, in denen man sich über andere Leute lustig machte. Allie suchte unwillkürlich nach einer versteckten Kamera oder den Fernsehleuten, die sich im Wald versteckten, konnte aber nichts entdecken.

Ohne daran zu denken, dass sie sich immer weiter von der Stadt entfernte, fuhr sie weiter. Wie gerne hätte sie jetzt ihren Vater dabeigehabt. Er verlor selbst in kritischen Momenten kaum die Nerven, hatte sogar während der Notlandung einigermaßen die Ruhe bewahrt. Oder Chris, den jungen Halbindianer, den sie bereits besser zu kennen glaubte als die Jungen aus ihrer Klasse, mit denen sie in Camden ausgegangen war.

Ein Lächeln stahl sich auf ihr Gesicht. Eigentlich seltsam, ausgerechnet mit einem jungen Mann, der abseits einer unbekannten Stadt in den Wäldern lebte und in der Tradition seines indianischen Großvaters aufgewachsen war, lag sie auf einer Wellenlänge. Oder wie sollte sie es sonst nennen? Mit seiner ruhigen Art hatte er sie tief beeindruckt. Ihr Wagen geriet ins Schleudern, und sie ging rasch vom Gas. Die Straße war tückisch glatt, jede Unachtsamkeit, und geschah sie auch nur in Gedanken, wurde sofort bestraft. Sie wartete, bis sich der Wagen gefangen hatte, und konzentrierte sich wieder auf die Fahrbahn. Nach den vielen Meilen, die sie bereits durch den Nebel gefahren war, fiel es ihr immer schwerer, auf mögliche Hindernisse zu achten. Ihre Augen waren müde, und die Umgebung war so gleichbleibend und eintönig, dass sie das Gefühl hatte, sich kaum von der Stelle zu bewegen.

Allie hatte längst aufgehört, auf die Uhr zu blicken, und das Navi spielte sowieso schon lange verrückt, als eine weitere Absperrung vor ihr auftauchte. Sie bremste vorsichtig und blickte auf die Schilder. Zuerst glaubte sie, das Ende der gesperrten Strecke erreicht zu haben, doch je länger sie auf die Absperrung blickte, desto unsicherer wurde sie, und als sie ausstieg und die Schilder aus der Nähe betrachtete, zog es ihr beinahe den Boden unter den Füßen weg, so überrascht und entsetzt war sie. Sie war wieder im Kreis gefahren, obwohl sie nirgendwo gewendet hatte und während der ganzen Fahrt auf dem Highway geblieben war. Aus unerfindlichen Gründen war sie an ihren Ausgangspunkt zurückgekehrt.

Trotz der Kälte blieb sie minutenlang vor der Absperrung stehen. Nur das Rauschen des Windes in den Baumkronen und das leise Blubbern des Motors waren zu hören. Ungläubig blickte sie auf die Umleitung in den Wald. Was war hier bloß los? War sie in einem Albtraum gelandet? Wie oft war sie in ihren Träumen vor einem unsichtbaren Verfolger davongerannt, ohne sich von der Stelle bewegen zu können! War dies eine andere Version dieses Traumes? Hatte ihr das Gerede von dem Wendigo so zugesetzt, war sie schon so verstört, dass sie nicht mehr wusste, was sie tat? Fahr nach Hause, riet ihr eine innere Stimme, vergiss den Blödsinn und schlaf dich endlich mal richtig aus!

Seufzend kehrte sie zum Wagen zurück. Ihre innere Stimme hatte recht, nach der Bruchlandung und der Aufregung der vergangenen Nacht brauchte sie erst einmal Ruhe, sonst sah sie am Ende noch Gespenster. Sie fuhr an der Absperrung vorbei nach Norden. Mit der Wärme, die ihr aus den Lüftungsschlitzen entgegenblies, kehrte auch ihre Zuversicht zurück. Sie würde nach Hause fahren und irgendetwas tun, das sie auf andere Gedanken brachte. »Morgen sieht die Welt schon wieder ganz anders aus«, sagte sie laut. Vielleicht würde sie dieselbe Strecke in den nächsten Tagen noch einmal fahren und feststellen, dass es eine einleuchtende Erklärung für ihr Missgeschick gab.

Ihre Muskeln entspannten sich. Die Straße war jetzt so breit, dass sie mit einer Hand lenken konnte. Im gemütlichen Tempo fuhr sie über die feste Schneedecke. Als die Absturzstelle vor ihr auftauchte, richtete sie sich auf und trat auf die Bremse. Sie fuhr so langsam an der Unfallstelle vorbei, dass sie gerade noch rechtzeitig bremsen konnte, als der Schatten eines Mannes vor ihrem Wagen auftauchte. Sie glaubte jedenfalls, dass es ein Mann war. Oh mein Gott … nicht schon wieder so ein Albtraum, war ihr erster Gedanke, als sie erschrocken den Wagen zum Stehen brachte.

Ohne an die möglichen Folgen zu denken, stieg sie aus. Sie war noch keine zwei Schritte gegangen, als sich eine behandschuhte Hand auf ihre Schulter legte und ein dunkles Gesicht vor ihren Augen auftauchte. Sie erstarrte.

»Allie?«, raunte eine Stimme.

11

»Chris!«, stieß sie erleichtert hervor. Sie spürte, wie ein Zittern ihren Körper durchlief, und stützte sich mit einer Hand am Kotflügel ihres Wagens ab. »Du bist es! Gott sei Dank! Ich dachte schon …« Sie sprach ihren Verdacht nicht aus. »Was tust du hier draußen, Chris? Ich hätte dich beinahe überfahren …«

»Allie! Gut, dass du hier bist.« Er wirkte wie jemand, der gerade Zeuge eines schlimmen Verbrechens geworden war. »Das musst du dir ansehen.«

Sie hörte gar nicht hin, sah nur den verstörten Ausdruck in seinen Augen und berührte ihn am Arm. »Was tust du hier? Hier sind wir abgestürzt.«

»Ich weiß.« Er griff nach ihrer Hand und zog sie von der Straße weg. »Mein Großvater schickt mich. Er hatte einen Traum. Er sagte …« Chris zögerte ein wenig und fuhr dann fort: »Er sagte, der Wendigo wäre hier gewesen und hätte die Körper der beiden Toten gestohlen. Sein Hunger wäre … unermesslich.«

»Eine Legende, Chris. Das hast du doch selbst gesagt.«

»Und was ist das?« Er zog eine Taschenlampe aus seinem Anorak, führte sie an dem ausgebrannten Flugzeugwrack vorbei zum Waldrand und richtete den zitternden Lichtkegel zwischen die Bäume. »Bilde ich mir das etwa ein?«

Allie fuhr unwillkürlich zurück. Im flackernden Licht lagen die Knochen zweier menschlicher Skelette, an den beiden Schädeln unschwer zu erkennen. Sie griff sich stöhnend an den Hals. Die Knochen waren so blank, als hätte man das Fleisch mit Säure gelöst. Weder Kleiderreste noch irgendwelche andere Dinge, die auf die Identität der Toten schließen ließen, waren zu sehen. Kein Schmuck, keine Uhren, keine Brieftaschen, keine Gürtelschnallen und erst recht keine Ausweise.

»Hier hatte ich die beiden Toten hingelegt«, sagte Allie, nachdem sie sich einigermaßen von ihrem Schrecken erholt hatte. »Als ich sie dem Sheriff zeigen wollte, waren sie verschwunden. Mein Vater sah, wie zwei dunkle Gestalten die Leichen fortzerrten, aber er war halb bewusstlos und könnte auch geträumt haben. Der Sheriff glaubt, wilde Tiere hätten …« Sie blickte den Jungen neben sich an. »… sie hätten die Leichen gefressen. Aber … aber so sauber … so sauber nagen die doch keine Knochen ab.«

»Und wenn es doch der Wendigo war?«, überlegte Chris. »Oder die Männer im Geländewagen? Ich hab sie noch nie gesehen, aber ich hab von ihnen gehört und weiß, dass die Leute große Angst vor ihnen haben. Sie sollen einige der Mädchen und jungen Frauen, die verschwunden sind, entführt haben.«

»Ich hab sie gesehen«, sagte Allie so leise, als wären die Männer noch in der Nähe. »Zwei Männer in einem schwarzen Range Rover. Heute Morgen wollten sie die kleine Melissa entführen, so sah es jedenfalls aus. Ich hab sie gerade noch erwischt.« Sie blickte sich nervös um. »Vorhin fuhren sie wieder an unserem Laden vorbei. Ich bin ihnen bis in den Wald gefolgt, hab sie aber hinter der Straßensperre verloren.« Sie berichtete ihm von ihrer Irrfahrt und dem vergeblichen Versuch, über die Straße nach Süden zu fahren. »Und als ich dachte, ich hätte es endlich geschafft, stand ich wieder vor der Sperre.«

»Großvater hat recht«, sagte Chris, »die bösen Geister sind hier. Manchmal denke ich, über dieser Stadt liegt ein Fluch. Manche Leute sagen, dass der Wendigo unbesiegbar ist, wenn er sich mit den bösen Geistern verbündet.«

»Es gibt keine Geister.«

»Es gibt böse Kräfte, und jeder nennt sie anders. Für meinen Großvater und viele andere Anishinabe sind es böse Geister. Und wir glauben daran, dass wir diese bösen Kräfte nur bekämpfen können, wenn wir beten und so leben, wie es der Schöpfer von uns erwartet. Klingt ziemlich hochtrabend, was? Aber so habe ich es von meinem Großvater gelernt.« Er nahm ihre Hand und führte Allie zur Straße zurück. »Nimmst du mich mit?«

»Natürlich.« Sie öffnete die Wagentür und stieg ein. »Was hast du vor?«

»Wir müssen dem Sheriff Bescheid sagen. Ich hab schon versucht, ihn über mein Handy zu erreichen, aber ich kriege kein Netz hier draußen. Am besten fahren wir direkt zu seinem Büro.«

Allie wartete, bis Chris eingestiegen war, und fuhr los. Nach wie vor hingen Nebelschwaden zwischen den Bäumen und über dem Asphalt und ließen die abgelegene Straße noch einsamer erscheinen. Die Nacht kündigte sich mit dunklen Schatten an. Allie war in Gedanken versunken, lauschte dem Brummen des Motors und dem Mahlen der Räder im Schnee und hatte immer noch den Anblick der beiden Skelette vor Augen. Der

Gedanke, dass diese Knochen das Einzige waren, was von dem Piloten und Alexis Blair noch übrig war, erschreckte sie. Vom Leben in den Tod waren es nur ein paar Schritte.

»Glaubst du wirklich, dass sie es sind?«, fragte sie nach einer Weile. »Die Knochen ... meinst du, das waren die ... der Pilot und die Frau aus dem Flugzeug? Der Sheriff und seine Leute hätten doch Spuren finden müssen, wenn ... wenn sie jemand geholt hat. Wilde Tiere hätten sie doch nicht weggeschleppt, und wenn, dann nur ein paar Schritte. Und warum sind die Knochen so ... so blank?«

»Der Wendigo ist kein wildes Tier«, antwortete Chris, ohne sie anzuschauen. Es schien fast, als hätte er Angst, ihr direkt in die Augen zu blicken. »Wenn er seine Opfer holt, hinterlässt er selten Spuren. Man sagt, dass er sogar die Gestalt eines Menschen annehmen kann. So wie in der Geschichte, die mir mein Großvater erzählt hat. Über den Händler, der vor vielen Jahren in eines unserer Dörfer kam und einen ganzen Nachmittag mit den Bewohnern verbrachte, bevor er den Körper verließ und sich auf die armen Opfer stürzte.«

Der Motor setzte aus und sprang wieder an, so plötzlich, dass der SUV einen Satz nach vorn machte. Allie und Chris wurden so heftig nach vorn geschleudert, dass die Sicherheitsgurte ihnen für einen kurzen Moment die Luft abschnitten. Kaum hatte Allie den Wagen wieder einigermaßen unter Kontrolle, bockte er erneut, und sie landeten nur deshalb nicht im Graben, weil Allie geistesgegenwärtig reagierte und das Lenkrad blitzschnell nach links riss.

»Was war das?«, fragte sie. In ihren Augen stand nackte Angst.

»Wahrscheinlich eine Fehlzündung ... nichts Ernstes.«

»Mir kam's beinahe so vor, als würden wir einen Stoß bekommen.«

Chris drehte sich um. »Von wem denn? Da ist niemand.«

Wieder ging ein Ruck durch den Wagen. Der Motor stotterte wie bei einer altersschwachen Rostlaube, heulte noch einmal auf, starb dann ganz ab und brachte den Wagen abrupt zum Stehen.

Allie blickte entsetzt nach vorn.

»Kein Grund zur Panik«, beruhigte sie Chris, »das haben wir gleich. Ich kenn mich ein bisschen mit Motoren aus.« Er schaltete die Warnblinkanlage ein und öffnete die Tür. »Entriegele die Motorhaube, ich sehe nach.«

Sie fand den Knopf erst nach einigem Suchen. Durch die Windschutzscheibe beobachtete sie, wie er die Motorhaube öffnete und sich nach vorn beugte.

»Seltsam«, rief sie, »der Wagen ist brandneu, da kann gar nichts sein.«

»Vielleicht die Einspritzpumpe«, rief er zurück. Obwohl Allie ihr Fenster einen Spalt geöffnet hatte, schien seine Stimme aus weiter Ferne zu kommen. »Hat man öfter bei Dieseln.« Sie sah seine Taschenlampe aufleuchten. »Ich hab mal in einer Autowerkstatt gejobbt, da hatten wir öfter kaputte Diesel.«

»Ein nagelneuer Wagen? Der ist keinen Monat alt.«

»Und voll mit Elektronik. Da passiert schon mal was.«

Ein seltsames Knistern breitete sich im Fahrzeuginnern aus, es kam plötzlich von allen Seiten, als würden die Fenster der Reihe nach zersplittern. Gleichzeitig drang eisige Kälte in den Wagen. Allie beobachtete mit wachsendem Entsetzen, wie sich eine dichte Eisschicht auf den Fenstern bildete und den ganzen Wagen zu überziehen drohte. Die Armaturen erloschen, das Rauschen der Heizung erstarb, und nicht einmal den Lichtkegel der Taschenlampe sah man noch durch die Fenster leuchten.

Ein dumpfes Grollen rollte aus der Ferne heran und dröhnte wie ein Güterzug in ihren Ohren. Sie riss beide Hände hoch und schrie, doch ihre Schreie gingen in dem lauten Grollen unter, das den Wagen erzittern ließ. Zwei leuchtende Augen tauchten direkt vor ihrem Fenster auf, und sie glaubte zu spüren, wie zwei eisige Arme nach ihr griffen und sie aus dem Wagen zu zerren versuchten. »Lass mich in Ruhe«, schrie sie, »lass mich in Ruhe, verdammt!« Dann verstummten die Schreie so plötzlich, wie sie gekommen waren, und das Eis floss von den Fenstern, als hätte es sie nie bedeckt. »Chris!«, rief sie, immer noch in panischer Angst.

»Ich glaube, ich hab's gefunden!«, rief er. »Lass den Motor an.«

Sie drehte den Zündschlüssel und atmete erleichtert auf, als der Motor ansprang. Immer noch geschockt von der furchteinflößenden Vereisung wartete sie, bis Chris die Motorhaube geschlossen hatte und in den Wagen zurückgekehrt war. Sie zitterte am ganzen Körper, saß leicht geduckt hinter dem Lenkrad, als erwartete sie jeden Augenblick einen erneuten Angriff. »Was war das?«, fragte sie. Ihre Stimme war kaum zu hören. »Was war das, Chris?«

»Ein Aussetzer in der Elektronik, die Einspritzpumpe ... ich weiß es nicht genau. Hauptsache, das Auto läuft wieder.« Er benahm sich, als wäre nichts gewesen, und lächelte sogar. »Wenn es dich beruhigt, halten wir an der Tankstelle und lassen Lenny reinsehen. Er hat was gegen Indianer, um nicht zu sagen, er ist ein elender Rassist, aber wenn du fragst, lässt er sich vielleicht erweichen. Von Motoren versteht er was, das muss ihm der Neid lassen.«

»Ich meine doch …«, begann sie und hielt gleich wieder inne. Hatte Chris gar nichts mitbekommen? Hatte sie sich alles nur eingebildet? Taumelte sie von einem Albtraum in den nächsten? Aber die seltsamen Dinge, die sie in Spirit Lake erlebte, spielten sich nicht in ihrer Vorstellung ab, da war sie ganz sicher. Den Schneesturm am See hatte es wirklich gegeben, die alte Rose Pattinson war mit einem Holzscheit auf sie losgegangen, sie hatte selbst gesehen, wie die Männer im schwarzen Range Rover die kleine Melissa entführen wollten. Die verstörte Maggy Dale war nach mehreren Wochen aus der Wildnis zurückgekehrt, und dass es scheinbar unmöglich war, diese Stadt zu verlassen, hatte sie selbst herausgefunden. Fast alles konnte man allerdings auch logisch erklären. Böige Winde waren nicht gerade selten an Seeufern, Grandma Rose schluckte Medikamente mit gefährlichen Nebenwirkungen, Maggy Dale konnte nach einem Ehekrach von zu Hause weggelaufen sein, und sie selbst hatte sich vielleicht einfach nur verfahren, in dem Nebel ein denkbar leichtes Unterfangen.

Und doch … die knisternde Eisschicht, die sich wie ein Mantel um den Wagen gelegt hatte, war absolut real gewesen. Und die eisigen Pranken des Wendigo schienen immer noch ihre Arme zu berühren.

»Ach, nichts«, sagte sie, »ich bin nur nervös.«

Den Blick starr nach draußen gerichtet, fuhr sie weiter. Die Lichtkegel ihrer Scheinwerfer warfen helle Flecken in die Dunkelheit. Im Wagen herrschte jetzt wohlige Wärme. Die Heizung lief auf vollen Touren, und das zuversichtliche Lächeln des jungen Mannes tat ein Übriges, ihr Herz zu erwärmen. Sie fühlte sich wohl und vor allem sicher in seiner Gegenwart. Ohne ihn säße sie jetzt wahrscheinlich fest, allein in der nebligen Nacht, und wäre gezwungen, zu Fuß nach Spirit Lake zurückzukehren.

Als sie die Tankstelle erreichten, war sie bereits geschlossen. Allie hielt dennoch und stieg aus, suchte vergeblich nach dem Tankwart und war beinahe erleichtert, ihn nirgendwo zu sehen. »Egal«, sagte sie, als sie wieder einstieg, »ich fahre morgen bei der Werkstatt vorbei.«

Sie lehnte sich mit beiden Unterarmen auf das Lenkrad und blickte über die Kreuzung. »So schwer hatte ich mir den Start in Spirit Lake nicht vorgestellt«, sagte sie. »Als ob es alle darauf angelegt hätten, mir das Leben besonders schwer zu machen.« Sie wandte lächelnd den Kopf. »Außer dir natürlich. Du hast mir wirklich sehr geholfen.«

Sie verlor sich in seinen dunklen Augen und fühlte sich so sehr zu ihm hingezogen, dass sie am liebsten die Arme um ihn geschlungen und ihn geküsst hätte. Stattdessen hauchte sie ihm einen kleinen Kuss auf die Wange. Als sie sich zurückziehen wollte, spürte sie seine Hände auf ihrem Rücken und gab dem sanften Druck nach, den er auf sie ausübte. Sie wehrte sich nicht gegen seinen Kuss, sondern schloss die Augen und genoss diesen Moment.

»Ich wollte dich nicht überfallen«, sagte er.

»Es ist in Ordnung. Ich habe es mir, ehrlich gesagt, gewünscht«, erwiderte sie. »Obwohl ich das Gefühl habe, Lenny würde uns durch ein Fernglas beobachten.« Sie lächelte schwach. »Aber ich glaube, dann wäre er längst mit einer Schrotflinte hier.«

»Er kann uns nicht sehen«, sagte Chris.

Der magische Augenblick, der so plötzlich und spontan gekommen war, war vorbei.

Chris wich ihrem Blick aus. »Ich glaube, es wird Zeit, dass ich mich aufs Ohr haue. Ich kann bei einem Freund schlafen. Was dagegen, wenn ich dich morgen früh abhole? So gegen neun? Dann sprechen wir mit dem Sheriff.«

»Klingt gut«, sagte sie, irgendwie auch erleichtert, nicht den ganzen Abend mit ihm verbringen zu müssen. Sie brauchte Zeit, um etwas Ordnung in ihre Gedanken zu bringen. »Dann sehen wir uns morgen.«

Sie wartete, bis er ausgestiegen war, und fuhr nach Hause.

12

Das Büro des Sheriffs war in einem halbmondförmigen Bau aus den Anfängen des zwanzigsten Jahrhunderts untergebracht, einer früheren Bank, wie Allie später erfuhr. Sie parkten vor dem Gebäude und waren schon auf der steilen Treppe, die zum Eingang hinaufführte, als Allie sah, wie der weiße Geländewagen des Sheriffs hinter ihrem eigenen Wagen hielt. DeGraff stieg aus, ein Tütchen mit bunten Schokolinsen in der Hand, und rief: »Wollten Sie zu mir?«

Allie und Chris gingen zu ihm hin, und Allie sagte: »Guten Morgen, Sheriff. Sie kennen Chris, nicht wahr?« Sie wartete sein mürrisches Nicken ab und fuhr fort: »Wir waren gestern bei der Absturzstelle.« Dann berichtete sie ihm von den Knochen, die sie gefunden hatten. »Sieht so aus, als wären es die Überreste der beiden toten Passagiere, obwohl wir nichts gesehen haben, was auf die beiden hinweist. Keine Kleidung, kein Schmuck … gar nichts.«

Der Sheriff schob sich eine Schokolinse in den Mund. »Ich kümmere mich darum, obwohl ich mir noch immer keinen Reim auf die beiden machen kann. Es hätte sich doch längst jemand nach ihnen erkundigen müssen. Verwandte, Freunde,

Bekannte. Und Sie wissen wirklich nicht, wie die beiden hießen?«

»Ich kenne nur die Vornamen«, log sie erneut. »Der Pilot hieß Randy und die Frau Alexis. Das Wetter war sehr stürmisch, und wir haben wenig miteinander gesprochen.« Mehr zu sich selbst sagte sie: »Vielleicht ist ja doch was an den schwarz gekleideten Männern dran, die mein Vater gesehen hat.«

»Unsinn.« DeGraff zerbiss die Schokolinse. »Das können nur wilde Tiere gewesen sein. In der Gegend treiben sich öfter Wölfe und Kojoten herum.«

»Aber die Knochen waren blank, als hätten sie in Säure gelegen.«

»Unsere Wölfe sind sehr gründlich.« Sein Mund verzog sich zu einem Grinsen. »Und was die Kleider betrifft … die sind bestimmmt verbrannt, und den Schmuck und die Uhren hat sich irgendjemand angeeignet. Im Süden der Stadt treibt sich einiges Gesindel herum. Ich bin sicher, die schwarzen Männer waren Jugendliche, aber beweisen können wir natürlich nichts. Meine Leute bleiben an der Sache dran.« Er schob die Tüte mit den Schokolinsen in seine Uniformtasche. »Sonst noch was? Ich habe viel zu tun und nicht den ganzen Morgen Zeit.«

»Sie müssen die Knochen begraben lassen«, sagte Allie. »Auf einem Friedhof, meine ich. Ich kannte die beiden zwar nicht, aber sie waren anständige Menschen und haben ein Begräbnis verdient. Und sagen Sie mir bitte, wann die Beerdigung stattfinden wird, ich würde gern daran teilnehmen.«

»Mach ich, Miss. Jetzt muss ich aber wirklich gehen.«

Allie hätte dem Sheriff gern noch mehr Fragen gestellt. Warum er so misstrauisch war. Warum ihn der Absturz und das Schicksal der Toten so wenig zu interessieren schien. Was die

Absperrung auf der Straße nach Süden bedeutete. Wie man aus der Stadt herauskam. Ob er an den Wendigo glaubte.

Aber er war jetzt schon mürrisch genug, und sie hatte keine Lust, sich mit ihm anzulegen.

»Seltsam«, sagte Allie, als sie wieder im Wagen saßen, »er tut so, als würde ihn das alles nichts angehen. Normalerweise müsste doch nach einem Absturz die Hölle los sein. Nicht mal die Knochen, die du gefunden hast, scheinen ihn besonders zu interessieren. Als wollte er die Sache unter den Teppich kehren.«

»Vielleicht will er das ja auch«, erwiderte Chris etwas genervt. »Er kommt mir so vor, als wäre er schon zufrieden damit, den ganzen Tag in seinem Geländewagen rumzufahren und Schokolinsen zu lutschen. So richtig im Einsatz habe ich ihn noch nie gesehen.«

»Was ist mit den Mädchen und Frauen, die verschwinden? Hat er denn nie nach ihnen gesucht? Er müsste doch das FBI einschalten. Kommen die bei einer Entführung nicht automatisch?« Sie schnallte sich an und startete den Motor. »Und warum hab ich zu Hause nie was von der Sache gehört? Wenn ständig Frauen oder kleine Mädchen in einer Stadt verschwinden, müsste das doch in den Nachrichten kommen oder in der Zeitung stehen.«

Chris hatte sich anscheinend schon dieselbe Frage gestellt. »Der Wendigo, sagt mein Großvater. Er hätte sich diese Stadt ausgesucht und dafür gesorgt, dass sie von der Außenwelt abgeschnitten wird. Wie eine Insel weit draußen im Meer, ohne Verbindung zum Rest der Welt. Die Anishinabe hat das nie gestört. Unser Reservat war immer eine Insel, und wir waren immer von den Geistern abhängig …«

»Und was ist mit den Weißen? Die Ärztin kann doch nicht die Einzige sein, die nicht an Geister glaubt. Warum unternehmen sie nichts? Warum ergeben sich hier alle Leute in ihr Schicksal wie … wie Opferlämmer oder Kälber, die man zur Schlachtbank führt? Warum tut niemand was, Chris?«

»Der Wendigo ist mächtig«, antwortete er. »Meine weiße Hälfte glaubt auch nicht an ihn, aber meine rote Hälfte erlebt ständig, wie stark und grausam er ist und wie gerissen er vorgeht, wenn er nach einem Opfer sucht.«

Allie wendete und fuhr langsam zur Hauptstraße zurück. Auch wenn sie seltsame Dinge erlebt hatte, seitdem sie in Spirit Lake war, wollte sie nicht an den Wendigo glauben. Heute, bei Tageslicht, fiel ihr das wieder leichter als am Abend zuvor. »Es muss eine andere Erklärung geben«, sagte sie. »Mag sein, dass es Dinge zwischen Himmel und Erde gibt, die wir nicht verstehen, aber niemand macht mir weis, dass der Wendigo die Entführten auf dem Gewissen hat. Dann noch eher irgendwelche Mädchenhändler, die ihre Opfer nach Mexiko oder Südamerika verkaufen. Hört man doch immer wieder. Und selbst wenn es den Wendigo gäbe … so eine Bedrohung würde sich die Regierung doch niemals bieten lassen. Die würden sofort das Militär schicken.«

»Aber nur, wenn sie wissen, was hier passiert«, sagte Chris.

Womit sie wieder am Anfang waren. Sie standen vor einem Rätsel, das weder Chris noch einer der Bewohner von Spirit Lake gelöst hatte und das auch Allie nicht so bald ergründen würde. Sie wusste nur, dass etwas Seltsames in Spirit Lake vor sich ging, und dass es den Anschein hatte, als wäre sie für alle Zeiten in dieser Stadt gefangen.

»Hier kannst du mich rauslassen«, sagte Chris, als der Drugstore in Sichtweite kam. »Den restlichen Weg laufe ich. Sind nur ein paar Meilen.«

»Unsinn!«, widersprach sie. »Ich fahre dich natürlich nach Hause. Ich will mir nur schnell einen Kaffee holen. Willst du auch was? Geht aufs Haus.«

»Eine Cola, wenn's geht. Und etwas Tabak für Großvater.«

Sie hielt direkt vor dem Eingang, schloss auf und betrat den Laden. Sie stellte einen Pappbecher vor den Kaffeeautomaten, holte eine Cola aus dem Getränkeschrank und Tabak aus dem Regal hinter der Kasse. Während der Kaffee in den Becher tropfte, rief sie im Krankenhaus an und erfuhr von einer Assistenzärztin, dass es ihrem Vater gut ginge, er im Augenblick aber bei einer Untersuchung wäre.

Ein Geräusch ließ sie aufhorchen. Ein leises Scharren, das aus den oberen Stockwerken zu kommen schien. »Ist da jemand?«, rief sie.

Sie ging zur Treppe. »Ist da jemand?«, rief sie noch einmal. Als wieder keine Antwort kam, fasste sie sich ein Herz und stieg langsam nach oben. Die hölzernen Stufen knarrten leise unter ihren Schritten. Nach den seltsamen Erfahrungen der letzten Stunden war sie auf alles gefasst, doch nichts geschah, und als sie sich in ihrer Wohnung umsah, war nichts Verdächtiges zu sehen. Oder doch? Ihr Laptop war zugeklappt. Hatte sie den nicht offen gelassen? Sie berührte das Gerät und spürte die Wärme, die es ausstrahlte. Als hätte jemand vor wenigen Minuten damit gearbeitet. Oder war es im Stand-by-Modus genauso warm? Sie konnte sich nicht erinnern.

Wütend auf sich selbst, weil sie sich durch all die Gerüchte und das Gerede verrückt machen ließ, stieg sie wieder in den Laden hinab. Sie drückte einen Deckel auf den Kaffeebecher, klemmte sich missmutig die Coladose und den Tabak unter den Arm und verließ den Laden.

Chris war ausgestiegen und hielt sich mit einer Hand an der Tür fest. »Da bist du ja«, rief er erleichtert. »Ich dachte schon, du kommst gar nicht mehr.«

»Ich wusste nicht, wo der Tabak lag.« Sie wollte nicht als hysterischer Angsthase dastehen. »Hier, deine Cola.« Sie reichte ihm den Tabak und die Dose.

An dem großen Walmart am Stadtrand vorbei fuhren sie nach Norden. Wie grelle Riesenfinger tasteten sich die Lichtkegel der Scheinwerfer durch den Nebel. »Habt ihr kein Auto?«, fragte Allie, als sie durch den Wald fuhren.

Chris schüttelte den Kopf. »Nur ein Snowmobil, das vor zwei Wochen den Geist aufgegeben hat. Das muss ich erst wieder in Gang bringen. Großvater ist am liebsten zu Fuß unterwegs, da hat er Zeit zum Nachdenken, sagt er.«

»In die Stadt ist es weit.«

»Sieben Meilen, nicht viel für einen Indianer.« Sein Lächeln verriet nicht, ob er es ernst meinte oder seine Antwort nur ein Scherz war. »Wir sind selten in Spirit Lake. Was sollen wir da? Aber jetzt werde ich wohl öfter kommen.«

Er hatte anscheinend nicht beabsichtigt, ihr ein Kompliment zu machen, und lief vor Verlegenheit rot an. Auch Allie war rot geworden und kam sich plötzlich wie ein Schulmädchen beim ersten Date vor. Schon seltsam, wie ereignisreich ihr brandneues Leben bereits war, im Guten wie im Bösen.

Sie lächelte Chris an. Vergessen waren plötzlich der Wendigo und alle anderen Sorgen, für einen glücklichen Augenblick gab es nur Chris und sie. »Ich … ich bin froh, dass wir uns kennengelernt haben.«

Auch um ihre Verlegenheit zu vertreiben, fragte sie: »Und wo arbeitest du? Kann man im Reservat denn Geld verdienen? Gibt es dort ein Hotel? Ein Spielcasino?« Spielcasinos waren seit den 1990er-Jahren in den Reservaten erlaubt und bescherten zahlreichen Stämmen einen unerwarteten Reichtum.

»Bei uns gibt es kein Casino … auch kein Hotel. Und die Häuser der anderen Bewohner liegen jenseits der Seen. Ich kann mich nicht erinnern, jemals einen Besucher bei uns gesehen zu haben, auch nicht, als ich klein war.« Chris trank einen Schluck von seiner Cola. »Ich gehe noch zur Schule; ich mache ein Online-Fernstudium … Business und so was. Wenn ich jemals Geld habe, will ich eine Autowerkstatt aufmachen. Mein Taschengeld verdiene ich mir mit Gelegenheitsjobs, die bringen gerade so viel, dass es für die laufenden Kosten reicht. Großvater geht auf die Jagd und sorgt dafür, dass wir immer genug zu essen haben. Im Herbst hat er einen Elch geschossen, von dem leben wir jetzt noch, dabei haben wir nur eine Hälfte behalten. Mit der anderen haben wir meinen gebrauchten Laptop bezahlt.«

Dichte Nebelschwaden am Seeufer zwangen Allie, noch langsamer zu fahren. Als sie an der Stelle vorbeifuhren, an der sie die Windböe erwischt hatte, spürte sie, wie ihr Mund trocken wurde. Sie trank einen Schluck von ihrem Kaffee, aber auch der schaffte keine Abhilfe. Der Gedanke an die furchtbaren Minuten schnürte ihr die Kehle zu. Sie lehnte sich weit nach vorn, versuchte, den Nebel mit ihren Augen zu durchdringen und erschrak, als sie einen dunklen Schatten ausmachte. Zum Glück handelte es sich lediglich um einen Baum, und sie atmete erleichtert aus. Doch erst nachdem sie den See hinter sich gelassen hatten und in den Wald fuhren, fühlte sie sich wieder einigermaßen sicher. Sie wechselte einen Blick mit Chris, ohne etwas zu sagen.

Sie schaltete die Scheibenwischer ein. Es hatte zu schneien begonnen, und der Wind trieb dichte Flocken gegen die Windschutzscheibe. Kein Grund, in Panik zu geraten, sie saß in einem brandneuen Geländewagen mit den besten Winterreifen, die man bekommen konnte. In ihrer alten Heimat waren die Winter ebenfalls streng, und die Forststraßen in den Wäldern waren genauso einsam wie hier.

Der Wind fuhr heulend über den Schnee, und sie konnte von Glück sagen, dass der Nebel etwas nachgelassen hatte und sie wieder etwas flotter vorankam. Im Wald nahm auch der Flockenwirbel ab.

Ein Schatten, der urplötzlich vor ihrer Kühlerhaube auftauchte, zwang Allie zu einer Vollbremsung. Sie beobachtete, wie der Schatten hastig auf die Bäume zurannte. Zuerst glaubte sie an ein aufgeschrecktes Tier, doch als sie genauer hinblickte, erkannte sie eine Gestalt mit einem wehenden Umhang und kurzen Haaren. Eine junge Frau, so schien es, mit einem Bogen in der Hand und einem Köcher mit Pfeilen auf dem Rücken. Nur für einen Sekundenbruchteil war sie im hellen Licht der Scheinwerfer zu sehen, dann verschwand sie zwischen den Fichten am Straßenrand.

Allie starrte ihr ungläubig nach. »Hast du das gesehen? Eine Frau mit Pfeil und Bogen, oder sehe ich tatsächlich schon Gespenster?« Sie blickte Chris an.

Er schien nicht sonderlich überrascht. »Die Bogenfrau«, erwiderte er, »die wollen schon einige Leute gesehen haben. Niemand weiß, wer sie ist, wo sie wohnt und warum sie mit Pfeil und Bogen durch die Wälder streift. Man sagt, sie gehöre zu den Abtrünnigen. So nennen die Leute in Spirit Lake eine Gruppe von jungen Frauen, die sich angeblich in den Wäldern vor dem Wendigo verstecken. Niemand weiß, ob es diese Frauen tatsächlich gibt. Aber die Legende hält sich hartnäckig.« Er trank einen Schluck und wischte sich den Mund trocken. »Ich weiß nur, dass Großvater und ich diesen Abtrünnigen niemals begegnet sind.«

»Hat denn nie jemand nach ihnen gesucht?« Sie fuhr langsam weiter, den Blick auf den Waldrand zu ihrer Linken gerichtet. »Haben die Frauen keine Verwandten, die sich Sorgen um sie machen? Keine Freunde? Sie können doch nicht wie Steinzeitmenschen in der Wildnis leben. Unternimmt der Sheriff nichts?«

»Es wurde nach ihnen gesucht, aber man hat sie nicht gefunden. Die einzige Frau, die man zu Gesicht bekommt, ist die Bogenfrau, und die ist jedes Mal so schnell verschwunden, dass sie niemand beschreiben kann. Es könnte auch immer eine andere Frau sein, wer weiß das schon? Vielleicht hat der Wendigo die anderen geholt, und sie lebt inzwischen allein in den Wäldern.«

»Du machst mir Angst«, sagte Allie und fuhr etwas schneller.

13

Eine halbe Stunde später erreichten sie die Blockhütte, in der Chris mit seinem Großvater lebte. Sie stand auf einer Anhöhe oberhalb eines schmalen Flusses, der zu dieser Jahreszeit mit einer dicken Eisschicht bedeckt war, und hob sich kaum von den Schwarzfichten ab, die hinter ihr emporragten. Selbst vom Fluss aus bekam man sie erst im letzten Augenblick zu sehen. An der Stirnseite lehnte ein Kamin aus großen Steinen. In einem offenen Schuppen neben der Blockhütte waren das defekte Snowmobil, von dem Chris gesprochen hatte, und ein Stapel Brennholz zu sehen. Ein Husky rannte ihnen entgegen, folgte dem Auto, bis sie ausstiegen, und sprang bellend an Chris empor.

»Schon gut, Rusty«, sagte Chris. Er beugte sich zu dem Husky hinab und kraulte ihn zwischen den Ohren. »Begrüße lieber unsere neue Freundin. Das ist Allie. Sie ist gerade erst nach Spirit Lake gezogen.« Er richtete sich auf. »Bevor wir das Snowmobil hatten, war Rusty unser bester Schlittenhund. Jetzt kommt er langsam in die Jahre und bekommt sein Gnadenbrot bei uns.«

»Hallo, Rusty«, begrüßte ihn Allie, »du bist aber ein flotter Bursche.«

Vor dem Haus stand ein alter Mann mit einem zerfurchten Gesicht und langen, weißen Zöpfen, die er nach Art seiner Vorfahren mit bunten Bändern verziert hatte. Mit seinen achtzig Jahren hielt er sich erstaunlich aufrecht, und seine Augen leuchteten. Er trug einfache Wollhosen und ein mit Perlen besticktes Wildlederhemd, die Füße steckten in Mokassins. In seiner Blockhütte war es angenehm warm.

»Jeremiah Lone Eagle, freut mich. Ich habe dich erwartet«, sagte der greise Indianer zu Allie, nachdem Chris sie vorgestellt hatte. »Ich habe dich in meinen Träumen gesehen.« Er trat zur Seite und machte die Tür frei. »Kommt rein. Ich habe Holz nachgelegt, und es ist angenehm warm. Wie wäre es mit frischem Kräutertee?«

»Gerne«, erwiderte Allie. Sie betrat hinter Chris und seinem Großvater das Haus und wäre beinahe über Rusty gestolpert, der jedoch draußen blieb und wie alle Huskys lieber in der Kälte schlief. Sie schloss die Tür hinter sich, zog ihren Anorak aus und holte das Päckchen aus der Tasche. »Ich habe Ihnen etwas mitgebracht, Großvater«, sagte sie. Von Chris hatte sie zuvor erfahren, dass »Großvater« auch eine respektvolle Anrede war.

Jeremiah Lone Eagle bedankte sich und bat sie an den Holztisch vor dem Ofen. Die Hütte war einfach eingerichtet, bestand aus dem Wohnraum mit Küchenecke und zwei Schlafräumen. Herd und Küchenschrank waren mindestens dreißig Jahre alt, der Fernseher gehörte eigentlich ins Museum, nur die Couch konnte sich einigermaßen sehen lassen, auch wenn das bunte Blümchenmuster besser in ein Kinderzimmer gepasst hätte. Die Tür zu Chris' Zimmer stand offen und gab den Blick auf einen kleinen Schreibtisch und ein Bücherregal frei. Auf dem Tisch lag ein Laptop.

»Du bist gekommen, um den Wendigo zu bekämpfen«, sagte der alte Mann in seiner behäbigen Art, als jeder einen Becher Tee vor sich stehen hatte. Es klang wie eine Feststellung. »In meinen Träumen stellst du dich gegen die bösen Geister und versuchst, Spirit Lake von seinem Fluch zu befreien. Chris kämpft an deiner Seite.« Er blickte eine Weile ins Leere, als könnte er dort die Bilder aus seinen Träumen sehen. »Zu lange leidet die Stadt schon unter der Willkür des Wendigo. Bisher waren wir zu schwach. Unsere Gebete verhallten ungehört im Wind, und unsere Augen blieben geschlossen, wenn unschuldige Frauen und Mädchen verschwanden. Doch jetzt bist du hier. Ich bin zu alt, um eine Kriegsaxt zu führen, aber ich kenne den Wendigo besser als jeder andere und werde euch den Weg in die Wälder zeigen. *Boozhoo* … Sei stark, Allie!«

Allie brauchte einige Zeit, um die Worte des alten Mannes zu verarbeiten. Sie klangen zu ernst, um als wirre Fantasien eines Greises durchzugehen. »Ich?«, fragte sie ungläubig. »Ich soll den Wendigo bekämpfen? Bei allem Respekt, Großvater, ich wusste bis vor ein paar Tagen noch nicht mal, wer der Wendigo ist. Und ich hoffe immer noch, dass es eine plausible Erklärung für die seltsamen Dinge gibt, die ich erlebe.«

»Selbst wenn es so wäre, hätte der Wendigo seine Hände im Spiel. Noch glaubst du nicht an ihn, aber der Tag wird kommen, an dem du erkennen musst, mit welcher Macht das Böse in Spirit Lake regiert. Du hast keine Wahl. Hast du nicht bereits versucht, diese Stadt zu verlassen?« Sie fragte sich, woher er von ihrer Irrfahrt wusste. »Und warst du am Ende nicht wieder dort, wo du losgefahren bist? Es gibt kein Entrinnen. Du musst dich dem Kampf stellen. Es sind schon zu viele Unschuldige in den Klauen des Wendigo gestorben.«

Allie hatte nicht damit gerechnet, solche Worte von einem Mann zu hören, den sie noch keine halbe Stunde kannte. Und Chris ging es anscheinend ähnlich. Auch er schien erstaunt über die Worte seines Großvaters. Wie kam der alte Mann nur darauf, ihr die ganze Verantwortung im Kampf gegen den Wendigo zuzuschieben? Ausgerechnet ihr, einer weißen Frau?

Sie erwiderte den Blick des Indianers. »Ich respektiere Ihre Worte«, begann sie vorsichtig. »Aber ich bin keine Anishinabe. Warum sehen Sie eine weiße Frau in Ihren Träumen? Und warum holt niemand die Polizei oder das FBI, um diesen Spuk zu beenden? Warum ausgerechnet ich?«

»Darauf habe ich keine Antwort bekommen«, sagte Jeremiah Lone Eagle. »Ich weiß nur, dass der Sheriff und seine Leute nichts gegen die Entführungen unternehmen und das FBI niemals nach Spirit Lake kommen wird. Keiner in dieser Stadt war bisher stark genug, das Übel zu besiegen. Du könntest es schaffen.« Er lächelte aufmunternd. »Du bist nicht allein. Chris wird in diesem Kampf an deiner Seite sein. Zusammen seid ihr stark genug.« Er griff nach der langstieligen Pfeife, die hinter ihm auf einer Kommode lag, und öffnete das Päckchen Tabak, das sie ihm mitgebracht hatte. »Und nun lass uns rauchen, meine Freundin, und das *Große Geheimnis* um seinen Beistand bitten.«

Jeremiah Lone Eagle stand auf und ließ ein paar Tabakkrümel in das Feuer fallen, das im offenen Kamin brannte. Er murmelte einige Worte in seiner Sprache, die Allie nicht verstand, kehrte zum Tisch zurück und stopfte seine Pfeife. Nachdem er den Tabak mit einem glühenden Span entzündet hatte, rauchte er feierlich und blies den Rauch zum Himmel und zur Erde und in alle vier Himmelsrichtungen. »Großes Geheimnis«, sagte er auf Englisch, damit Allie ihn verstehen konnte, »mit dem Rauch steigen unsere Gebete zu dir empor. Beschütze uns vor der Willkür des Wendigo, und gib meinem Enkel und der weißen Frau die Kraft, diese Stadt von dem bösen Fluch zu befreien. Nur mit deiner Hilfe werden sie stark genug sein, das eisige Monster zu besiegen.« Er reichte die Pfeife an Allie weiter. »Blase den Rauch zum Himmel, denn dort wohnt der Schöpfer aller Dinge. Blase ihn zur Erde, denn sie ist unsere Mutter und schenkt uns Kraft und Nahrung zum Leben. Blase ihn in die vier Himmelsrichtungen, denn im Osten geht die Sonne auf und zeigt uns den Weg, im Westen geht sie unter und zeigt uns, wie vergänglich wir sind, im Süden genießen wir die Wärme, und im Norden stellen uns die eisigen Winterstürme auf die Probe. Gib uns die Kraft, die Herausforderungen zu bestehen, heute und in Zukunft.«

Allie hatte nur einmal in ihrem Leben geraucht, als vierzehnjähriges Mädchen in der Highschool, und musste kräftig husten, obwohl sie den Rauch nicht inhalierte. Sie reichte die Pfeife an Chris weiter, der die Zeremonie wiederholte und ebenfalls aufpasste, dass er nicht zu viel Rauch erwischte. Allie trank rasch von ihrem Tee und war froh, als der alte Indianer nach einigen Zügen die Pfeife über dem Kamin ausklopfte und auf die Kommode zurückstellte.

Das Abendessen schmeckte ihr wesentlich besser. Es gab einen würzigen Wildeintopf mit Gemüse und dazu aufgebackene Biskuits. Jeremiah Lone Eagle war ein guter Koch und kannte sich vor allem mit Kräutern aus. »Ihr seid mit dem Flugzeug abgestürzt?«, fragte er unvermittelt. Anscheinend hatte Chris ihm alles über sie erzählt. »Wie geht es deinem Vater?«

Allie dachte an das verzerrte Gesicht, das sie in den dunklen

Wolken des Unwetters gesehen hatte, und verdrängte den Gedanken gleich wieder. »Dad hat sich das Bein gebrochen, aber das wird wieder. Er ist in guten Händen.«

»Dr. Sheila Griffin?«, fragte der Indianer.

Sie blickte ihn überrascht an. »Sie kennen die Ärztin?«

»Eine nette Frau, hab ich mir sagen lassen, und eine gute Ärztin. Auch wenn sie ...« Er hielt inne und überlegte wohl, ob er das sensible Thema ansprechen sollte. »Auch wenn sie meiner Tochter – Chris' Mutter – nicht mehr helfen konnte. Meine Frau und ich nahmen Chris bei uns auf. Leider ging Louise vor zehn Jahren auf den Pfad der Seelen.«

»Das tut mir leid«, sagte Allie.

»Louise hat es gut. Im Jenseits gibt es keinen Wendigo.«

Allie aß eine Weile schweigend weiter und hing ihren Gedanken nach. Sie war entsetzt über den erschreckenden Einfluss des Wendigo auf die Menschen in Spirit Lake. Nach einer Weile fragte sie: »Wie sieht der Wendigo aus? Ich habe im Internet nachgesehen. Er soll ein Monster sein.«

»Er ist schlimmer als ein Monster«, erwiderte Jeremiah Lone Eagle, »und niemand kann sagen, wie er genau aussieht. Die ihn gesehen haben, sind entweder tot oder so verwirrt, dass sie nicht mehr klar denken können. Wir wissen nur, dass er riesengroß ist und ein Herz aus purem Eis besitzt. Meist stürzt er sich in einer gewaltigen Schneeböe auf seine Opfer, sodass man sein Gesicht nicht erkennen kann. Er kann sich auch in einem Menschen oder einem Tier verstecken und dessen Körper annehmen. Er ist gierig, und er braucht Menschenfleisch, um nicht zu verhungern, am liebsten das zarte Fleisch von Kindern und jungen Frauen. Er kann nie genug bekommen. Er ...«

Das aufgeregte Bellen seines Huskys ließ ihn verstummen. Beinahe im gleichen Augenblick schwoll das Heulen des Windes an, und aufgewirbelter Schnee peitschte wie Gischt gegen die Hauswände. Der Wind schien von allen Seiten zu kommen, drückte mit solcher Wucht gegen die Fenster, dass sie zu bersten drohten. Die Blockhütte ächzte in allen Fugen.

»Der Wendigo!«, flüsterte Allie panisch. »Er hat gehört, dass wir über ihn gesprochen haben. Er will uns zeigen, wer das Sagen hat.«

Draußen krachte etwas gegen die Hauswand, und von einem Küchenregal fielen zwei Töpfe und eine Zuckerdose, deren Inhalt sich bis unter den Tisch verteilte, doch Jeremiah Lone Eagle und Chris blieben ruhig. Sie erlebten einen solch überfallartigen Sturm nicht zum ersten Mal und wussten genau, was zu tun war. Mit wenigen Schritten waren sie beim Kamin und zündeten zwei Fackeln an, die griffbereit neben dem Feuer standen. Allie ahnte, was sie vorhatten. Mit klopfendem Herzen beobachtete sie, wie Chris die Tür öffnete.

Kaum schwenkte die Tür nach außen, fegte ein böiger Wind heran und trieb einen Schwall eisigen Schnees in den Raum; er schwappte auf den Boden und spritzte nach allen Seiten. Die mit Pech und Harz getränkten Fackeln brannten dennoch weiter. Vornübergebeugt stemmten sich die beiden Männer gegen das Unwetter. Im flackernden Schein des Feuers sah Allie ihre vor Anstrengung verzerrten Gesichter. Sie reckten die Fackeln in den Sturm, und Jeremiah Lone Eagle rief etwas, das sie nicht verstand.

Der Sturm ließ tatsächlich nach, und bald hörte man nur noch das Winseln von Rusty, der einen tüchtigen Schrecken bekommen hatte und sich rasch wieder in sein Nachtlager zurückzog. Chris und sein Großvater löschten die Fackeln und kehrten in die Blockhütte zurück. Chris fegte den Schnee mit einem Besen zusammen und schaufelte ihn aus der Hütte. Danach schenkte er sich einen Becher Tee ein. »Der Wendigo mag kein Feuer«, erklärte er, »nur mit Feuer kann man ihn einigermaßen in Schach halten.«

»Du bleibst heute Nacht besser hier«, sagte der alte Indianer. »Du kannst auf der Couch schlafen. Du brauchst keine Angst zu haben. Ich lasse das Feuer brennen. Der Wendigo wird sich hüten, uns noch einmal zu belästigen.«

Allie wusste nicht, was sie von den seltsamen Geschehnissen halten sollte. Gab es diesen Wendigo tatsächlich, oder schob man alles Schreckliche, was man sich nicht erklären konnte, auf das legendäre Ungeheuer? Hatten ihn die Fackeln tatsächlich vertrieben? Sie lag in dieser Nacht lange wach und suchte nach einer Erklärung.

»Ach, Chris!«, flüsterte sie, als der Junge sie am Morgen weckte. »Ich wollte, ich hätte nie etwas von diesem furchtbaren Wendigo gehört. Wieso will dein Großvater, dass ich gegen ihn kämpfe? Ich bin doch viel zu schwach und habe Angst.«

»Wir müssen fest zusammenhalten, Allie. Ich habe keine Ahnung, wie Großvater sich den Kampf gegen den Wendigo vorstellt, aber ich weiß, dass wir nur gegen ihn bestehen können, wenn wir uns keine Blöße geben.«

»Ich fahre jetzt erst einmal zurück in die Stadt«, sagte Allie. »Ich will den Laden aufsperren, zumindest für einen halben Tag, und ich muss dringend meinen Vater im Krankenhaus besuchen. Er wartet sicher schon auf mich. Warum treffen wir uns nicht in *Jimmy's Grill*, wenn du wieder nach Spirit Lake fährst? Morgen oder übermorgen?«

»Wie wär's mit heute Abend?« Er grinste.

»Kommst du denn heute nach Spirit Lake?«

»Für dich immer.«

Nach dem Frühstück verabschiedete sich Allie. Im Rückspiegel sah sie Chris lange winken, und Rusty rannte bis zur Hauptstraße neben dem Wagen her, dann war sie allein. In zügigem Tempo fuhr sie nach Süden zurück. Die Wolken hatten sich verzogen, und nur noch in den Senken am Flussufer hingen Nebelfetzen, sogar die Sonne ließ sich wieder blicken und brachte den Schnee zum Glitzern. Als hätte es die unheimliche Nacht nicht gegeben. Mit der Sonne, die das Land gleich freundlicher aussehen ließ, schwand auch Allies Angst vor dem Wendigo, zumindest für die halbe Stunde, die sie allein unterwegs war, dann tauchte plötzlich ein schwarzer Wagen in ihrem Rückspiegel auf, und die Angst kehrte zurück.

Der Range Rover, es war der schwarze Range Rover mit den Männern, die Melissa entführen wollten. Die Helfer des Wendigo, wie man ihr gesagt hatte. Aber wie zum Teufel kamen zwei Männer dazu, einem Monster zu helfen? Wer bezahlte sie für ihre schmutzigen Dienste? Gab es Verbrecher, die sich die Legende vom Wendigo zunutze machten? Oder standen sie unter dem Einfluss des bösen Ungeheuers und wussten gar nicht, was sie taten? Wer waren diese Männer?

Sie hätte ihren Wagen am liebsten quergestellt und sie zum Anhalten gezwungen, doch ihre Angst war zu groß. Wenn die Männer hinter ihr her waren, würden sie keine Skrupel kennen. Dann erging es ihr vielleicht wie den anderen Mädchen und jungen Frauen, die sie schon entführt und dem Wendigo zum Fraß vorgeworfen hatten. Oder die Männer griffen zu ihren Pistolen.

Von plötzlicher Panik getrieben, trat sie das Gaspedal durch. Nur weg hier, dachte sie, bloß nicht von den Männern einholen lassen! Beide Hände am Lenkrad, raste sie Richtung Stadt. Auf ihrer Stirn stand Schweiß, und ihr Körper war seltsam steif, als wären sämtliche Gelenke blockiert. Sie hielt vor Schreck den Atem an, bis ihr beinahe schwarz vor Augen wurde. Ihr Herz hämmerte gegen die Rippen. Wie dicht waren ihre Verfolger schon an ihr dran?

Allie blickte in den Rückspiegel und sah nur die Schneewolke, die unter den Hinterrädern emporwirbelte. Kein dunkler Schatten, keine aufgeblendeten Scheinwerfer. Sie ging vorsichtig vom Gas, bis sich die Schneewolke legte und sie wieder klar sehen konnte. Der Range Rover war verschwunden. Er musste irgendwo abgebogen sein, in einen der Forstwege, an denen sie vorbeigekommen war, oder er hatte gewendet und war zurückgefahren. Sie hielt an, stieg aus und lauschte angestrengt. Nicht der leiseste Laut, nicht einmal der Wind rauschte in den Bäumen.

Zögernd stieg sie wieder in den Wagen. Sie startete den Motor und fuhr weiter, nicht ohne alle paar Sekunden in den Spiegel zu blicken und nach den Verfolgern Ausschau zu halten. Sie ließen sich nicht mehr blicken. Es dauerte eine Weile, bis die Angst gewichen war und ihr Herz wieder normal schlug, und sie war froh, als die ersten Häuser von Spirit Lake auftauchten und sie wieder Menschen um sich herum hatte. Vielleicht lag es an dem ungewöhnlich schönen Wetter, dass mehr Leute als sonst unterwegs waren und der Parkplatz vor dem Walmart beinahe bis auf den letzten Platz gefüllt war.

Sie fuhr nach Hause und stieg in ihre Wohnung hinauf. Nach einer ausgedehnten Dusche wechselte sie die Kleider, zog frische Jeans und ein dunkelblaues Sweatshirt an und griff nach dem Telefon. Sie wählte die Nummer des Krankenhauses. Nach dem dritten Klingeln meldete sich die Zentrale, und Allie verlangte nach Dr. Sheila Griffin. Die Stimme am anderen Ende versprach, nach ihr zu suchen, meldete sich wieder und sagte: »Dr. Griffin ist gerade im OP. Sie ruft zurück, sobald sie fertig ist. Ich schreibe ihr eine Notiz, einverstanden?«

Allie blieb nichts anderes übrig und legte auf. Während sie ihr Handy mit dem Aufladegerät verband, fiel ihr Blick auf den Laptop, und ihr kam eine Idee. Sie klappte ihn auf und fuhr ihn hoch. Sie gab die Stichworte »Spirit Lake«, »Absturz« und den Namen ihres Vaters und ihren eigenen Namen bei Google ein und bekam keinen Treffer, der auch nur im Entferntesten mit ihrem Flugzeugabsturz zu tun hatte. Sie versuchte es mit allen möglichen verwandten Begriffen, ohne jedoch fündig zu werden. Auch bei den Fernsehsendern hatte sie keinen Erfolg, weder bei den großen in den Twin Cities noch bei den kleinen im Norden. Aus irgendeinem Grund wurde der Absturz verheimlicht, als wäre er gar nicht passiert. Nicht einmal der *Spirit Lake Clarion*, die lokale Zeitung, berichtete darüber. Lediglich Maggy Dale wurde in einer fünfzeiligen Meldung erwähnt, dass sie verwirrt zurückgekehrt war und sich zur Beobachtung im Krankenhaus befand. Das Wort »Wendigo« kam in dem kurzen Artikel und der ganzen Zeitung nicht vor.

Allie war versucht, die Namen des toten Piloten und von US-Marshal Alexis Blair einzutippen, bremste sich aber rechtzeitig. Es wäre zu gefährlich gewesen. Nur zur Sicherheit blickte sie auf die Nachrichtenseiten der überregionalen Sender und Zeitungen, aber auch dort fand sie keinen Hinweis. Enttäuscht fuhr sie ihren Computer herunter.

Sie ging nach unten in den Laden, hängte das »Open«-Schild an die Tür und schloss auf. Ihr erster Arbeitstag, und wenn es nur ein paar Stunden waren. Es dauerte ungefähr eine halbe Stunde, bis der erste Kunde kam, ein junger Mann, der ein Paket Windeln kaufte. Bald danach hatte es sich anscheinend herumgesprochen, dass *Miller's Drugstore* geöffnet hatte, und die Kunden kamen im Minutentakt. Viel Umsatz machte sie allerdings nicht. Mehr als zehn Dollar gab kaum jemand aus, eine Tube Zahnpasta, Süßigkeiten, Kopfschmerztabletten, ein Spielzeugauto für den Kleinen, das Übliche. Zwei junge Männer blätterten in den Zeitschriften und unterhielten sich über sie, blickten sich mehrmals zu ihr um und schätzten wohl ihre Chancen ab. Ein paar Minuten später verließen sie den Laden, ohne etwas gekauft zu haben. Auf eine billige Anmache hatte Allie an diesem Morgen nun wirklich keine Lust, besonders wenn es sich um zwei so nichtssagende Gesellen wie die beiden handelte.

Gegen Mittag klingelte das Glöckchen über der Tür erneut, und Melissa und ihre Mutter betraten den Drugstore. »Melissa!«, rief Allie erfreut. »Wie geht es dir? Ich wette, du kommst wegen meiner guten Schokokekse.«

»Wir kommen gerade vom Arzt«, sagte das Mädchen. »Ich bin krank. Er sagt, dass ich zu Hause bleiben und mich ausruhen soll.«

»Ich wollte mich noch mal bei Ihnen bedanken, dass Sie meiner Tochter das Leben gerettet haben. Gestern ging alles so schnell. Wenn Sie nicht gewesen wären … ich weiß nicht, was dann passiert wäre.« Sie ergriff Allies Hand und schüttelte sie. »Vielen Dank … Allie, nicht wahr?«

»War doch selbstverständlich«, erwiderte Allie. Der überschwängliche Dank machte sie verlegen. »Aber es war nicht so dramatisch, wie Sie denken. Ich bin mir nicht mal sicher, ob die Männer in dem Geländewagen sie tatsächlich entführen wollten.«

»Oh, das wollten sie!«, widersprach Melissas Mutter. »Wenn Sie schon länger hier wären, wüssten Sie, dass sie für den Wendigo arbeiten. Im letzten Winter haben sie ein Mädchen und zwei Frauen entführt, und nur Maggy ist zurückgekommen. Und wer weiß, ob sie jemals wieder normal wird.«

Das Telefon klingelte.

»Entschuldigen Sie mich einen Augenblick«, sagte Allie und nahm den Hörer ab. »*Miller's Drugstore*, Allie McCormick, was kann ich für Sie tun?«

»Dr. Sheila Griffin«, antwortete die Stimme der Ärztin. Sie klang besorgt. »Könnten Sie ins Krankenhaus kommen? Ihrem Vater geht es schlechter …«

14

Als Allie aus dem Aufzug trat, stand die Ärztin vor der Medikamentenausgabe und sprach mit einer Schwester. Sie hielt eine Krankenakte unter dem Arm und wirkte angespannt. »Allie!«, rief die Ärztin. Sie kam ihr entgegen und begrüßte sie. »Kommen Sie in mein Büro, da können wir ungestört reden.«

Allie ahnte nichts Gutes und folgte ihr zögernd. Sheila Griffin deutete auf einen der Besucherstühle, doch Allie blieb stehen und fragte: »Was ist mit meinem Vater? Ist es so schlimm? Ein Beinbruch ist doch nicht lebensgefährlich?«

Die Ärztin legte die Krankenakte auf den Schreibtisch und wandte sich ihr zu. Am ernsthaften Blick erkannte Allie, dass der Gesundheitszustand ihres Vaters auch ihr zu schaffen machte.

»Die Wunde hat sich leider entzündet«, sagte sie dennoch relativ nüchtern. »Zur Therapie eines Bruchs gehört die Verabreichung von Antibiotika, die geben wir den Patienten, um eine Infektion zu vermeiden, aber Ihr Vater ist anscheinend resistent gegen das Mittel. Wir versuchen es jetzt mit einem anderen, wesentlich stärkeren Mittel und hoffen, dass es möglichst bald anschlägt.« Sie hielt Allies ängstlichem Blick stand.

»Ich will Ihnen keine Angst einjagen, Allie, aber ich will Ihnen auch nichts vormachen. Bei manchen Patienten wirken selbst starke Mittel unzureichend. Wenn das bei Ihrem Vater auch so wäre, dann könnte die Infektion lebensbedrohlich sein. In einem solchen Fall ... in einem solchen Fall, der wirklich nur selten eintritt, müssten wir amputieren.«

Allie nahm die Nachricht scheinbar gefasst auf. Nur ihre leicht zitternden Lippen verrieten, was wirklich in ihr vorging. Sie stützte sich mit beiden Händen auf die Stuhllehne. »Kann ... kann ich zu ihm?«

»Ihr Vater schläft«, sagte die Ärztin. »Er hatte große Schmerzen, und wir mussten ihn ruhigstellen. Aber Sie können natürlich zu ihm.«

Allie folgte der Ärztin ins Krankenzimmer und blieb erschrocken stehen, als sie ihren Vater so hilflos im Bett liegen sah. Sein gebrochenes Bein war geschient und verbunden, und er hing an zwei Tröpfen, aus denen klare Flüssigkeit in seinen Körper rann. Er atmete langsam und regelmäßig. Über seinem Bett blinkten rote Zahlen, die Blutdruck und Puls anzeigten.

Sie näherte sich ihm vorsichtig, griff nach seiner Hand und streichelte sie sanft. »Es wird alles wieder gut, Dad«, sagte sie leise. »In ein paar Tagen bist du wieder ganz der Alte und kommst hier raus. Ich werde nicht zulassen, dass sie dir das Bein ...« Sie schluchzte verhalten. »... dass dir irgendwas passiert. Dr. Griffin hat dir ein neues Mittel gegeben, das hilft dir bestimmt. Du wirst sehen, in ein paar Stunden geht es dir besser.«

Die Ärztin war neben Allie getreten und legte ihr einen Arm um die Schultern. »Wir werden alles tun, um Ihren Vater zu heilen. Er ist körperlich gut in Form und kann einiges vertragen.« Sie zog Allie dichter zu sich heran. Ohne den Blick von ihm zu nehmen, fuhr sie fort: »Ich mag Ihren Vater, Allie, und wünsche mir nichts sehnlicher, als dass er bald wieder gesund wird.«

Allie blieb ungefähr eine Stunde bei ihm. Sie erzählte ihm von Chris und seinem Großvater und der Pfeifenzeremonie, die sie nur stark hustend überstanden hatte, verschwieg aber den Wendigo und alles andere, was ihn hätte beunruhigen können. Tief in ihrem Inneren hegte sie den Verdacht, der Wendigo könnte auch an der Infektion, die ihren Vater befallen hatte, schuld sein. Es war vielleicht die Rache dafür, dass er bei dem Absturz nicht ums Leben gekommen war.

Sie wandte den Kopf und blickte aus dem Fenster. Bei dem schönen Wetter sah man über die ganze Stadt hinweg und bis weit in die nördlichen Wälder hinein. Eine Wildnis, um die sich zweifelsohne zahlreiche Mythen rankten, unglaubliche Geschichten von riesigen Grizzlys und hungrigen Wölfen, die mordend durch die Wälder streiften. In einer solchen Umgebung und vor allem während der strengen Winter lag es nahe, an ein übernatürliches Wesen wie den Wendigo zu glauben. Glaubte sie nicht selbst schon an ihn? War sie ihm während der vergangenen Tage nicht schon ein paarmal begegnet? Spirit Lake war eine seltsame Stadt, in der alles möglich schien.

Sie verdrängte die quälenden Gedanken und verabschiedete sich von ihrem Vater. »Mach's gut, Dad, und werde bald wieder gesund! Ich drücke dir die Daumen, okay? Du bist in guten Händen, das weißt du sicher. Ich verlasse mich auf dich.« Sie lächelte. »Und mach dir keine Sorgen wegen des Drugstores. Ich komme zurecht … solange das Gingerale nicht ausgeht.«

Auf dem Weg zum Aufzug begegnete sie Sheila Griffin, die ihr noch einmal versprach, sich um ihren Vater zu kümmern und sie anzurufen, wenn sich sein Zustand veränderte. Allie bedankte sich und fuhr ins Erdgeschoss hinab. Vor dem Krankenhaus blieb sie stehen und blinzelte in die kalte Wintersonne.

Den schwarzen Range Rover sah sie erst von der Hauptstraße abbiegen, als sich ihre Augen an das Sonnenlicht gewöhnt hatten. Er verschwand in der Auffahrt zum Lieferanteneingang. Allie rannte ihm nach, nutzte die Deckung eines Lieferwagens und beobachtete, wie der Wagen vor dem Eingang zu einem Seitengebäude hielt. Im Schutz der parkenden Autos lief sie weiter die Auffahrt hoch, bis sie an eine der Verladerampen für Lieferwagen geriet und einem Lagerarbeiter in die Arme lief. Sie entschuldigte sich und wollte rasch weiterlaufen, doch der Arbeiter hielt sie zurück: »Sie haben sich bestimmt verirrt, Miss. Hier geht's zu den Lagerhallen und Büros.« Er musterte sie ein wenig zu lange. »Der Eingang für Patienten und Besucher ist um die Ecke.«

»Und das Gebäude dort hinten? Wo der schwarze Wagen steht?«

»Da sind die Büros der Krankenhausleitung.« Er wurde vorsichtiger. »Haben Sie einen Termin, Miss? Dann holen Sie besser Ihren Wagen und parken vor dem Gebäude. Hier machen Sie sich nur Ihre schönen Schuhe dreckig.«

»Ach, jetzt bin ich schon mal so weit …«, begann sie und wollte gerade weitergehen, als sie ausrutschte und gegen einen Kombi prallte. Nur mit Mühe hielt sie sich auf den Beinen. »Vielleicht haben Sie recht«, räumte sie ein.

Ihr blieb nichts anderes übrig, als umzukehren. Als sie sich noch einmal umdrehte, scheinbar, um dem Lagerarbeiter zuzulächeln, sah sie, wie zwei schwarz gekleidete Männer aus dem Bürogebäude kamen und in den Range Rover stiegen. Sie wendeten und fuhren nun genau auf sie zu.

Allie blieb im Schatten des Lieferwagens und wartete, bis der Range Rover vorbei war. Dasselbe Kennzeichen wie am Morgen. Sie kannte es bereits auswendig und beschloss, es bei nächster Gelegenheit dem Sheriff mitzuteilen. Er würde den Besitzer schnell ermitteln können … wenn er wollte. Vielleicht wusste er längst, wem der Wagen gehörte, und schwieg aus Angst, selbst in die Fänge des Wendigo zu geraten.

Sie kehrte zu ihrem Wagen zurück und blieb eine Weile tatenlos hinter dem Lenkrad sitzen. Die Sonne spiegelte sich auf der Windschutzscheibe. Ein selten schöner Tag, der ihr bisher nur Unglück gebracht hatte. Sie blickte zu dem Fenster hoch, hinter dem sie ihren Vater vermutete. Warum musste sich die verdammte Wunde auch entzünden? Ausgerechnet ihr Dad, der in den letzten Wochen so viel durchgemacht hatte. Einen »mutigen Bürger« hatten ihn die Medien genannt, ein »vorbildliches Beispiel für Zivilcourage«, weil er gegen den mächtigen Mafiaboss ausgesagt hatte, aber was hatte es ihm gebracht? Einen Absturz in der Wildnis und eine Infektion, die ihn sein Bein kosten konnte, von der Umsiedlung in eine abgelegene Stadt und dem erzwungenen Neustart ganz zu schweigen.

Allie fuhr vom Parkplatz und an der Notaufnahme vorbei und sah eine Frau im Rollstuhl am Straßenrand sitzen. An ihren weißen Zottelhaaren war sie leicht zu erkennen. Einem Impuls folgend, hielt sie an und stieg aus. »Wendy«, rief sie, »ich bin's … Allie McCormick … Meinem Vater und mir gehört der Drugstore. Wir haben uns in der Notaufnahme getroffen … vorgestern.«

Wendy blickte sie aus großen Augen an. »Zum Teufel! Und ob ich mich an Sie erinnere.« Sie rollte zwei Schritte auf sie zu. »Sie hätten nicht nach Spirit Lake kommen sollen, junge Frau.

Nur eine Närrin legt sich mit dem Wendigo an. Sehen Sie mich an … und ich hab noch Glück gehabt. Obwohl ich mir manchmal wünsch vom Leben, da draußen erfroren zu sein. Was hab ich denn noch?«

»Soll ich Sie nach Hause fahren, Wendy?«

Die Frau im Rollstuhl betrachtete den silbernen SUV und kicherte in sich hinein. »In dem schicken Wagen? Wär mal was anderes als die Rostlaube, mit der mich mein Bruder herumkutschiert. Helfen Sie mir, junge Frau!« Allie öffnete die Hintertür und hob Wendy hinein. Sie war federleicht. Den Rollstuhl klappte sie zusammen und packte ihn in den Kofferraum. Nachdem sie der Frau beim Anlegen des Sicherheitsgurtes geholfen hatte, stieg sie ein und fuhr los. Wendy rief nach vorn: »Am Motel vorbei und immer geradeaus. Mein Bruder ist Schreiner … nun ja, das war er früher mal.«

Allie fuhr zur Hauptstraße hinunter. Aus dem Norden zogen einige Wolken heran, aber die Sonne stand immer noch am Himmel und schien ihr genau ins Gesicht. Sie zog die Sonnenblende herunter und kniff die Augen zusammen, um besser sehen zu können. Vor dem Supermarkt war viel Betrieb, bis auf die Straße stauten sich die Autos. Nur für einen Augenblick glaubte sie, den schwarzen Range Rover auf dem Parkplatz zu sehen, doch bei näherem Hinsehen erkannte sie einen Ford und atmete erleichtert auf. Sie blickte in den Innenspiegel. »Waren Sie zur Untersuchung im Krankenhaus?«

»Jede Woche einmal, manchmal sogar zweimal, wenn die Werte nicht stimmen. Ich hab's mit den Nerven, sagen die Quacksalber, und ich sage Ihnen, wäre ja kein Wunder, bei dem, was ich durchgemacht habe. Laufen Sie mal stundenlang durch einen Schneesturm. Als mich der alte Ned gefunden hat, dachte jeder, ich wäre tot. Doch Unkraut vergeht nicht, deshalb bin ich immer noch hier, auch wenn ich meine Beine nicht mehr bewegen kann und ich den verdammten Wendigo jede Nacht in meinen Albträumen sehe. Aber verrückt bin ich deshalb noch lange nicht, und die Anfälle, die ich angeblich kriege, wollen mir doch nur diese Quacksalber andichten, damit sie mich endlich in die Klapsmühle verfrachten können. Aber das lass ich mir nicht gefallen, Missy, eher gehe ich denen an den Kragen. Die wissen alle ganz genau, dass ich mir den Wendigo nicht aus den Fingern sauge, und doch will es keiner zugeben. Nicht mal die Verrückten, die einen ganzen Winter bei ihm verbracht haben und von ihm nach Hause geschickt werden, wollen es zugeben. Ich bin die Einzige, die den Mund aufmacht, und ich werde ihn auch weiter aufreißen, das können mir weder der Sheriff noch die Quacksalber verbieten.«

Sie deutete nach vorn. »An der nächsten Kreuzung rechts, Missy.«

Allie hielt vor einem flachen Gebäude mit einem angrenzenden Schuppen, in dem wohl die Werkstatt untergebracht war. Als sie den Motor ausgeschaltet hatte und ausgestiegen war, hörte sie das Kreischen einer Kreissäge. Sie holte den Rollstuhl aus dem Kofferraum, setzte die alte Dame hinein und rollte sie zu dem Schuppen. Mit dem Fuß stieß sie die angelehnte Tür nach innen.

Wendys Bruder war vielleicht zehn Jahre jünger, hatte ein paar Falten weniger, aber die gleichen weißen Haare. Er trug einen Overall. Er war gerade dabei, ein Brett zurechtzuschneiden, und stoppte die Kreissäge, als er seine Schwester und Allie entdeckte. Er nahm die Ohrenschützer vom Kopf. »Wendy! Ich hab dir doch gesagt, du sollst mich anrufen, wenn du fertig bist, und keine fremden Leute belästigen.« Er wandte sich an Allie. »Tut mir leid, Miss, aber Wendy kennt manchmal keine Hemmungen. Wie wär's mit einem Kaffee?«

»Gern.« Sie schob Wendy ins Haus, zog ihren Anorak und die Mütze aus und legte beides auf einen Hocker. »Ich hoffe, ich mache keine Umstände.«

Der Bruder nahm den heißen Kaffee von der Herdplatte und reichte ihr einen vollen Becher. Milch und Zucker stellte er auf den Tisch vor dem Fenster. »Steven Corkdale«, stellte er sich vor. »Eigentlich gehöre ich schon zum alten Eisen, aber für einen neuen Schrank reicht es immer noch.« Er nippte an seinem Kaffee. »Und Sie müssen die neue Besitzerin des Drugstore sein.«

Anscheinend hatte sich die Kunde von ihrer Ankunft schon herumgesprochen. »Allie McCormick. Der Drugstore gehört meinem Vater. Ich habe Wendy vor dem Krankenhaus getroffen und ihr angeboten, sie mitzunehmen.«

»Da hörst du's«, meldete sich seine Schwester, »ich hab keine fremden Leute belästigt.« Sie lächelte stolz. »Hast du den schicken Wagen gesehen?«

Allie blickte sich in dem Wohnzimmer um. Die Einrichtung erinnerte sie an einen Wohnwagen: der Tisch mit der Resopalauflage, die einfachen, mit hellblauem Vinyl überzogenen Stühle, die Einbauschränke, die muffige Couch, der bauchige Fernseher, alles aus den Siebzigern oder Achtzigern. Ungewöhnlich nur die vielen Bücher im Regal.

»Ein gemütliches Heim haben Sie, Mr. Corkdale.«

»Alles selbst gebaut«, erwiderte er stolz. Er klopfte auf den festen Holztisch. »Das war noch echtes Holz, nicht dieses billige Pressholz aus zusammengekehrten Sägespänen. Was Sie heute in den Baumärkten bekommen, ist doch alles Schund. Hauptsache, das Material ist billig. Noch Kaffee?«

»Nein, danke.« Allie sah sich die Bücher im Regal an und stellte fest, dass es sich größtenteils um Fachbücher über die Mythologie der Ojibway-Indianer handelte. »Wie ich sehe, beschäftigen Sie sich mit der Geisterwelt der Indianer. Glauben Sie wirklich, dass der Wendigo hier sein Unwesen treibt? Glaubt irgendjemand Ihrer Schwester, dass er sie entführt hat?« Steven Corkdale wurde ernst. »Wendy war zwei Wochen verschwunden und gehörte sicher nicht zu den Frauen, die an diesen angeblichen Hokuspokus glauben. Als der alte Ned sie fand, war sie außer sich vor Angst und sprach von einem Ungeheuer, das sie fressen wollte. Also war sie entweder von einem grausamen Killer oder einem Monster entführt worden, oder sie hatte sich verirrt und litt unter Wahnvorstellungen. Das sagte der Arzt.«

»Ein Quacksalber«, schimpfte Wendy, »ein ahnungsloser Nichtsnutz! Der hatte doch keine Ahnung!« Sie stellte ihren Becher so fest auf den Tisch, dass Kaffee überschwappte. »Und du auch nicht! Ich hab dir schon hundertmal gesagt, dass es kein Killer war, und nach sechzig Jahren glaubst du mir noch immer nicht. Der Wendigo hat mich entführt, der Wendigo und niemand anders. Und der Teufel allein weiß, warum er ausgerechnet mich laufen ließ.«

Steven Corkdale war an die Ausbrüche seiner Schwester gewöhnt und nippte in aller Ruhe an seinem Kaffee. »Ich glaube nicht an Geister«, sagte er, »aber ich muss zugeben, dass es einem in Spirit Lake nicht leichtgemacht wird, einen kühlen Kopf zu behalten. Es gab Situationen, da war ich nahe daran, selbst an den Wendigo zu glauben. Ich bin sicher, in keiner anderen Stadt verschwinden so viele Mädchen und junge Frauen wie hier, und immer, wenn ich die Stadt mit meinem Pick-up verlassen wollte, landete ich wieder dort, wo ich losgefahren war. So geht es allen Menschen hier, und das ist noch nicht alles. Manchmal kommt es mir so vor, als wäre dieser Ort verhext.« Er deutete auf die Bücher im Regal. »Ich habe alles über den Wendigo gelesen, das stimmt, und vieles spricht dafür, dass er hier sein Unwesen treibt, aber genauso gut könnte es sich um Verbrecher handeln, die sich hinter der Legende verstecken.« Er seufzte. »Was soll's? Wir sind alt … uns wird er nichts mehr tun.«

Allie dachte über die Worte des Mannes nach. »Sie glauben, hinter diesem ganzen Hokuspokus stecken Verbrecher?«

»Keine Verbrecher!«, rief Wendy aufgebracht. »Der Wendigo! Wie oft soll ich das denn noch sagen? Ein gemeines Monster regiert diese Stadt und, zum Teufel, es gibt keinen, der etwas dagegen tut. Hast du die arme Maggy gesehen? Wie viele Frauen sollen denn noch verschwinden und sterben?«

»Und was ist mit den schwarzen Männern?«, fragte Allie ruhig. »Ich meine die schwarz gekleideten Männer in ihrem schwarzen Range Rover. Die Leute sagen, sie würden mit dem Wendigo unter einer Decke stecken. Ich hab sie schon ein paarmal in der Stadt gesehen. Kann man ihnen etwas nachweisen?«

»Fragen Sie den Sheriff«, antwortete Wendy. »Ich hab ihm schon tausendmal gesagt, dass er sich die beiden vorknöpfen soll, aber er denkt gar nicht daran. Sie hätten nichts Verbotenes getan, sagt er, sie hätten nicht mal eine rote Ampel überfahren oder falsch geparkt. Dabei weiß doch jeder, dass sie die Handlanger des Wendigo sind. Und das ist noch nicht alles, Missy.«

»Was denn noch?«

Wendy kicherte humorlos. »Manchmal ist eine Hexe bei ihnen, die verzaubert die entführten Mädchen und Frauen, wenn sie ihr nicht gehorchen. Sie soll mit dem Wendigo verwandt und noch viel grausamer sein.«

»Grausamer als der Wendigo?«

»Wenn ich's doch sage, Missy.«

15

Auf dem Heimweg parkte Allie vor dem Supermarkt und kaufte ein. Etwas Aufschnitt, vor allem gebratene Truthahnbrust, zwei Dosen Thunfisch, Salat, Tomaten und ein Glas Mayonnaise für Sandwiches sowie Milch und Obst. Sie würde ohnehin nicht viel Zeit zum Kochen haben, solange ihr Vater im Krankenhaus war.

Als sie einen der Tiefkühlschränke öffnete und eine Packung mit gefrorenen Shrimps herausnahm, schallte ihr ein dumpfes Grollen entgegen, und die eisige Kälte hüllte sie wie ein Blizzard ein. Sie war plötzlich unfähig, sich zu bewegen, stand wie erstarrt. Das Licht in dem Tiefkühlschrank begann zu flackern, dann flackerten die Lampen im gesamten Supermarkt, schließlich erloschen die Lichter ganz, und eine tiefschwarze Dunkelheit breitete sich in den Gängen zwischen den Regalen aus, bis auf die leuchtenden Screens einiger Smartphones. Ein überraschtes Raunen ging durch die Gänge. Ein Baby begann zu weinen. Doch nur wenige Sekunden später ging das Licht wieder an, und ein befreites »Aaaah!« machte sich breit. Einige Kunden klatschten. Nur Allie war noch geschockt, hatte ein spöttisches Kichern in den Ohren und hörte, wie jemand ihren Namen flüsterte. Sie drehte sich erschrocken um, konnte jedoch niemanden entdecken.

Verstört schob sie ihren Wagen zur Kasse. Einige Kunden lachten immer noch und rissen Witze über den kurzen Blackout. Das Baby hatte aufgehört zu weinen und lachte über die Grimassen, die seine Mutter schnitt. Nur Allie litt noch unter dem plötzlichen Stromausfall und der unheimlichen Begegnung vor dem Tiefkühlschrank. So sehr sich ihr Verstand auch bemühte, den Blackout mit einem Kurzschluss oder einem defekten Kontakt zu erklären, so nachhaltig hielt sich die Angst, mitten im Supermarkt dem Wendigo begegnet zu sein. Denn woher sollte das Kichern und Flüstern sonst gekommen sein?

»Geht es Ihnen nicht gut, Miss?«, fragte die Kassiererin, als sie an der Reihe war. »Sie sehen blass aus. Unser Blackout hat Sie doch nicht erschreckt?«

»Nein, nein, alles okay.« Allie zwang sich zu einem Lächeln.

Zu Hause verstaute sie die Lebensmittel im Kühlschrank und kochte sich eine Tasse Tee. Sie setzte sich auf die Couch und entspannte sich, genoss das heiße Getränk und versuchte, nicht an den Wendigo zu denken. Was ihr natürlich kaum gelang.

Nachdem sie sich einigermaßen beruhigt hatte, ging sie nach unten und sperrte den Drugstore auf. Ein junger Mann war der erste Kunde, nahm eine Cola aus dem Kühlschrank und begann heftig mit ihr zu flirten. Er war nett und liebenswürdig und kannte seine Grenzen, und vor zwei Tagen wäre sie vielleicht noch auf ihn eingegangen. Doch nachdem sie Chris kennengelernt hatte, war ihr jegliche Lust auf Flirten vergangen, und sie beschränkte sich auf ein höfliches Lächeln. Der junge Mann gab auf, zahlte die Cola und ging. In der Tür stieß er beinahe mit einer älteren Dame zusammen, die nach den passenden Pflastern für ihre Hühneraugen suchte und ein Päckchen mit Spielkarten dazulegte. »Ich schummele gern«, erklärte sie. »Sie glauben ja nicht, wie viele Dollar ich meinem Mann abgenommen habe. Seit er nicht mehr unter uns ist, spiele ich am liebsten mit mir selbst.«

Die meisten Kunden, die an diesem Nachmittag in den Laden kamen, erkundigten sich nach den Millers, die offenbar überraschend und ohne sich zu verabschieden aus Spirit Lake weggezogen waren. Niemand wusste, wo sie abgeblieben waren. »Aus Spirit Lake zieht man nicht weg«, sagte eine Frau, die mit einem Korb voll Süßigkeiten an der Kasse stand. »Und gestorben sind sie auch nicht, das wüssten wir.« Sie drehte sich nach den anderen Kunden um, einem jungen Pärchen, einer älteren Dame und einem gleichaltrigen Mann mit schlohweißen Haaren. »Ihr meint doch nicht, der Wendigo hat sie geholt?«

»Die Millers?« Die ältere Kundin, eine resolute Frau, stützte sich auf ihren Regenschirm. »Mit uns Alten hat der Wendigo wenig im Sinn. Solange es genügend Mädchen und junge Frauen gibt, lässt er uns in Ruhe. Wir wären ihm viel zu zäh.«

»Und wo sind sie dann?«, fragte die Frau an der Kasse. »Einfach weggezogen? Aus Spirit Lake kann man nicht wegziehen. Wir haben es versucht, vor vielen Jahren, und landeten, bevor wir uns versahen, wieder vor unserer Haustür. Was soll's … Solange man nicht jung und hübsch ist, geht's einem doch gut hier.« Sie wandte sich an Allie. »Haben Sie denn keine Angst vor dem Wendigo? Wussten Sie denn nicht, was hier geschieht? Warum sind Sie ausgerechnet nach Spirit Lake gezogen, und wie sind Sie hergekommen?«

»Mit dem Flugzeug«, antwortete sie schlagfertig. »Es war ziemlich dramatisch. Der Pilot wollte gerade zum Landeanflug ansetzen, als wir in einen Sturm gerieten und nach unten gedrückt wurden. Es kam zu einer Bruchlandung. Der Pilot und eine Passagierin starben, und mein Vater brach sich ein Bein. Er liegt im Krankenhaus.« Sie nahm den Schein, den die Kundin ihr hinlegte, und gab ihr raus. »Aber das kam sicher schon in den Nachrichten.

»In den Nachrichten?« Die Frau steckte das Wechselgeld ein. »Da kommt selten was aus dieser Gegend. Über die Krise im Nahen Osten und die neuen Gesetze, die uns der Präsident aufdrängen will, da wissen wir Bescheid, aber wenn hier was geschieht, wird es totgeschwiegen.« Sie blickte vorwurfsvoll in die Runde. »Eine Bruchlandung, sagen Sie? Und zwei Tote?«

»Ich konnte ihnen nicht mehr helfen.« Allie stützte sich auf den Tresen und blickte in die betroffenen Gesichter der Kunden. Normalerweise hätte sie die Unterhaltung jetzt auf ein unverfängliches Thema gelenkt, doch aus irgendeinem Grund stach sie der Hafer, und sie berichtete von den schwarz gekleideten Männern, die ihr Vater gesehen haben wollte, und den blanken Knochen, die Chris und sie gefunden hatten. »Nur ein paar Meilen südlich von hier.«

Nach ihren Worten machte sich Stille breit. Nur das Brummen der Heizung und das Summen des Kühlschranks waren zu hören. Die Leute standen genauso erstarrt wie sie vorhin im Supermarkt und blickten sie entsetzt an.

»Der Wendigo!«, sagte die Frau an der Kasse schließlich, und auch die anderen reagierten betroffen und sprachen plötzlich nur noch mit gedämpfter Stimme. »Der Wendigo! Der Wendigo! Er hat die Toten gefressen, und je mehr er frisst, desto größer wird sein Appetit!«

»Wenn ich könnte, würde ich ihm eins auf seinen kalten

Pelz brennen«, schimpfte der alte Mann, der bisher noch gar nichts gesagt hatte. »Mit einer Ladung Schrot im Hintern würde er es sich dreimal überlegen, ob er sich an unseren Leuten vergreift. Ich kenne jemanden, der stellte eine Kiste Fleisch vor das Haus, damit der Wendigo seine Tochter in Ruhe lässt, aber am nächsten Morgen war das Fleisch weg, und die Tochter hatte er sich auch geholt. Gib ihm den verdammten kleinen Finger, und er nimmt die ganze Hand.« Der Mann zupfte an seinem weißen Vollbart. »Kommt dem Ungeheuer bloß nicht in die Quere!«

Allie war froh, als der Laden wieder leer war und sie weiter ihren Gedanken nachhängen konnte. Sie hätte die Diskussion gar nicht anstoßen dürfen. Zur Beruhigung holte sie sich eine Dose Gingerale aus dem Kühlschrank, wärmte sie mit ihren Händen ein wenig an und nahm einen kleinen Schluck.

Vor dem Drugstore hielt ein Lieferwagen. Sie blickte durchs Schaufenster und erkannte auf der Schiebetür das Logo einer bekannten Arzneimittelfirma. Darunter stand *Minneapolis/St. Paul*, der Name der Doppelmetropole im südlichen Minnesota. Angeblich vier Autostunden von Spirit Lake entfernt. Der Fahrer lud ein größeres Paket aus und betrat den Laden. »Alison McCormick?«, las er den Namen vom Adressaufkleber ab. »Ich nehme an, das sind Sie. Hab schon gehört, dass die Millers den Laden aufgegeben haben.« Er stellte das Paket ab und ließ Allie unterschreiben. »Erkältungstropfen … eine ganze Kiste voll. Damit sollten Sie locker durch den Winter kommen, Miss.«

Allie stellte das Paket hinter den Tresen und hatte plötzlich eine Idee. »Warten Sie«, rief sie dem Fahrer zu, ein freundlicher Mann um die Vierzig. Er hatte bereits den Drehknopf der Tür in der Hand. »Wohin fahren Sie?«

»Nach Duluth rüber und dann weiter in die Twin Cities. Warum?«

»Würden Sie mich nach Duluth mitnehmen? Mein Großvater ist dort im Krankenhaus, und es geht ihm sehr schlecht. Das Herz. Ich würde ihn gern besuchen.« Eine Lüge, aber etwas Besseres fiel ihr in der Eile nicht ein.

»Warum fahren Sie nicht selbst?«

»Mein Wagen ist in der Werkstatt.« Noch eine Lüge.

Der Fahrer überlegte auffällig lange. »Also, meinetwegen. Weil Sie es sind, aber sagen Sie es niemandem. Offiziell darf ich keine Anhalter mitnehmen.«

»Ich bin kein Anhalter. Ich bin eine Geschäftspartnerin.«

»Da haben Sie auch wieder recht. Aber beeilen Sie sich.«

Allie schlüpfte in ihren Anorak, löschte die Lichter und drehte das Schild in der Tür von *Open* auf *Closed* um. Nachdem sie den Laden abgeschlossen hatte, kletterte sie auf den Beifahrersitz des Lieferwagens und schnallte sich an. »Wir können«, sagte sie zu dem Fahrer. »Vielen Dank, dass Sie mich mitnehmen.«

Sie fuhren zur Kreuzung vor und bogen nach Osten ab, vorbei an der Tankstelle und dem Motel und dem Haus von Wendy und ihrem Bruder. Der Motor war wesentlich lauter als der ihres Wagens und brummte in ihren Ohren, auch die Federung war lange nicht so gut. Der Fahrer, der sich inzwischen als Buddy vorgestellt hatte, lehnte mit beiden Unterarmen auf dem Lenkrad und blickte stur geradeaus, ließ sich weder durch das leuchtende Neonschild einer Countrymusic-Bar noch durch den immer stärker werdenden Flockenwirbel irritieren, der mit dem Wind aus der fernen Tundra kam.

Schon bald wurden die Häuser von dichtem Fichtenwald

abgelöst, der sich zu beiden Seiten des Highways bis in den nebligen Dunst über den zugefrorenen Flüssen und Seen erstreckte. Allie spürte, wie ihr Herz schneller klopfte. Im Außenspiegel waren die Häuser von Spirit Lake noch immer zu sehen, aber irgendwann würden sie verschwinden, und sie würden die Stadt, die es eigentlich gar nicht gab, endgültig hinter sich lassen und in die wirkliche Welt zurückkehren. Wenn der Lieferwagen aus den Twin Cities gekommen war, musste es auch einen Weg zurück geben. Das hoffte sie jedenfalls, und nur, um das herauszufinden, war sie zu dem Fahrer in den Lieferwagen gestiegen. Seltsam, dachte sie, dass nicht schon andere Leute versucht hatten, auf diese Weise aus Spirit Lake zu verschwinden, oder war sie etwa gar nicht die Erste?

»Wie oft kommen Sie nach Spirit Lake?«, fragte sie den Fahrer.

»Einmal im Monat. Wenn ich viele Bestellungen habe, auch öfter.«

»Und Sie hatten nie Probleme, die Stadt zu verlassen?«

Buddy blickte sie erstaunt an. »Probleme? Also, im Stau hab ich hier oben noch nie gestanden. Hier kommt alle paar Stunden mal ein Auto, das war's. Probleme gibt's nur im Winter, wenn ich in einen Schneesturm gerate. Ich meine einen richtigen Blizzard, nicht so ein harmloses Schneegestöber wie heute.« Er deutete abfällig nach draußen. »Ich bin in Alaska aufgewachsen, wissen Sie, da muss es schon richtig schneien, bis ich Angst habe. Und wenn ...« Er zeigte mit dem Daumen nach hinten. »Ich hab immer Decken und genügend Proviant dabei. Leben Sie schon lange in Spirit Lake?«

»Erst seit einigen Tagen«, erwiderte sie.

»Und wo kommen Sie her?«

»Philadelphia«, fiel ihr gerade noch rechtzeitig ein.

»Ganz schöne Umstellung. Und wie gefällt es Ihnen hier?«

»Nun ja …«

Er lachte. »Gewöhnungsbedürftig, was? Also, wenn Sie mich fragen, ich lebe in Minneapolis und würde für kein Geld der Welt dort wegziehen. Es sei denn, ich würde eine Million gewinnen. Dann ging's schon morgen nach Hawaii.«

Sie fuhren schweigend über eine Brücke. Unter ihnen glänzte ein zugefrorener Fluss im fahlen Licht. Seinen Namen kannte sie nicht. Hinter der Brücke beschrieb der Highway eine weite Linkskurve und verschwand zwischen den Bäumen. Bis jetzt hatte sie noch kein einziges Straßenschild gesehen.

»Haben Sie schon mal vom Wendigo gehört?«, fragte sie.

»Sie meinen dieses Ungeheuer, das junge Mädchen frisst? Hab ich … kam in einem Horrorfilm vor, der neulich auf irgendeinem Kabelkanal lief. Ziemlich unappetitlich, der Bursche. Sagen Sie bloß, Sie mögen solche Monster.«

»Nicht unbedingt«, antwortete sie vieldeutig.

Während der nächsten Minuten schwiegen sie. Buddy schaltete das Radio ein und fand irgendeinen Sender, der Countrymusic spielte. Er blickte sie fragend an und grinste zufrieden, als sie ihm durch ein flüchtiges Nicken zu verstehen gab, nichts gegen die Schnulzen zu haben. Allie lehnte sich zurück und döste ein wenig. Ihre Zuversicht stieg mit jeder Umdrehung der Räder und jedem Baum, der an ihrem Fenster vorbeiflog. Bald würden sie in einem der Dörfer zwischen Spirit Lake und Duluth an der Küste des Lake Superior sein, und sie hätte bewiesen, dass man Spirit Lake sehr wohl verlassen konnte. Vielleicht stellte sich dann auch heraus, dass das ganze Gerede über den Wendigo tatsächlich nur Einbildung war und es eine logische Erklärung für die seltsamen Vorfälle in der Stadt gab. Sie lächelte hoffnungsvoll.

Sie musste eingenickt sein, denn als der Lieferwagen in eine scharfe Linkskurve ging, schreckte sie aus einem schrecklichen Traum, in dem der Wendigo mit stampfenden Schritten aus dem Eisnebel gekommen war und mit seinen klammen Pranken nach ihr gegriffen hatte. »Verdammt!«, hörte sie den Fahrer fluchen.

Sie wachte endgültig auf und beobachtete entsetzt, wie der Wagen aus der Spur geriet, sich einmal um die eigene Achse drehte und quer über den verschneiten Highway schleuderte. »Nicht schon wieder«, flüsterte sie, inzwischen hellwach, »bitte nicht!« Sie stützte sich mit einer Hand an den Armaturen ab und griff mit der anderen nach der Armstütze. Der Lieferwagen stieß gegen die Böschung und drehte sich erneut, und als er sich nach links neigte und auf zwei Rädern an dem vereisten Schneewall entlangschrammte, schickte sie ein Stoßgebet zum Himmel.

Die Airbags öffneten sich mit einem lauten Knall und bewahrten die beiden Insaßen vor schweren Verletzungen, konnten aber nicht verhindern, dass Buddy mit dem Kopf gegen das Seitenfenster stieß und das Bewusstsein verlor. Sie selbst blieb wie durch ein Wunder unverletzt, als hätten die guten Geister, die sie in der Blockhütte des greisen Indianers beschworen hatten, über sie gewacht.

Als der Wagen endlich zum Stehen kam, lag er mit der linken Seite auf der Böschung. Es stank nach Diesel und kalter Asche. Sie beugte sich zu dem verletzten Fahrer hinab und stellte erleichtert fest, dass er lebte. Er blutete aus einer Platzwunde an der Stirn, und in seinem linken Arm steckten etliche

Glassplitter. Das Seitenfenster war während des Aufpralls zerbrochen. »Halten Sie durch!«, sagte Allie, obwohl er sie nicht hören konnte. »Ich hole Hilfe!«

Sie öffnete die Beifahrertür und stieß sie mit dem linken Fuß nach außen. Erst beim dritten Versuch rastete sie ein. Vorsichtig öffnete sie den Sicherheitsgurt und kletterte aus dem Wagen. Jede Bewegung bereitete ihr höllische Schmerzen. Harmlose Prellungen, hoffte sie. Soweit sie erkennen konnte, hatte sie keine schweren Verletzungen erlitten.

Sie lief ein paar Schritte und ließ sich den kühlen Schnee ins Gesicht wehen, griff dann nach ihrem Handy und wählte die Notrufnummer. Sie war bei der zweiten Zahl, als sie flackernde Warnlichter über die Brücke näherkommen sah. Bald darauf hielt der Wagen des Sheriffs neben dem Unfallwagen.

»Das hätte ich mir ja beinahe denken können«, sagte der Sheriff, als er ausstieg und auf sie zukam. »Darf ich fragen, was Sie hier draußen zu suchen haben?«

»Ich war mit Buddy unterwegs«, erwiderte sie. »Der Wagen ist ins Schleudern geraten. Keine Ahnung, warum. Buddy ist noch drin. Er ist verletzt.« Sie stand noch immer unter Schock. »Mir ist kaum was passiert.«

Kurze Zeit danach kam auch der Notarztwagen, und Dr. Sheila Griffin und zwei Sanitäter mit einer Trage sprangen heraus. Die Ärztin half den Männern, den Verletzten zu bergen. Nachdem sie ihn stabilisiert und ihm einen Zugang gelegt hatte, kümmerte sie sich um Allie. »Sie hatten Glück«, sagte sie nach einer flüchtigen Untersuchung, »aber es ist wohl besser, ich nehme Sie ins Krankenhaus mit.«

»Wie geht es meinem Vater?«, fragte Allie.

»Unverändert«, antwortete Dr. Griffin.

Der Sheriff hatte bereits einen Abschleppwagen gerufen und stand mit dem Handy neben seinem Streifenwagen. »Ich komme morgen bei Ihnen vorbei«, rief er Allie zu, »ich brauche eine schriftliche Aussage von Ihnen.«

»Kein Problem«, erwiderte Allie müde.

Sie ließ sich von der Ärztin in den Krankenwagen helfen. Stöhnend setzte sie sich auf die gepolsterte Bank.

16

Mit Blaulicht, aber ohne Sirene fuhr der Krankenwagen nach Spirit Lake zurück. Sheila Griffin kümmerte sich um den Verletzten. Sie hatte seine Platzwunde verarztet und war dabei, einige besonders große Glassplitter mit einer Pinzette aus seinem Arm zu ziehen. Sie arbeitete sehr konzentriert, ließ sich auch durch den schaukelnden Wagen nicht aus der Ruhe bringen.

Buddy war aus seiner Bewusstlosigkeit erwacht, aber das Beruhigungsmittel, das mit der Infusion in seinen Körper tropfte, ließ ihn langsam reagieren. »Wo bin ich?«, flüsterte er. »Was ist passiert?« Sein Blick irrte verunsichert im Krankenwagen umher. Er wollte sich aufsetzen, verzog das Gesicht und sank stöhnend auf die Liege zurück.

»Nicht bewegen«, sagte Sheila. »Ich bin Dr. Griffin. Sie hatten einen Unfall und haben vermutlich eine schwere Gehirnerschütterung, außerdem eine Platzwunde am Kopf, etliche Prellungen und ein paar Glasscherben im Arm. Auch wenn es zynisch klingt: Sie hatten Glück. Ihr Arm ist nicht gebrochen. Eine genaue Diagnose kann ich jedoch erst abgeben, wenn wir Sie geröntgt haben. Wir bringen Sie ins Krankenhaus und müssen Sie vielleicht ein paar Tage dort behalten.« Sie verstellte das Rädchen am Infusionstropf. »Ich habe Ihnen ein Beruhigungsmittel gegeben, das müsste gleich wirken. Schlafen Sie gut, Buddy.«

Allie beobachtete den Verletzten, der tatsächlich sofort einschlief und relativ ruhig atmete. Auch sie hatte Schmerzen, vor allem, wenn sie sich bewegte, und kapierte noch immer nicht, wie Buddy so plötzlich die Kontrolle über seinen Lieferwagen verloren hatte. Er war weder besonders schnell noch leichtsinnig gefahren. Zu dumm, dass sie eingenickt war.

Sheila kümmerte sich jetzt um Allie, säuberte ihre Schrammen und klebte ihr ein Pflaster über die Stirn. »Sie können von Glück sagen, dass der Wagen einen Beifahrer-Airbag hatte, sonst wären Ihre Verletzungen ernsthafter. Ehrlich gesagt, würde ich Sie diesmal gern über Nacht im Krankenhaus behalten. Sie stehen noch ein wenig unter Schock, und ich möchte sichergehen, dass Sie keine Dummheiten begehen.«

»Dummheiten? Ich?« Allie schnitt eine Grimasse.

»Wohin wollten Sie eigentlich?«, fragte die Ärztin nach einer Weile. »Und warum haben Sie nicht Ihren eigenen Wagen genommen? Man könnte fast meinen, Sie wären auf der Flucht gewesen.« Sie lachte. »Kennen Sie den Mann?«

»Buddy? Nicht wirklich, er fährt für eine pharmazeutische Firma in den Twin Cities und hat mir ein Paket geliefert.« Sie überlegte, ob sie Sheila vertrauen konnte, und entschied sich, ihr die Wahrheit zu sagen. »Ich wollte wissen, ob es einen Weg aus dieser Stadt gibt.« Sie berichtete ihr von der Straßensperre und der Irrfahrt im Wald. »Ich dachte, wenn Buddy von den Twin Cities nach Spirit Lake gekommen ist, muss er auch wieder hinauskommen.« Sie blickte zu Boden. »Manche Leute glauben, der Wendigo will nicht, dass einer wegläuft.«

Die Ärztin lächelte verständnisvoll. »Sie sind verwirrt, Allie. Kein Wunder nach so einem Unfall. Aber Sie dürfen nicht alles glauben, was Ihnen die Leute erzählen. Der Wendigo ist ein Fabelwesen. Zugegeben, hier passieren seltsame Dinge, aber das hat sicher nichts mit den übernatürlichen Kräften eines Monsters zu tun.« Sie strich Allie über die Wange. »Ruhen Sie sich erst mal aus!«

»Sind Sie schon mal aus Spirit Lake rausgefahren?«

»Ich bin erst seit einigen Monaten hier«, erwiderte Sheila. »Ich komme aus Denver. Meine Mutter arbeitet dort auch als Ärztin. Mein Vater lebt in Kalifornien, die beiden sind geschieden. Nein, seitdem ich hier wohne, bin ich nie rausgekommen. Aber ich könnte natürlich, wenn ich wollte. Dass es manchmal schwer ist, Spirit Lake zu verlassen, liegt vor allem am Schnee.«

»Und Sie kennen Leute, die in die Twin Cities gefahren sind?«

»Aber sicher«, beeilte sich Sheila zu sagen, »unser Chefarzt zum Beispiel, der war erst vor einer Woche in Minneapolis. Wenn ich mich recht erinnere, hielt er dort einen Vortrag. Er war mit seinem eigenen Flieger unterwegs.«

Allie spürte ein leises Pochen im Kopf. »Vielleicht haben Sie recht. Mir geht's wirklich nicht besonders. Seit ich hier bin, ist eine Menge passiert.« Sie streckte sich auf der Bank aus und registrierte dankbar, dass Sheila eine Wärmedecke über ihr ausbreitete. »Geben Sie mir auch ein Beruhigungsmittel?«

»Ich glaube, Sie brauchen keins«, sagte Sheila leise.

Allie schloss die Augen und schlief auf der Stelle ein. Sie nahm nicht einmal mehr das Summen der Geräte wahr.

Das Rauschen kam plötzlich und ohne Vorwarnung. Wie brodelnde Gischt wirbelte der Schnee heran und klatschte gegen den Krankenwagen. Der Fahrer steuerte zu heftig dagegen, der Wagen schleuderte, und der Fahrer gewann nur mühsam die Kontrolle zurück. Er bremste so heftig, dass Allie beinahe von der Bank rutschte, schaffte es, nicht gegen die Böschung zu prallen, und fand schließlich in die Spur zurück.

Allie spürte, wie eisige Kälte in den Wagen kroch. Auf den Geräten bildete sich eine dünne Eisschicht, und die elektronische Anzeige an Buddys Kopfende begann nervös zu blinken. Eine wirbelnde Schneewolke rauschte herein, und eine heisere Stimme flüsterte ihren Namen. »Allie! Allie!«, hallte es in ihren Ohren nach.

Der Wendigo, erkannte sie entsetzt, der Wendigo war gekommen, um sie zu holen. Er hatte sie daran gehindert, Spirit Lake zu verlassen, und würde sie in sein eisiges Reich entführen. Schon spürte sie seine eiskalten Pranken auf ihrem Körper. Mit einem bestialischen Schrei, der nichts Menschliches an sich hatte, beugte sich das tobende Monster über sie.

Allie merkte nicht, wie Sheila eine Spritze aufzog und die Nadel in ihren Arm stach. Statt eisiger Kälte drang plötzlich angenehme Wärme in ihren Körper. Das Ungeheuer verschwand, und die Heizung im Krankenwagen gewann wieder die Oberhand. Ihr Körper entspannte sich. Die beruhigende Stimme der Ärztin begleitete sie bis zum Krankenhaus, wo sie zwei Pfleger auf eine Trage hoben und in den Aufzug rollten. Die Untersuchungen bekam sie wie in Trance mit. Sie spürte kaum, wie man sie auszog und ihr eines dieser gemusterten Krankenhaushemden anzog, und sie verstand kein einziges Wort, als sich Sheila mit einer Krankenschwester über sie unterhielt. Doch in ihrem Ton war keine Besorgnis, und auch die Schwester lächelte und war guten Mutes, als man Allie in ein Bett hob und in ein Krankenzimmer rollte. Sie war allein im Raum und genoss es, in dem warmen, bequemen Bett zu liegen.

Als sie erwachte, war es dunkel. Sie blinzelte in die Notbeleuchtung neben der Tür und brauchte einige Zeit, um sich zu orientieren, stöhnte leise, als sie sich bewegte und die schmerzhaften Prellungen spürte. Erst nach einer ganzen Weile fühlte sie sich stark genug, die Decke zurückzuschlagen und sich aufzusetzen. Ihre Kleider hingen über einem Stuhl unter dem Fenster. Sie stieg aus dem Bett und blieb so lange stehen, bis sie ihr Gleichgewicht gefunden hatte, dann suchte sie nach ihrem Handy in der Tasche ihrer Jeans.

Kurz vor acht. Sie erschrak, sie hatte über fünf Stunden geschlafen! Chris würde glauben, sie hätte ihn versetzt, und war sicher schon nach Hause gegangen. Oder hatte er ihren Wagen vor dem Haus stehen sehen und war misstrauisch geworden? Hatte irgendjemand gesehen, dass sie mit Buddy weggefahren war? Wahrscheinlich nicht. Sie hatte sich alle Mühe gegeben, nicht erkannt zu werden, hatte sich an der Kreuzung sogar geduckt. Chris machte sich bestimmt Sorgen, glaubte vielleicht, dass der Wendigo sie geholt hatte, und lag ja gar nicht so falsch damit. Sie dachte daran, ihm eine SMS zu schreiben, überlegte es sich aber anders. Das musste sie ihm persönlich erklären.

Sie steckte das Handy weg und blickte aus dem Fenster. Ein dunkler Wagen fuhr vor dem Krankenhaus vor und parkte zwischen Notaufnahme und Haupteingang auf einem der Arztparkplätze. Im Schein der Straßenlampen erkannte sie einen Range Rover. Sie zuckte zurück, verbarg ihr Gesicht hinter dem Vorhang und spähte vorsichtig nach unten. Zwei schwarz gekleidete Männer stiegen aus. Allie trat einen weiteren Schritt zurück und griff sich an den Hals, für einen Moment unfähig, einen klaren Gedanken zu fassen. Entsetzt verfolgte sie, wie die Männer zu ihr heraufblickten, als wüssten sie, in welchem Zimmer sie schlief, und auf den Eingang zugingen.

Die Handlanger des Wendigo! Die schwarz gekleideten Männer, die jeder in Spirit Lake fürchtete! Sie gaben sich keine Mühe, heimlich vorzugehen, parkten für jeden sichtbar vor dem Krankenhaus und betraten die Eingangshalle.

Allie wusste, was das bedeutete.

Die Männer waren gekommen, um sie zu holen!

Sie löste sich aus ihrer Erstarrung. Die Männer würden nur ein paar Minuten brauchen, um sie in ihrem Zimmer aufzuspüren. Sie griff nach ihren Kleidern und den Stiefeln und lief zur Tür. Die Schmerzen ignorierte sie. Sie öffnete die Tür und sah, dass der Aufzug schräg gegenüber bereits in Bewegung war. Nur noch ein paar Sekunden, dann waren die Männer oben.

Im Flur war niemand. Sie hastete zu der Glastür, die neben den Aufzügen ins Treppenhaus führte, stieg ein halbes Stockwerk tiefer, um vor den Blicken der Männer geschützt zu sein, und zog sich in Windeseile an. Sie war immer noch ein wenig benommen, und die Prellungen schmerzten höllisch. Doch keine zwei Minuten später war sie fertig und eilte mit leisen Schritten ins Parterre hinab.

Sie hatte bereits eine Hintertür der Eingangshalle erreicht, als sie hörte, wie oben die Tür zum Treppenhaus geöffnet wurde. »Sie ist durchs Treppenhaus davon«, hörte sie einen der Männer sagen. »Sie darf uns nicht entkommen!«

Allie ahnte, dass sie durch die Hintertür keine Chance hatte, stieß sie aber auf, um die Männer in die Irre zu führen, dann lief sie weiter ins Untergeschoss. Auch dort brannte nur die Notbeleuchtung. Sie öffnete die Tür mit der Aufschrift *Pathologie* und hastete durch einen düsteren Gang, in dem zwei Tote unter weißen Laken aufgebahrt waren. Sie zögerte kurz, hörte zu ihrem Entsetzen, wie ihre Verfolger näher kamen, und sah sich verzweifelt nach einem Fluchtweg um. Die Schritte der Männer waren bereits gefährlich nahe.

In ihrer Verzweiflung rannte sie zu einer leeren Bahre, legte sich darauf und deckte sich mit dem Laken zu. Im selben Augenblick schwenkte die Tür zur Pathologie nach innen, und die Männer betraten den Raum. Einer hatte eine Taschenlampe dabei und ließ den Lichtkegel langsam in ihre Richtung wandern. Der helle Fleck huschte über die beiden Toten, blieb an ihrer Bahre hängen und ließ das Laken über ihrem Gesicht leuchten.

»Hier sind nur Leichen«, sagte einer der Männer. Durch das Laken beobachtete sie seinen dunklen Schatten. »Die ist bestimmt oben raus. Oder sie versteckt sich in der Eingangshalle. Komm schon, weit kann sie nicht sein.«

Die Männer verschwanden. Hinter ihnen klappte die Tür zu.

Allie blieb eine Weile liegen, bis ihr Atem wieder ruhiger ging und sich ihr Pulsschlag beruhigt hatte. Ohne sich um die Schmerzen zu kümmern, die vor allem von einer geprellten Rippe ausgingen, schlug sie schließlich das Laken zurück und stieg von der Bahre. Sie drang weiter in die düsteren Katakomben des Krankenhauses vor, entdeckte eine weitere Glastür und landete in einem Flur, der zur Notaufnahme führte. Auch dort war es ruhig. Nur wenige der Behandlungsräume waren belegt, und es waren nur zwei Schwestern zu sehen, eine vor den Monitoren hinter der Glaswand der Schwesternstation, eine andere in dem langen Gang.

»Bitte bleiben Sie im Warteraum, bis Sie aufgerufen werden«, rief ihr die eine Schwester zu. Anscheinend hielt man sie für eine ungeduldige Patientin, die sich an der Aufnahme vorbeigeschlichen hatte. »Hier ist kein Zutritt.«

»Schon gut«, sagte sie geistesgegenwärtig, »ich hab mich nur verlaufen.«

Sie ging durch den Warteraum und verließ die Notaufnahme, sehr zur Verwunderung der Schwester in der Aufnahme, die sie zuvor gar nicht gesehen hatte, und blieb in der Einfahrt für Krankenwagen stehen. Durch einige verschneite Büsche erkannte sie, dass der schwarze Range Rover noch immer auf dem Parkplatz stand. Von den Männern war nichts zu sehen.

Geduckt rannte sie zu dem einzigen Taxi, das vor dem Krankenhaus wartete. Auf die Gefahr hin, von ihren Verfolgern beobachtet zu werden, stieg sie ein und nannte ihre Adresse. »Beeilen Sie sich bitte!«, sagte sie zu dem Fahrer.

Sie wurden nicht verfolgt und gelangten ungehindert an ihr Ziel. Allie stieg aus, zahlte und hastete zu ihrem Wagen, wurde jedoch durch laute und aufgebrachte Männerstimmen aus *Jimmy's Grill* zurückgehalten. Die eine Stimme gehörte Chris, ihrem Freund, die andere glaubte sie ebenfalls zu erkennen: Sie gehörte Lenny Sherin, dem unsympathischen Tankwart, dem sie am vergangenen Nachmittag begegnet war. Sie stritten sich so laut und heftig, dass es weitherum zu hören war.

Chris … war er denn noch hier? Hatte er die ganze Zeit auf sie gewartet?

Sie verdrängte den Gedanken an ihre Verfolger und überquerte die Straße. Ein kalter Wind wehte ihr ins Gesicht. Unter ihren Stiefeln knirschte der Schnee. Eine dicke Neuschneeschicht bedeckte die Hauptstraße.

Vor der Tür zum Lokal blieb sie kurz stehen und wappnete sich für die Auseinandersetzung, die ihr bevorstand. Als sie die Tür öffnete, wehte ein Schwall frostiger Nachtluft mit ihr in den Raum und ließ die Streithähne jählings verstummen. Beide starrten sie verwundert an.

»Was soll das Geschrei?«, fragte Allie. »Was ist los?«

Lenny und Chris waren die einzigen Gäste im Lokal. Der Tankwart hatte einen Krug Bier vor sich stehen und war ziemlich angetrunken. Chris trank eine Cola. Die Wirtin, die nicht Jimmy, sondern Jacky hieß, spülte Gläser und starrte auf einen stumm geschalteten Fernseher. »Sie kommen gerade richtig, Miss«, sagte sie. »Wenn einer der beiden Schreihälse zu Ihnen gehört, nehmen Sie ihn mit. Wenn die Kerle nicht gleich verschwinden, rufe ich den Sheriff.«

»Ich hab diesem Wichser nur gesagt, dass in Spirit Lake kein Platz für schmutzige Indianer ist«, tönte Lenny aufgebracht. »Er soll gefälligst in seiner Hütte bleiben. Den Rothäuten haben wir den ganzen Mist doch zu verdanken.« Er blickte Chris vorwurfsvoll an. »Oder was meinst du, warum keine Touristen mehr nach Spirit Lake kommen? Weil ihr kleine Mädchen entführt und dem Wendigo zum Fraß vorwerft! Vielleicht fresst ihr sie sogar selbst …«

»Das ist eine gemeine Lüge!«, erwiderte Chris. Obwohl er nüchtern schien, war er außer sich vor Wut. »Nimm das sofort zurück, oder …«

»Oder was?«, konterte Lenny.

»Oder ich rufe den Sheriff«, mischte sich die Wirtin ein. »Das hab ich euch schon vorhin gesagt! Und jetzt zahlt endlich und macht, dass ihr rauskommt!«

Allie durchquerte den Raum mit festen Schritten und warf

einen Zehn-Dollar-Schein auf den Tresen. »Komm mit!«, sagte sie zu Chris. »Mach schon! Wir haben es eilig!« Sie half ihm in den Anorak und schob ihn zur Tür, sehr zum Vergnügen von Lenny, der ihnen schadenfroh hinterherlachte: »Ja, du verdammte Rothaut, geh heim zu deiner Mama und wein dich aus! Das habt ihr doch früher getan, euch hinter euren Squaws versteckt …«

Chris wollte umdrehen und auf den Tankwart losgehen, doch Allie hielt ihn fest und schob ihn nach draußen. Kaum waren sie vor der Tür, raunte sie ihm in aller Eile zu: »Wir müssen hier weg! Die Helfer des Wendigo sind hinter mir her! Wir nehmen meinen Wagen … schnell!«

Sie wollten gerade loslaufen, als sie den schwarzen Range Rover aus einer Seitenstraße biegen sah. Er kam rasch näher. Die Lichtkegel seiner Scheinwerfer strichen über den festgefahrenen Neuschnee.

Jetzt blieb ihnen nur noch die Flucht zu Fuß.

»Hier entlang!«, flüsterte Chris. Er hatte den Ernst der Lage zum Glück erkannt und zog sie in eine dunkle Seitenstraße. Sie rannten zwischen den Backsteinwänden entlang zur nächsten Querstraße und durch eine ruhige Wohngegend bis zum Stadtrand. Hinter der Autowerkstatt, dem Hähnchengrill und dem Walmart hetzten sie weiter nach Norden. Im Licht der Straßenlampen, die auf dem Parkplatz vor dem Supermarkt brannten, sahen sie, dass der Wind und das Schneetreiben noch stärker geworden waren. Obwohl der Laden rund um die Uhr geöffnet hatte, waren kaum noch Leute unterwegs.

Am dem Hang, der hinter dem Walmart zum Waldrand emporführte, blieb Allie plötzlich stehen und blickte auf den Parkplatz hinab. Der Range Rover war vom Highway abgebogen und fuhr an den geparkten Wagen entlang. Anscheinend vermuteten die Männer, dass sie sich in dem Laden versteckten.

»Sie sind uns auf den Fersen!«, wisperte Allie entsetzt.

17

Im Wald verschnauften Allie und Chris für einen Augenblick. Sie berichtete ihm in wenigen Worten, was geschehen war, und er räumte ein, sich aus lauter Frust mit Lenny Sherin angelegt zu haben. »Ich hab mich in einigen Läden rumgetrieben und mir Computer und so was angesehen. Als ich deinen Wagen vor dem Drugstore stehen sah, du aber nicht zu Hause warst, ahnte ich schon, dass etwas nicht stimmte. Also ging ich in das Lokal, hielt mich an einer Cola fest und blickte die ganze Zeit aus dem Fenster. Dann marschierte Lenny herein und fing mit seinem dummen Geschwätz an.«

»Du hättest nicht auf ihn hören sollen«, sagte Allie. »Du kennst ihn doch besser als ich. Der macht die Indianer selbst für das schlechte Wetter verantwortlich. Mit Rassisten wie ihm sollte man sich nicht anlegen.«

»Und du hättest nicht zu Buddy in den Wagen steigen sollen.« Chris klopfte auf die Tasche mit seinem Handy. »Du hättest mich wenigstens anrufen oder mir eine SMS schicken können. Ich dachte, es wäre sonst was passiert.«

»Ich hab's versucht, Chris. Kein Netz.«

Chris fluchte unterdrückt. »Egal … jetzt haben wir andere

Sorgen. Die Männer in dem Range Rover haben es auf dich abgesehen. Du versteckst dich am besten bei meinem Großvater und mir, da bist du am sichersten. Wir nehmen einen alten Jagdpfad, den kennt kein Weißer, selbst wenn er sein ganzes Leben in Spirit Lake verbracht hat. Und mit dem Range Rover kommt man nicht hin.« Er blickte Allie besorgt an. »Du bist doch nicht verletzt, oder?«

»Es geht schon. Wie lange werden wir brauchen?«

»Ungefähr drei Stunden.«

Sie lächelte tapfer. »Ich bin zäh.«

Am Anfang kamen sie zügig voran. Unter den Fichten lag der Schnee längst nicht so hoch wie außerhalb des Waldes und behinderte sie kaum. Nur gelegentlich, wenn der böige Wind in die Baumkronen fuhr und nasser Schnee von den Fichtenästen klatschte, bekamen sie die Macht des Winters zu spüren. Dafür war es beinahe stockdunkel. Chris hatte seine Taschenlampe dabei, wagte aber nicht, sie einzuschalten, aus Angst, die Verfolger könnten sie sehen. Über dem Unterholz lastete eine eigenartige und bedrohliche Stille, die Allie dazu brachte, sich alle paar Schritte nach ihnen umzudrehen.

Chris war weniger ängstlich. Er war den Weg schon viele Male gegangen und kannte jeden Stein und jede Unebenheit im Boden. Selbst bei vollständiger Dunkelheit hätte er den Weg gefunden. Allie griff nach seiner Hand und folgte ihm, fühlte sich sicher und geborgen bei ihm. Sie ging leicht vornübergebeugt, um keine Zweige ins Gesicht zu bekommen, und schloss jedes Mal die Augen, wenn das Unterholz zu dicht wurde. Als direkt über ihnen ein Käuzchen schrie, duckte Allie sich unwillkürlich und atmete erleichtert auf, als es lautlos in die Nacht flog.

Als sie aus dem Wald traten, legten sie eine kurze Rast ein. Chris reichte ihr die Wasserflasche, die er ständig mit sich führte, und teilte einen Müsliriegel mit ihr, seine eiserne Reserve. Sie knabberte nachdenklich auf einem Bissen herum und verstaute den Rest in ihrer Anoraktasche. Eigentlich hätte sie Hunger haben müssen, denn seit dem Frühstück hatte sie kaum etwas zu sich genommen, aber der Unfall und die überstürzte Flucht aus dem Krankenhaus hatten ihr den Appetit verdorben. Was würden Sheila und ihr Vater über sie denken. Sie hatte die Ärztin nicht mal nach ihm gefragt. Sie trank noch einen Schluck.

»Ein Drittel haben wir«, sagte Chris. Sein Lächeln sollte sie aufmuntern.

Allie blickte auf den gefrorenen See hinaus, der sich nach Norden erstreckte. Eine dicke Schneeschicht bedeckte die Eisfläche. »Ist das der See, an dem … an dem wir uns kennengelernt haben?«

»Beaver Lake«, bestätigte Chris. »Aber wir sind über zwei Meilen von der Straße weg, und sie können uns nicht sehen. Siehst du die kleine Insel?« Er deutete auf den See hinaus, und sie erkannte bei genauerem Hinsehen einen dunklen Schatten ungefähr auf halbem Weg zum anderen Ufer. »Dort würden sie uns nicht mal mit dem Fernglas erkennen, so weit ist das Ufer entfernt.«

Und was dann, fragte sich Allie. Was brachte es denn, wenn sie es ungesehen bis zur Blockhütte von Jeremiah Lone Eagle schafften? Wenn die Männer in dem Range Rover gewusst hatten, dass sie im Krankenhaus war, würden sie auch herausfinden, dass sie sich bei dem alten Indianer versteckte. Was hinderte sie daran, zu der Blockhütte zu fahren und sie von dort zu entführen? Gegen hartgesottene Profis wie diese Männer waren auch die Lone Eagles machtlos.

Allie verdrängte die Gedanken und trat hinter Chris auf den See hinaus. Stürmischer Wind blies ihnen entgegen und pustete ihr den aufgewirbelten Schnee ins Gesicht. Eilig zog sie ihre Kapuze über die Wollmütze. Je weiter sie auf den See hinausgingen, desto kälter wurde ihr. Das wenige Licht, das vom Himmel kam, verbreitete matten Glanz auf der Schneedecke.

So mussten sich Polarforscher fühlen, ging es ihr durch den Kopf, wenn sie ihre Station verließen und auf dem Eis ihre Forschungen betrieben.

Um sie herum waren nur Eis und scheinbar unendliche Einsamkeit und Stille, immer wieder unterbrochen vom böigen Rauschen des Windes, der beinahe ungehindert über die weiße Ebene blies. Ein paar Schneeflocken tanzten über dem Eis und glitzerten im trüben Licht. Ein romantischer Anblick, wenn man ihn im Fernsehen sah, aber schmerzvoll und quälend, wenn man der Natur selbst ausgesetzt war.

Der Sturm kam so plötzlich, dass es ihnen nicht gelang, die rettende Insel rechtzeitig zu erreichen. Innerhalb von Sekunden wuchs der Flockenwirbel zu einer gigantischen Schneewolke heran, die alles zu verschlingen drohte, und der Wind fegte mit solcher Macht heran, dass Allie zu Boden geworfen wurde. Sie schrie vor Schmerz, krallte ihre Hände in den Schnee und bekam nichts zu fassen, an dem sie sich festhalten konnte, schaffte es bis auf die Knie und wurde erneut zu Boden geschleudert. »Chris!«, schrie sie verzweifelt. »Hilf mir, Chris!« Doch ihre Worte wurden von dem heftigen Wind übertönt und verhallten ungehört.

Auf allen vieren kämpfte sie sich vorwärts. Ihre Hände bekamen einen Eisbrocken zu fassen, und sie zog sich daran nach oben, zuerst auf die Knie und dann weiter, bis sie gebückt im Blizzard stand, den Körper weit nach vorn gebeugt und den eisigen Schnee dennoch im Gesicht. Wie eine Betrunkene torkelte sie in die Richtung, in der sie die Insel vermutete. Als sie für einen Moment die Augen öffnete, glaubte sie das Gesicht eines Ungeheuers in dem wirbelnden Schnee zu sehen, so wie während der Bruchlandung mit dem Flugzeug, und eine heisere Stimme flüsterte ihren Namen: »Allie … komm …«

Ein Schatten tauchte vor ihr auf, und sie schrie vor Schreck, bis sie Chris erkannte. Er rief etwas, das sie in dem Lärm nicht verstand, taumelte auf sie zu und griff nach ihrer Hand. Allie umklammerte Chris' Hand wie einen Rettungsanker. »Zur Insel!«, rief er. »Da drüben!« Er zog sie durch den heulenden Sturm und stemmte sich mit ganzer Kraft gegen den tobenden Wind. Sie hatte keine Ahnung, woher er wusste, in welche Richtung er laufen musste, wahrscheinlich der sechste Sinn, den man den Indianern nachsagte.

Die heisere Stimme, die sie noch vor wenigen Augenblicken gehört hatte, verstummte. Keine verzerrte Fratze mehr in den wirbelnden Flocken. Der Wendigo hatte sich zurückgezogen. Oder sammelte er neue Kraft? Allie glaubte zu spüren, dass der Albtraum noch lange nicht zu Ende war, und versteifte sich, doch gegen den neuen Angriff des Monsters war sie machtlos. Als hätte er inzwischen einen Zaubertrank zu sich genommen, kehrte der Wendigo zurück und zeterte und schrie so laut, dass seine Stimme ihren ganzen Körper auszufüllen schien. Der Wind drehte noch einmal auf und fuhr peitschend zwischen sie, riss Chris und sie auseinander und überschüttete sie mit schäumender Schneegischt.

Die Wucht des Sturms schleuderte sie erneut zu Boden und drückte sie fest aufs Eis. »Chris!«, schrie Allie verzweifelt. »Chris! Wo bist du?« Doch Chris war längst in dem tobenden weißen Meer verschwunden, nicht einmal sein Schatten war noch zu sehen. Vergeblich streckte sie die Hand nach ihm aus. Sie war allein, eine Schiffbrüchige inmitten der tosenden Wellen. Und plötzlich hörte sie auch die Stimme wieder: »Allie! Worauf wartest du noch, Allie?«

Sie gab sich einen Ruck, stemmte sich gegen die unmenschliche Kraft des Windes vom Boden hoch und lief geduckt weiter. Den Kopf weit nach vorn gebeugt und die Stimme des Wendigo in den Ohren, taumelte sie durch den Sturm. Schon nach wenigen Schritten brach sie erneut zusammen, sie fiel genau auf ihre geprellte Rippe, und der flammende Schmerz raubte ihr fast das Bewusstsein. Sie blieb einen Augenblick auf dem Eis liegen und wartete, bis das schmerzhafte Stechen verschwand, rang nach Atem und versuchte es erneut. Sie durfte nicht aufgeben. In diesem heftigen Blizzard auf dem kalten Boden liegenzubleiben, bedeutete den sicheren Tod.

Wie sie es schaffte, die rettende Insel zu erreichen, wusste sie nicht. Wahrscheinlich war es Zufall, dass sie plötzlich ein paar Fichten vor sich auftauchen sah und einige Sträucher zu fassen bekam. Sie stolperte und zog sich mit beiden Armen vom Eis, kam auf einigen abgebrochenen Fichtenzweigen zu liegen und brach in Weinen aus. »Chris! Chris!«, wollte sie rufen, doch es wurde nur ein heiseres Flüstern daraus, das sie selbst kaum hörte. Sie schloss die Augen und blieb liegen, vor Erschöpfung kaum noch fähig, einen klaren Gedanken zu fassen.

Als Allie aus ihrem Dämmerschlaf erwachte, war der Sturm verstummt, und nur noch vereinzelte Flocken rieselten vom

Himmel. In ihrem Unterschlupf war es dunkel. Sie stemmte sich auf die Knie und klopfte sich den Schnee von der Kleidung. Als der Schmerz zurückkehrte, verzog sie das Gesicht. Sie rang nach Luft und zog sich an einem Fichtenstamm hoch, hielt sich daran fest, bis der leichte Schwindel verschwand und sie wieder einigermaßen sicher stehen konnte. Unheimliche Stille umgab sie. Nur die Schneeverwehungen erinnerten noch an den Blizzard. Der Wendigo hatte aufgegeben. Vielleicht war alles nur ein Albtraum. Wenn es einen Wendigo gäbe, wäre sie bestimmt nicht mehr hier, dann hätte er sie längst verschlungen.

Sie bahnte sich einen Weg durch die Sträucher und kehrte auf das Eis zurück. Auch dort lag der Schnee in zahlreichen Verwehungen und vermittelte den Eindruck eines erstarrten Meeres. Das Licht des halben Mondes und der Sterne, die zwischen den Wolken am Himmel zu sehen waren, spiegelte sich auf dem Schnee. Ein eisiger Wind strich über den gefrorenen See.

Wo war Chris? Wo, zum Teufel, war Chris?

Sie rief seinen Namen, so laut sie konnte, rief ihn immer wieder, stapfte zu den Schneeverwehungen in unmittelbarer Nähe und suchte nach ihm. »Chris! Chris! Wo bist du, Chris?« Sie lief weiter, an der Insel entlang und erkannte, wie sich etwas in der Ferne bewegte. »Chris!«, flüsterte sie. »Bist du das, Chris?«

Sie rannte auf den Schatten zu und blieb entsetzt stehen. Das war nicht Chris, das waren die beiden schwarz gekleideten Männer, die sie verfolgt hatten. Der Wendigo hatte nicht aufgegeben. Die Männer kamen schnell näher, wussten also ganz genau, wo sie sich befand, und sie schienen entschlossen zu sein, sie nicht mehr entkommen zu lassen. Woher wussten sie von ihrem Versteck?

Allie war zu keiner Bewegung fähig. Wie gebannt starrte sie auf die Männer, die sie ebenfalls gesehen haben mussten und sicher sein konnten, sie diesmal zu erwischen. Sie waren sich ihrer Sache so sicher, dass sie nicht einmal ihre Schritte beschleunigten. Mit wehenden Mänteln über ihren Anzügen kamen sie näher, waren höchstens noch eine Viertelmeile von ihr entfernt.

Sie war verloren. Sie hatte den mörderischen Blizzard überstanden, nur um jetzt von den Handlangern des Wendigo eingeholt und entführt zu werden. »Chris! Hilf mir, Chris!«, rief sie leise.

Motorengeräusch zerriss die Stille. Das nervige Geräusch eines Snowmobils, das wie das Summen unzähliger Mückenschwärme durch die Nacht klang. Der aufgeblendete Scheinwerfer des Fahrzeugs tauchte neben einer Düne auf und zeigte genau in ihre Richtung. »Hierher! Hierher!«, rief sie in ihrer Verzweiflung. Sie winkte mit beiden Armen wie eine Schiffbrüchige und hatte Glück, denn der Lichtkegel des Scheinwerfers erfasste sie voll. Die Gestalt auf dem Snowmobil bremste, erkannte sie und auch die beiden Männer, die im fahlen Licht des Mondes auf die Insel zuhielten, und machte sich wohl ihren Reim darauf.

Chris, dachte sie, das ist Chris. Er hat ein Snowmobil organisiert und die halbe Nacht nach mir gesucht! Doch als die Gestalt näherkam, sah Allie, dass es sich um eine Frau handelte. Eine junge Frau in einem dunklen Skianzug und mit einem Bogen und einem Köcher mit Pfeilen über der Schulter. Die Bogenfrau! Sie lenkte ihr Snowmobil bis dicht an die Insel heran, klopfte mit der flachen Hand auf den Sitz und rief: »Setz dich hinter mich! Beeil dich! Oder willst du beim Wendigo landen?«

Allie drehte sich noch mal um und sah, dass die Männer nun rannten. Sie waren bereits so nahe, dass man ihre Gesichter erkennen konnte. Wenn sie am Leben bleiben wollte, blieb ihr gar nichts anderes übrig, als bei der Fremden aufzusteigen. Allie überlegte nicht lange, setzte sich auf den Sattel und schlang beide Arme um die Taille der Frau. Selbst durch den gefütterten Skianzug fühlte man, wie muskulös und durchtrainiert sie war. Was, zum Teufel, hatte sie hier draußen zu suchen?

»Halt dich gut fest!«, warnte die Fremde und fuhr los.

Mit einem Satz sprang das Snowmobil nach vorn. Gerade noch rechtzeitig, um nicht von den Männern eingeholt zu werden, trieb die Frau es durch die Schneeverwehung und auf die Eisfläche hinaus. Unter den Kufen spritzte der Schnee in die Höhe. Allie drehte sich nicht um, aus Angst, sie könnte das Gleichgewicht verlieren, konnte sich die Wut ihrer Verfolger aber vorstellen. Sie mussten über eine Meile gelaufen sein, in der sicheren Annahme, sie auf der Insel zu finden, und wurden kurz vor dem Ziel von einer jungen Frau um den Lohn gebracht.

Der Motor des Snowmobils heulte in ihren Ohren. In Maine war sie mehrmals mit einer solchen Maschine unterwegs gewesen, und sie hatte sogar mal an einem Rennen teilgenommen, aber so tollkühn wie diese Frau war damals nicht mal die Siegerin gefahren. Die Bogenfrau hatte ein derartiges Tempo drauf, dass Allie winzige Eispartikel ins Gesicht flogen und wie feine Nadelspitzen in ihre Haut stachen. Mehrmals fuhr die Frau so scharf an aufgeworfenem Eis vorbei, dass Allie jedes Mal der Atem stockte. Sie fuhr bis zum Seeufer, bremste kaum, als sie das Snowmobil eine Böschung hochtrieb, und folgte einem unsichtbaren Pfad durch einen lichten Mischwald, ohne auch nur einmal das Gas wegzunehmen. Obwohl die Männer aus dem Range Rover längst nicht mehr zu sehen waren, fuhr sie immer weiter durch den Wald. Sie überquerten einen schmalen Fluss, auf dessen Eis ihre Spuren kaum zu sehen waren, und kamen in ein verstecktes Tal, das sich nach rasanter Fahrt durch einen weiteren Wald vor ihnen öffnete.

Auf einem Hügel hielt die Bogenfrau an. Sie schob die Schutzbrille aus dem Gesicht und drehte sich zu Allie um. In ihren Augen leuchtete ein grimmiges Lächeln, als sie sagte: »Denen haben wir es gezeigt!« Sie wischte sich einige Schneeflocken vom Mund und reichte Allie die Hand. »Ich bin Jessica. Ich lebe mit einigen Freundinnen hier draußen. Du bleibst am besten eine Weile bei uns, bis die Luft wieder rein ist. Du weißt vom Wendigo?«

»Ich hab von ihm gehört. Ein grausames Fabelwesen … vorhin im Blizzard hätte ich schwören können, seine Stimme gehört zu haben. Aber das ist natürlich Unsinn.« Ihr Lächeln misslang. »Ich bin Allie … Allie McCormick. Ich wohne erst seit einigen Tagen in Spirit Lake. Mein Vater hat den Drugstore der Millers übernommen.« Sie schien erst jetzt zu realisieren, was Jessica gesagt hatte, und sah sie überrascht an. »Du lebst hier draußen? In der Wildnis?«

»Nur hier sind wir sicher vor dem Wendigo. Er weiß nicht, wo wir uns versteckt halten, und holt sich seine Opfer lieber in der Stadt.« Jessica zog lächelnd ihre Schutzbrille über die Augen. »Bei uns kann dir nichts passieren.«

Sie fuhren langsam in das Tal hinab. Eine Hütte war weit und breit nicht zu sehen, und Allie fragte sich bereits, ob ihr Versteck tatsächlich hier unten lag, als die Bogenfrau auf eine Gruppe von Felsen zuhielt, die wie Ruinen aus dem Schnee ragten. Mit traumwandlerischer Sicherheit steuerte sie ihr Snowmobil durch ein Labyrinth von mächtigen Felsbrocken und fuhr auf eine Felswand zu. Versteckt hinter einigen verkrüppelten Bäumen tat sich jedoch eine dunkle Öffnung auf, die gerade groß genug war, um sie durchzulassen. Jessica bremste dicht davor und schaltete den Motor aus.

»Hier … hier lebst du?«, fragte Allie verwundert.

18

Hinter dem geheimen Eingang tat sich eine riesige Höhle auf, ein beinahe kreisrunder Raum, der weit in die Felsen hineinreichte und von zahlreichen Fackeln erleuchtet war. Ihr flackerndes Licht kroch an den Wänden und zur gewölbten Decke empor. Von den Fackeln und einem Feuer in der Mitte ging angenehme Wärme aus.

Allie war auf einiges vorbereitet, war aber beim Anblick der vier Gestalten, die um das Feuer herumsaßen, dennoch erstaunt. Fünf Frauen in zum Teil abgerissenen Kleidern und mit ungepflegten Haaren. Sie erinnerten Allie an einen billigen Film über kriegerische Amazonen, die auf einer einsamen Insel gegen wilde Tiere kämpften. Mit dem Unterschied, dass die Amazonen im Film auf einer Südsee-Insel lebten und halbnackt durch die Gegend liefen.

Jessica schob Allie weiter in den Raum hinein und blieb vor dem Feuer stehen. Sie hatte ihre Mütze und die Schutzbrille abgenommen und den Reißverschluss ihres Skianzugs heruntergezogen. Im Feuerschein wirkte ihr Gesicht etwas weicher. Ihre strohblonden Haare waren bleistiftlang. »Das ist Allie«, sagte sie zu den Frauen, »der Wendigo wollte sie holen. Wenn ich nicht zufällig an der Insel vorbeigekommen wäre, hätten sie die schwarz gekleideten Männer erwischt. Ich hoffe, ihr habt nichts dagegen, dass sie bei uns bleibt.«

Eine der Frauen am Feuer stand auf und kam ihr entgegen. Sie war etwas älter als die anderen, um die dreißig, schätzte Allie, und hatte die strähnigen Haare zu einem schulterlangen Zopf gebunden. Ihr Gesicht mit den blassen Augen und dem schmalen Mund war von Wind und Wetter gebräunt. Sie trug Wollhosen, feste Stiefel und eine Fellweste über ihrem T-Shirt. »Willkommen bei den Aufrechten«, begrüßte sie Allie. »Ich bin Betty und habe das Sagen hier.« Nur wenn sie lächelte, wirkte sie einigermaßen sympathisch.

»Hallo, Betty«, erwiderte Allie. Sie schüttelte der Frau die Hand und stutzte, als sie den Revolver in ihrem Gürtel sah. »Du bist bewaffnet?«

Betty verstärkte ihr Lächeln. »Wir sind alle bewaffnet. Das Leben hier draußen ist kein Zuckerschlecken. Es gibt wilde Tiere, und dass der Wendigo auch menschliche Handlanger hat, hast du heute Nacht wohl selbst gemerkt.«

»Aber ich würde niemals auf jemand schießen!«

Betty zog den Revolver aus ihrem Gürtel, ließ die Trommel wie ein Cowboy in einem Western rotieren und steckte die Waffe wieder zurück. »Das hab ich vor ein paar Monaten auch gesagt, aber glaub mir, wenn du den Handlangern des Wendigo gegenüberstehst, dann schießt du.«

»Ich weiß nicht, Betty.« Allie blickte die anderen Frauen an und kam sich plötzlich wie in einem seltsamen Traum vor. Wahrscheinlich lag sie immer noch bewusstlos im Schnee und fantasierte. Zu bizarr wirkte diese ganze Szenerie. Die Höhle mit den brennenden Fackeln. Fünf Frauen, die sich wie Amazonen aufführten und glaubten, in der Wildnis überleben zu können. Jessica, die mit Pfeil und Bogen auf ihrem Snowmobil durch die Wälder fuhr, Elche und wilde Kaninchen jagte und so durchtrainiert war, als würde sie den halben Tag im Fitnesscenter verbringen. Das klang eher nach einem dieser verrückten Filme, die gerade so in Mode waren, fehlte nur noch, dass unter den Mädchen eine Vampirin war und heimlich für den Wendigo auf die Jagd ging.

Der Gedanke verstörte Allie, denn in Spirit Lake und Umgebung schien ja alles möglich zu sein.

Im Feuer zersprang ein Harzknoten. Das Geräusch riss sie aus ihren Gedanken und zwang sie, sich wieder auf die Anführerin zu konzentrieren.

»Das ist Sandra«, stellte Betty eine junge Frau mit dunkelbraunen Haaren und einem hübschen Gesicht mit mandelförmigen Augen vor. »Ob du's glaubst oder nicht, sie ist über drei Ecken mit mir verwandt.«

»Ich hab mit Waffen auch nicht viel im Sinn«, sagte Sandra.

Kimberly hingegen war aus anderem Holz geschnitzt. Ihre Gesichtszüge waren hart, als hätte sie schon vor langer Zeit das Lachen verlernt, und in ihren Augen war kaum noch Gefühl. Ihre Haare waren noch kürzer als die von Jessica. Sie trug Tarnhosen wie ein Soldat oder Jäger und eine Schrotflinte auf dem Rücken. »Ich gehe keinen Schritt ohne meine Flinte«, sagte sie, »und wenn diese Typen im Range Rover kommen, jage ich beiden eine Ladung ins Gesicht.«

»Kimberly war Schönheitskönigin beim Highschool-Abschlussball«, erklärte Betty. »Hättest du nicht gedacht, was? Sie und ihre Freundin waren sogar bei den Cheerleaders. Hätte der Wendigo nicht ihre Freundin …«

»Halt die Klappe!«, fuhr ihr Kimberly über den Mund.

»Und Carol ist unser Nesthäkchen«, wechselte Betty rasch das Thema. Auch sie hatte großen Respekt vor Kimberly. »Gerade mal achtzehn und noch ziemlich grün hinter den Ohren.« Sie zog das verschüchterte Mädchen nach vorn.

Carol trug ein pinkfarbenes T-Shirt mit einem Strassherz zu ihren Jeans, und Allie hätte wetten mögen, dass ihr auch der pinkfarbene Anorak gehörte, den sie beim Eintreten gesehen hatte. Sie war blasser als die anderen, und ihre blauen Augen hatten etwas Kindliches an sich. Wären ihre blonden Locken nicht so verfilzt gewesen und hätte sie sich geschminkt, wäre sie als Prinzessin durchgegangen.

»Carol ist erst seit zwei Wochen bei uns«, sagte Betty, »und jetzt halt dich fest: Unsere süße kleine Prinzessin ist Kimberlys Schwester. Irre, was?«

»Stiefschwester«, verbesserte Kimberly missmutig.

»Als ob das nicht egal wäre«, konterte Jessica. Sie hielt immer noch ihren Bogen und den Köcher mit den Pfeilen in der Hand. »Ist noch Eintopf übrig?« Sie deutete auf den großen Topf über dem Feuer. »Allie und ich könnten was zu essen vertragen. Sie war ziemlich fertig, als ich sie auf der Insel fand, und hat sicher Hunger.« Sie tauschte einen Blick mit Allie, redete aber gleich weiter: »Und ich war den ganzen Nachmittag und die halbe Nacht hinter dem jungen Elch her. Morgen erwische ich ihn bestimmt.«

Obwohl es schon weit nach Mitternacht war, blieben auch die anderen Frauen am Feuer und leisteten ihnen Gesellschaft. Der Eintopf bestand aus Kaninchenfleisch, Gemüse und Kartoffeln und schmeckte nicht besonders. Das Kaninchen war extrem zäh und sehnig und außerdem versalzen.

»Bleibt ihr immer so lange wach?«, fragte Allie kauend. Sie hatte tatsächlich großen Hunger.

»Nur wenn der Wendigo sein Unwesen treibt«, antwortete Betty. Sie saß im Schneidersitz vor dem Feuer. »Wenn er aus seinem Versteck kommt, rauscht jedes Mal ein heftiger Blizzard von den Bergen herab, wie eine Lawine, die sich so lange über die Hänge wälzt, bis sie ein Opfer gefunden hat. Heute Abend hab ich eine solche Wolke gesehen. Zu spät, um Jessica zurückzuhalten, aber rechtzeitig genug, um in der Höhle zu bleiben und alle Fackeln anzuzünden. Mit Feuer kannst du das Ungeheuer aufhalten, sagen die Indianer, obwohl …« Sie wiegte den Kopf. »Wenn er richtig wütend ist, kann ihn wahrscheinlich überhaupt nichts aufhalten, dann gehst du ihm am besten aus dem Weg.« Sie rückte ihren Revolver zurecht. »Wie schmeckt der Eintopf?«

»Geht so«, antwortete Allie.

Betty grinste. »Ich war mit Kochen dran … war nie eine gute Köchin.«

Allie stellte den Teller zur Seite und kaute angestrengt. »Ich kann immer noch nicht glauben, dass ihr euch hier draußen vor dem Wendigo versteckt. Habt ihr denn keine Sehnsucht nach euren Familien und Freunden? Warum ruft denn niemand das FBI, wenn in Spirit Lake so viele Frauen und Mädchen verschwinden? Wir leben im 21. Jahrhundert, da versteckt man sich doch nicht mehr im Wald vor einem Ungeheuer.«

»Du bist noch nicht lange hier, was?«, erwiderte Kimberly.

»Ein paar Tage.«

»Dachte ich mir. Wenn du länger hier wärst, wüsstest du, dass sich das FBI einen Scheiß für unsere Probleme interessiert. Als Ellen verschwunden war …« Kimberley unterbrach sich mitten im Satz und überlegte wohl, ob sie weiterreden sollte. Nach einer Weile entschied sie sich dafür. »Egal, wissen ja sowieso alle. Ich hab mit Ellen zusammengelebt ... wie Mann und Frau, verstehst du? Sie war meine große Liebe. Als sie verschwunden war, hab ich Himmel und Hölle in Bewegung gesetzt, bin dem Sheriff auf die Nerven gegangen und hab ihn auf Knien angefleht, das FBI einzuschalten, aber es passierte nichts. Sie haben mich mit irgendwelchen Ausreden vertröstet. Und als ich die verdammte Stadt verlassen wollte, hatte ich einen Unfall und landete im Krankenhaus. Als ich die schwarzen Männer sah, bin ich auf und davon.«

»So ähnlich ging es mir auch«, erwiderte Allie. Sie berichtete von ihrer Irrfahrt durch den Wald, dem Unfall und der Flucht vor den Männern im Range Rover. »Chris ... mein neuer Freund ... er half mir, aber in dem Blizzard wurden wir getrennt und ...« Sie blickte bekümmert zum Ausgang. »Er sucht sicher nach mir.« Ihr kam gar nicht in den Sinn, dass ihm etwas passiert sein konnte. »Er ist Indianer ... der Sohn eines Medizinmanns.«

»Dann kommt er auch allein zurecht«, sagte Jessica. Sie hatte sich neben Allie gesetzt und löffelte tapfer ihren Eintopf. »Du bleibst besser ein paar Tage bei uns, bis sich der Wendigo beruhigt hat.« Sie zog einen kleinen Knochen aus ihrem Mund und warf ihn ins Feuer. »Ich gebe dir ein paar von meinen Decken ab. Du wirst sehen, hier ist es wärmer als in jeder Blockhütte.«

Betty war der gleichen Meinung. »Und weil es deine erste Nacht bei uns ist, brauchst du auch keine Wache zu schieben.« Sie wandte sich an Sandra, die während des Essens verdächtig still gewesen war. »Sandra, du übernimmst die erste Schicht, dann Kimberly und ich. Jessica, du machst das Frühstück. Haben wir noch Milch da? Dann gibt's morgen Pfannkuchen.«

Allie war hundemüde und erleichtert, als die Frauen endlich schlafen gingen und sie sich ebenfalls hinlegen konnte. Der Boden rund um das Feuer war mit Fichtenzweigen gepolstert und bequemer, als sie erwartet hatte. Die Wärme, die von dem lodernden Feuer ausging, vertrieb die Kälte aus ihr.

Sie schloss sofort die Augen, schlief aber sehr unruhig, sie schreckte immer wieder hoch und starrte verwirrt zur Höhlendecke empor. Es war ihr beinahe unmöglich, zwischen Traum und Wirklichkeit zu unterscheiden. Geheimnisvolle Schatten geisterten über die Höhlenwand und verdunkelten den Ausgang, wie die Stimmen spöttischer Kobolde klang das Knacken und Knistern der Flammen. Sie sah Sandra am Feuer sitzen und gelangweilt in die Flammen blicken, einen Revolver neben sich auf dem Boden. Ob es Bettys oder ihre eigene Waffe war, konnte man nicht erkennen. Dann hockte plötzlich Kimberly am Feuer, die Schrotflinte über den Knien wie ein Indianer auf dem Kriegspfad, der jede Minute mit einem Angriff rechnen musste.

Einmal tauchte Chris in ihren Träumen auf, wie er sich allein durch den Blizzard kämpfte und im Schnee zusammenbrach. Allie flüsterte seinen Namen im Schlaf, wollte aufwachen und aufstehen, um nach ihm zu suchen, doch es gelang ihr nicht. Im nächsten Augenblick sah sie die schwarz gekleideten Männer näherkommen. Sie zog Betty den Revolver aus dem Gürtel und schoss auf sie, doch es löste sich kein Schuss, und einer der Männer griff nach ihr und stieß sie in den schäumenden Schnee auf dem zugefrorenen See.

Sie blickte zum Feuer und sah Kimberly und Betty mit ihren

Waffen im Flammenschein sitzen. Das Feuer ließ helle Flecken über ihre angespannten Gesichter tanzen und spiegelte sich in ihren Augen. Beide wirkten ernst.

»Jessica wird sentimental«, schimpfte Kimberly leise, »sonst hätte sie diese Allie nicht hergeschleift. Wir sind doch kein Flüchtlingslager. Sie hätte die Kleine den Männern überlassen sollen, dann wäre sie schon beim Wendigo, und wir hätten erst mal wieder Ruhe. Er weiß, wo wir sind, das verdammte Ungeheuer hat doch längst herausgefunden, wo wir uns herumtreiben und hätte uns wahrscheinlich längst geschnappt, wenn wir ihm kein Opfer zum Fraß hingeworfen hätten. Aber das mit Eve ist eben auch schon zwei Monate her.«

»Eve war mal meine Kollegin«, sagte Betty.

»Und du lebst nur, weil wir sie geopfert haben. Nur deshalb verschont uns der Wendigo.« Sie schob ein Holzscheit ins Feuer. »Ich mochte sie auch, aber sie war nicht mit mir verwandt wie Carol. Oder Sandra mit dir. Sie war die Frau, die wir am ehesten entbehren konnten. Ich hab doch recht, oder?«

»Klar hast du recht. Aber sie tat mir trotzdem leid. Warum nicht Jessica?«

»Blöde Frage. Sie ist die beste Jägerin von uns allen. Macht nicht mal Krach, wenn sie einen Elch oder ein Karnickel erlegt. Wir brauchen sie zum Überleben, verdammt.«

»Sandra und Carol wären nicht damit einverstanden gewesen.«

»Sie haben keine Ahnung, dass ich sie dem Wendigo vor die Füße geworfen habe. Und selbst wenn … die beiden tun alles, was wir sagen. Die wissen doch ganz genau, dass sie ohne uns in der Wildnis keine Chance hätten.«

»Und was hast du mit Allie vor? Du willst doch nicht …«

»Was denn sonst?« Kimberly war aufgebraust, dämpfte aber ihre Stimme sofort wieder. »Wenn wir sie hierbehalten, dreht der Wendigo durch. Wir müssen sie so schnell wie möglich loswerden. Du hast doch gehört, wie es ihr ergangen ist. Der Wendigo hat sie bereits auf seiner Liste. Wir müssen sie opfern.«

Betty blickte in Allies Richtung. »Ich mag sie eigentlich ganz gern.«

»Darum geht's nicht«, sagte Kimberly, »hier geht's nur ums Überleben. Wenn wir sie ihm bringen, haben wir mindestens zwei Monate Ruhe, und dann ist der Winter fast schon vorbei. Oder willst du lieber Sandra zu ihm schicken?«

»Sandra ist tabu! Genauso wie Carol.«

»Schon gut«, wiegelte Kimberly ab, »dann sind wir uns ja einig. Am besten ziehen wir es gleich nach dem Frühstück durch. Einverstanden?«

»Aber so, dass Sandra und Carol nichts davon merken. Die flennen noch genug, wenn sie hören, dass sie sich im Wald verirrt hat und nicht wiederkommt.«

Kimberly brauchte nicht lange zu überlegen. »Jessica hat uns die Suppe eingebrockt, also löffelt die Bogenfrau sie auch wieder aus. Sie soll Allie auf die Jagd mitnehmen und ihr vorgaukeln, dass sie nach ihrem Lover suchen. Liebe macht blind. Bevor Allie merkt, was Jessica mit ihr vorhat, hat der Wendigo sie längst geschnappt. Kein Wort zu Carol!«

»Oder Sandra«, ergänzte Betty.

Allie schreckte hoch und sah Betty allein am Feuer sitzen. Sie wirkte gelangweilt, als hätte sie nie mit Kimberly gesprochen, und vielleicht hatte sie das auch nicht. Ein Traum, schoss es Allie durch den Kopf, ich hab den ganzen Mist nur geträumt! Sie rieb sich den Schlaf aus den Augen und hörte, wie jemand eine Flüssigkeit in einer Schüssel schlug. Gleich darauf erschien Jessica, stellte eine Pfanne auf die Feuerstelle und schöpfte etwas von dem Pfannkuchenteig in die Pfanne. Sie wechselte kein Wort mit Betty, warf ihr auch keine verschwörerischen Blicke zu oder tat sonst etwas, das auf einen dunklen Plan der beiden hingewiesen hätte.

Allie beschloss dennoch, vorsichtig zu sein, und schälte sich aus ihren Decken. »Guten Morgen«, sagte sie zu den beiden Frauen. »Die Pfannkuchen riechen gut. Wie kommt ihr eigentlich an die Lebensmittel? Und wo kriegt ihr den Sprit für das Snowmobil und die Munition für die Waffen her?«

Jessica deutete auf einen dunklen Gang, der Allie in der Nacht gar nicht aufgefallen war. »Unsere Speisekammer liegt hinter der Biegung. Ich kaufe die Sachen in der Stadt, verkleide mich als Hausfrau und gehe in den Supermarkt. Ich habe mein Aussehen so verändert, dass mich niemand erkennt. Nicht mal Lenny an der Tankstelle weiß noch, wer ich bin. Und selbst wenn mich jemand erkennen würde: Wir verstoßen nicht gegen das Gesetz.«

Es sei denn, ihr opfert unschuldige Frauen, dachte Allie.

Jessica fuhr arglos fort: »Geld haben wir noch genug. Wir haben einen Teil unserer Ersparnisse abgehoben. Hier draußen brauchen wir nicht viel. Willst du nicht bis zum Frühjahr bei uns bleiben?«

»Ich muss Chris suchen«, erwiderte Allie, »er macht sich bestimmt schon Sorgen. Sein Vater will uns mit Gebeten gegen den Wendigo helfen. Wollt ihr nicht mitkommen? Wenn wir alle beten und singen, vertreiben wir ihn vielleicht, und ihr könnt wieder nach Spirit Lake ziehen. Das hier ist doch kein Platz für junge Frauen. Kommt mit mir, dann wird alles gut.«

»Was dann wird, haben wir ja gesehen«, lästerte Betty. »Oder hast du schon vergessen, was gestern passiert ist? Du kannst von Glück sagen, dass du dem Wendigo noch mal von der Schippe gesprungen bist. Wenn Jessica dich nicht gefunden hätte, wärst du schon in den ewigen Jagdgründen.«

»Du hast recht«, gab Allie klein bei, »und ich bin euch auch sehr dankbar.«

Jessica wendete den Pfannkuchen und schüttelte die Pfanne leicht. »Aber ich mache dir einen Vorschlag. Du kommst heute mit auf die Jagd, und wir suchen gemeinsam nach Chris. Mit dem Snowmobil geht es doch viel schneller. Na, was meinst du?« Sie strahlte übers ganze Gesicht. »Wir haben noch Sandwiches übrig, die nehmen wir als Proviant mit. Einverstanden?«

»Einverstanden«, sagte Allie. Doch schon während sie es aussprach, hatte sie das bedrückende Gefühl, sich damit dem Wendigo ausgeliefert zu haben.

19

Mit gemischten Gefühlen stieg Allie hinter Jessica auf das Snowmobil. Ihre Angst, die Unterhaltung von Betty und Kimberly könnte gar kein Traum gewesen sein, und die beiden hätten tatsächlich vor, sie in der Wildnis auszusetzen, war groß. Und doch wies nichts auf eine Verschwörung hin. Die Frauen, auch Betty und Kimberly, verabschiedeten sie freundlich und wünschten ihr viel Glück bei der Suche nach Chris.

»Und bringt was zu essen mit!«, sagte Betty. Sie klopfte auf den Gepäckkasten hinter dem Sattel. »Unsere Vorräte gehen langsam zur Neige.«

Jessica startete den Motor und ließ ihn einmal aufheulen. Aus dem Auspuff kam eine schmutzige Wolke. »Keine Angst, bei den Bogenschützen im Verein hab ich fast immer ins Schwarze getroffen. Aber zuerst suchen wir nach Chris. Wenn er noch in der Nähe ist, braucht er sicher unsere Hilfe.«

Sie fuhren aus der Höhle und bahnten sich einen Weg durch das Felsenlabyrinth vor dem Eingang. Mit viel Schwung steuerte Jessica einen steilen Hang hinauf. Allie hielt sich mit beiden Händen an ihr fest und kniff die Augen zusammen, als ihr der aufgewirbelte Schnee ins Gesicht blies. Gegen Morgen hatte es noch einmal geschneit, und eine lockere Schneeschicht bedeckte die vereisten Hügelkämme.

In flottem Tempo fuhren sie zum See zurück. Das Wetter war durchwachsen, der Himmel bewölkt und die Sonne am östlichen Horizont nur als weißer Schimmer zu erkennen, aber der Wind zeigte sich an diesem Morgen von seiner milden Seite und belästigte sie kaum. Lediglich die Temperatur war um einige Grad gesunken. Es war bitterkalt. Allie fror selbst in ihrem Anorak und der gefütterten Skihose, vielleicht auch eine Nachwirkung des Albtraums, der sie während der Nacht aufgeschreckt hatte. Wenn sie nur daran dachte, wie entschlossen Betty und Kimberly ausgesehen hatten, lief es ihr eiskalt über den Rücken. Waren die Frauen tatsächlich zu einer solchen Tat fähig?

Am Ufer des Sees hielt Jessica an. Der Motor blubberte weiter, als sie die Schutzbrille aus dem Gesicht schob, einen kleinen Feldstecher aus ihrer Anoraktasche zog und die Eisfläche nach einer Bewegung absuchte. Einige Minuten später ließ sie ihn enttäuscht sinken. »Nichts«, sagte sie. Sie steckte den Feldstecher weg und drehte sich zu Allie um. »Vielleicht ist Chris auch auf der Insel.«

Sie fuhr über die Uferböschung auf die Eisfläche hinaus und hielt auf die Insel zu, die ungefähr eine Meile vom Ufer entfernt aus dem Eis ragte. In den Bäumen hingen Nebelfetzen. Allie hielt unwillkürlich nach den schwarz gekleideten Männern Ausschau, die ihr so dicht auf den Fersen gewesen waren, und war erleichtert, sie nirgendwo zu sehen. Selbst wenn es sich beim Wendigo nur um ein Fabelwesen handeln sollte – die beiden Männer waren keine Einbildung gewesen und stellten immer noch eine Bedrohung dar.

Allie und Jessica suchten die ganze Insel nach Chris ab. »Chris! Chris! Ich bin's, Allie!«, rief Allie, während sie sich einen Weg durch das verfilzte Unterholz des Wäldchens bahnte, doch sie erhielt keine Antwort. Nach einer halben Stunde kehrte sie enttäuscht zum Snowmobil zurück. »Nichts«, sagte sie.

Auch Jessica schüttelte den Kopf. Sie nahm den Feldstecher aus der Tasche und suchte noch einmal den Horizont ab, drehte sich einmal im Kreis und gab seufzend auf. »In welche Richtung könnte er denn gegangen sein?«

»Nach Norden«, antwortete Allie. »Warum bringst du mich nicht zu seiner Hütte? Wenn er dort nicht ist, könnte ich mit seinem Großvater weitersuchen. Der alte Mann kennt diese Gegend wahrscheinlich besser als jeder andere.«

Jessica steckte den Feldstecher weg. »Gute Idee. Steig auf!«

Allie stieg hinter ihr in den Sattel und lächelte zufrieden. Also doch ein Albtraum, sagte sie sich, denn sonst hätte sich Jessica doch niemals bereit erklärt, sie zur Hütte des alten Indianers zu fahren. Ein Stein fiel ihr vom Herzen. Die Vorstellung, dass sich fünf junge Frauen in einer Höhle versteckten und sich beim Wendigo freikauften, indem sie ihm andere junge Frauen in die Arme trieben, war auch zu abwegig. Betty und Kimberly mochten etwas von Rockerbräuten an sich haben, und auch Jessica war nicht gerade eine zimperliche Frau, aber zu einem Mord waren sie bestimmt nicht fähig.

Ihre Hoffnung bekam jedoch einige Risse, als Jessica ihr Snowmobil nach Osten lenkte und dem Weg folgte, über den sie gekommen waren. »Norden ist da drüben«, rief sie in den Motorenlärm. »Warum fährst du denn zurück?«

»Da hinten ist ein etwas breiterer Weg ... auf dem geht's einfacher.«

Tatsächlich stießen sie nach ungefähr einer halben Meile auf einen breiteren Weg, der nach Norden führte. Allie entspannte sich. Anscheinend war sie inzwischen so misstrauisch, dass bereits eine falsche Bewegung oder ein falsches Wort sie dazu brachte, ihren Albträumen mehr als der Wirklichkeit zu vertrauen. Nach den seltsamen Begegnungen der letzten Tagen gehörte dazu auch nicht viel.

Der Weg führte zwar nach Norden, schlängelte sich jedoch in zahlreichen Windungen in die Ausläufer der Berge, und da auch der Stand der Sonne bei dem bedeckten Himmel schwer auszumachen war, verlor Allie schon bald die Orientierung. »Bist du sicher, dass wir nach Norden fahren?«, rief sie nach vorn, und Jessica antwortete: »Siehst du den Gipfel dort? Da ist Norden.« Sie deutete auf den kaum sichtbaren Gipfel eines Berges, der sich mit schroffen Felswänden über den Wäldern erhob und von Wolken umgeben war.

Der Berg schien schon zum Greifen nahe, als Jessica auf einem Hügelkamm anhielt. Sie griff erneut nach ihrem Feldstecher und suchte die Täler zu beiden Seiten ab, hatte aber keinen Erfolg. Sie verstaute den Feldstecher, stieg ab und holte die Sandwiches aus der Proviantkiste. »Schinken und Käse«, sagte sie, »leider ohne Mayonnaise, die ist aus.«

Trotz der Ungewissheit, in der sie sich befand, nahm Allie das Sandwich dankbar an. Nach dem ersten Bissen fragte sie: »Warum bist du eigentlich in den Wäldern? Warum versteckst du dich in der Höhle? Fühlst du dich dort sicherer?«

»Unser Haus ist verhext«, antwortete Jessica kauend. Man sah ihr an, dass sie es vollkommen ernst meinte. »Der Wendigo hat meine Schwester aus ihrem Schlafzimmer geholt, letztes Jahr im Februar. Wir wohnten beide noch bei unseren Eltern. Myrna war gerade siebzehn geworden.« Sie schluckte den Bissen hinunter und starrte eine Weile auf ihr Sandwich. »Der Wendigo fuhr mit einem gewaltigen Windstoß in unser Haus. Die Schränke wackelten und die Bilder fielen von den Wänden, und ich hielt mich an meinem Bett fest und hörte nur, wie das Monster Myrnas und meinen Namen flüsterte. Es wollte uns beide haben. Aber bevor es in mein Zimmer kam, ging irgendwo das Licht an, und es verschwand wieder. Myrna sahen wir nie wieder. Ein Vierteljahr später brachte sich meine Mutter um, und mein Vater machte sich aus dem Staub. Keine Ahnung, wo er geblieben ist, wahrscheinlich auch tot.«

Allie blickte Jessica betroffen an. »Das ist ja furchtbar. Tut mir leid, dass ich gefragt habe. Ich konnte ja nicht ahnen, was dir Schreckliches passiert ist.«

»Wir haben alle so was durchgemacht«, fuhr Jessica fort. »Was meinst du, warum Betty in die Höhle geflüchtet ist? Zweimal hat der Wendigo versucht, sie in seine Gewalt zu bringen. Einmal wurde sie auf dem Highway nach Süden von einem Blizzard überrascht. Sie baute einen Unfall und entkam nur, weil zufällig ein Truck vorbeikam und sie mitnahm. Das zweite Mal lief sie den beiden Männern im Range Rover in die Arme, doch bevor sie aus dem Wagen sprangen, war sie in ein Lokal geflüchtet und ließ sich von einigen Bekannten nach Hause begleiten. Beim dritten Mal erwischt er mich, dachte sie, und verkroch sich in der Höhle. Die kannte sie von ihrem Großvater, einem ehemaligen Fallensteller.«

»Und Kimberly? Woher hat sie die Schrotflinte?«

Jessica deutete ein Lächeln an. »Keine Ahnung. Ich weiß nur, dass der Wendigo ihre Freundin geholt hat und sie sich die Schuld dafür gibt. Wenn es nach ihr ginge, würde sie den

Wendigo am liebsten in Stücke schießen. Jetzt kümmert sie sich um Carol, ihre Stiefschwester. Die bekam Panik und lief von zu Hause weg. Sie war halb erfroren, als Kimberly sie endlich fand. Was mit Sandra ist, weiß ich nicht. Auf jeden Fall hat sie eine Heidenangst vor dem Wendigo.«

Allie biss in ihr Sandwich und dachte eine Weile nach. Dann fragte sie: »Hast du mal von einer Eve gehört?«

»Eve?« Jessica runzelte die Stirn. »Wer soll das sein?«

»Ich dachte, ich hätte Betty über sie reden hören. Eine Kollegin von ihr. Sie hätte irgendwas mit dem Wendigo zu tun. Ein Opfer oder so.«

»Ein Opfer? Kapiere ich nicht.« Jessica hatte aufgehört zu kauen.

»Egal … hab ich wohl geträumt.«

»So wird's wohl sein.«

Noch ein Beweis dafür, dass sie wirklich nur geträumt hatte. Sie biss erleichtert in ihr Sandwich. »Wie haltet ihr euch den Wendigo eigentlich vom Leib?«

»Wir verstecken uns«, antwortete Jessica, »anscheinend kennt er die Höhle nicht. Hier treibt er sich sowieso selten herum. Er bleibt lieber in der Nähe der Stadt, dort sind die Chancen, ein passendes Opfer zu finden, viel größer. Oder er schickt die schwarz gekleideten Männer los. Zur Sicherheit haben wir immer ein Feuer und meist auch Fackeln in der Höhle brennen. Er mag kein Feuer. Die Indianer behaupten, mit Feuer könnte man ihn sogar besiegen. Ich glaube das nicht. Der Wendigo ist ein riesiges Ungeheuer, das nicht so leicht stirbt. Es müsste schon ein großes Feuer sein. Ein Waldbrand oder so was.«

»Vielleicht sollten wir ihm Opfer bringen.«

»Opfer?« Jessica wurde ein bisschen rot.

»Tiere ... wie die Indianer früher.«

»Unsinn.« Jessica aß den letzten Bissen ihres Sandwiches und verstaute die leere Papiertüte in der Proviantkiste. Während Allie noch aß und sich über Jessicas seltsame Reaktion wunderte, zog sie ihren Feldstecher hervor und suchte erneut die Umgebung ab. Besonders schien sie sich für einen schmalen Fluss zu interessieren. Sie starrte eine Weile ins Tal hinab und sagte leise: »Ich glaube, da unten treibt sich ein junger Elch herum.« Sie steckte den Feldstecher weg und nahm ihren Bogen von der Schulter. Mit der rechten Hand zog sie einen Pfeil aus dem Köcher. »Warte hier«, flüsterte sie. »Ich bin gleich wieder zurück.«

Bevor Allie etwas sagen konnte, war Jessica verschwunden. Geduckt wie ein Indianer schlich sie davon und verschwand hinter einigen Felsbrocken, die oberhalb des Weges aus dem Schnee ragten. Allie blickte wie gebannt ins Tal und wartete darauf, dass Jessica weiter unten wieder auftauchte, konnte sie aber nirgendwo entdecken. Sie musste noch hinter den Felsen sein.

Viel zu spät hörte sie das Schwirren des Pfeils, der aus dem Nichts zu kommen schien und sich federnd in ihren Oberschenkel bohrte. Sie blickte ungläubig auf den Pfeil, spürte erst dann den Schmerz und sank stöhnend in den Schnee. Noch im Fallen wurde ihr klar, dass Jessica ihr die ganze Zeit etwas vorgemacht hatte und man sie tatsächlich dem Wendigo opfern wollte.

Allie umklammerte mit beiden Händen ihren Oberschenkel und stieß sich mit dem gesunden Fuß ab, um sich aus der Gefahrenzone zu bringen, und kam doch keinen Schritt vorwärts. Erschöpft blieb sie liegen. Jessica war eine viel zu erfahrene Bogenschützin, um aus so kurzer Entfernung ihr Herz zu verfehlen. Sie musste absichtlich auf ihren Oberschenkel gezielt haben. Warum hatte Jessica sie nicht getötet?

Ein Schatten fiel über sie. Jessica blickte auf sie herab, den Bogen noch in der Hand. Ihre Miene war ausdruckslos. »Du hattest recht«, sagte sie. »Der Wendigo lässt uns in Ruhe, weil wir ihm Opfer bringen. Eve war die Erste. Du bist die Zweite. Es ist nichts Persönliches, Allie. Ich habe nichts gegen dich. Im Gegenteil, ich mag dich sogar, sonst hätte ich dir in den Bauch geschossen, damit deine Schmerzen größer sind. Aber ich habe keine andere Wahl. Nur wenn ich dich für den Wendigo liegen lasse, verschont er uns.«

Allie presste die Lippen gegen die immer stärker werdenden Schmerzen zusammen. Sie hätte nicht gedacht, dass ein Pfeil so wehtun konnte. »Das … das ist doch krank, Jessica! Ihr seid … ihr seid verrückt! Wenn sie euch … euch erwischen, kommt ihr alle ins Gefängnis … vielleicht bekommt ihr sogar lebenslänglich! Das ist … Mord, Jessica! Kaltblütiger Mord!«

»Ich bringe dich ja nicht um«, erwiderte Jessica kalt. Sie hatte kaum noch etwas mit der jungen Frau gemein, die ihr das Sandwich gereicht hatte, selbst ihre Stimme hatte sich verändert. »Ich hätte es gern getan, dann müsstest du weniger leiden, aber der Wendigo mag lebendige Opfer. Er will die Opfer schreien hören, bevor er sie in seinem Rachen verschwinden lässt.«

»Du bist verrückt, Jessica. Du hast den Verstand verloren.«

»Tut mir leid, Allie.«

Allie beobachtete, wie Jessica den Bogen über ihre Schulter schob, und stöhnte vor Schmerzen, als sich die Bogenfrau zu ihr herabbeugte und sie mit beiden Händen über die niedrige Böschung rollte. Schreiend rutschte Allie ein paar Schritte den Abhang hinab und blieb im Schnee liegen. Der Pfeil war abgebrochen, nur noch ein kurzes Stück ragte aus der Skihose heraus.

»Es wird nicht lange dauern«, sagte Jessica. In ihrer Stimme schwang nun etwas Bedauern mit. »Der Wendigo kommt dich sicher bald holen. Leb wohl, Allie. Du warst zur falschen Zeit am falschen Ort, so ist das nun mal.«

»Jessica! Das … das darfst du nicht tun. Das ist Mord!«

Wortlos verschwand Jessica aus Allies Blickfeld, und schon wenige Augenblicke später heulte der Motor des Snowmobils auf und wurde dann immer leiser.

Sie wartete, bis das Motorengeräusch nicht mehr zu hören war, und zwang sich dazu, ihre Wunde zu betrachten. Viel konnte sie nicht erkennen, und um die Hose aufzureißen, wenn sie das überhaupt in ihrem Zustand schaffte, war es viel zu kalt. Seltsamerweise war kaum Blut zu sehen. Das würde erst fließen, wenn man die Pfeilspitze herausoperierte. Sie erinnerte sich an einen alten Schwarz-Weiß-Western, den sie im Classic Movie Channel gesehen hatte. Nach einem Indianerangriff lag der Held mit einem Pfeil in der Hüfte auf dem Wüstenboden. Eine schöne Squaw zog den Pfeil mit einem Ruck aus seinem Körper und verschloss die Wunde mit einem glühenden Messer. Der Held verlor das Bewusstsein, ritt aber einen Tag später wieder in den Kampf.

Allie hatte mal irgendwo gelesen, dass es Pfeile mit Widerhaken gab, die man gar nicht herausziehen konnte, weil man sonst zu viel Gewebe zerstört hätte. Allein der Gedanke daran ließ sie stöhnen. Mit einer solchen Wunde war man auf einen Chirurgen mit einem Skalpell angewiesen.

Aber was regte sie sich über eine Pfeilwunde auf, wenn ihr Tod ohnehin dicht bevorstand? Wenn es den Wendigo gab, würde er bestimmt nicht lange zögern und sich in wenigen Augenblicken auf sie stürzen. Gab es ihn wirklich? Alles sprach nach den letzten Tagen dafür, und doch sträubte sich Allies Verstand noch immer, an dessen Existenz zu glauben. Sie *durfte* nicht an ihn glauben, wenn sie überhaupt noch eine Chance haben wollte.

Wenn doch wenigstens ihr Handy hier draußen funktionieren würde. Aber sie hatte ja nicht mal nach ihrer Bruchlandung eine Verbindung bekommen, obwohl die Absturzstelle viel näher an der Stadt lag als dieser Hügelkamm. »Du hättest nicht vor Gericht aussagen dürfen, Dad«, flüsterte sie, wusste aber, dass sie wahrscheinlich genauso gehandelt hätte. Tony Gattuzzo, der Mafiaboss, den ihr Vater hinter Gitter gebracht hatte, war für unzählige Morde verantwortlich. Einen solchen Verbrecher durfte man nicht laufen lassen.

Sie blickte den Hang hinauf. Bis zur Böschung waren es nicht mehr als ein paar Schritte. Wenn sie sich nur mit dem gesunden Bein abstützte, konnte sie es vielleicht schaffen. Entschlossen drehte sie sich auf die Seite und krallte ihre Hände in den Schnee. Ungeachtet der Schmerzen, die bei jeder Bewegung durch ihren Körper schossen, rammte sie ihren linken Fuß in den Schnee, stieß sich ab, fand Halt mit den Händen und stieß sich erneut ab. Jede Bewegung kostete sie unendlich viel Kraft, und als sie aus Versehen mit dem verletzten Bein den gefrorenen Schnee berührte, verlor sie beinahe das Bewusstsein, so heftig war der Schmerz.

Nach einer Zeit, die ihr wie Stunden vorgekommen war, erreichte sie endlich die Böschung. Mit einer letzten Anstrengung zog sie sich auf den Weg und blieb erschöpft im Schnee liegen. Sie rollte sich auf den Rücken, sorgfältig darauf achtend, dass sie mit ihrer Wunde nicht den Boden berührte, und brauchte fast zehn Minuten, bis sie wieder ruhig atmen und einigermaßen klar denken konnte. Doch im selben Augenblick wurde ihr klar, dass ihr der Aufstieg kaum etwas gebracht hatte. Hier kam wahrscheinlich nur alle paar Wochen jemand vorbei, ein Indianer vielleicht oder ein Fallensteller, und sie müsste schon ungeheures Glück haben, um dem Tod auch diesmal von der Schippe zu springen. Sobald die Nacht hereinbrach, würden die Temperaturen so tief sinken, dass sie erfror, und selbst wenn sie den nächsten Morgen wie durch ein Wunder erlebte, hatte sie keine Chance.

Allie schloss die Augen und blickte niedergeschlagen zum Himmel empor. In panischer Angst beobachtete sie, wie dunkle Wolken aus dem Norden herantrieben und der Wind in starken Böen über sie hinwegwehte. Ein heftiges Rauschen erfüllte die Luft, und eine heisere Stimme flüsterte ihren Namen.

20

Mit dem Wind drang das Motorengeräusch eines Snowmobils auf den Hügelkamm. Allie hob erschrocken den Kopf und kniff die Augen gegen den aufgewirbelten Schnee zusammen, dann wurde sie durch grelles Scheinwerferlicht geblendet, das sich ihr rasch näherte. Jessica, schoss es ihr durch den Kopf, sie hat es sich anders überlegt und will mir doch einen Bauchschuss verpassen!

In ihrer Panik stützte sich Allie auf die Ellbogen und rammte den gesunden Fuß in den Schnee. Obwohl sie wusste, dass es ihr niemals gelingen würde, der Bogenfrau zu entkommen, versuchte sie mit aller Kraft, sich in Sicherheit zu bringen. Die Angst brachte sie beinahe um den Verstand. Sie wollte nicht auf diese jämmerliche Weise sterben. Sie verdiente wenigstens eine Chance.

Der Scheinwerfer erfasste sie, und der Motor des Snowmobils wurde leiser. In dem Schneegestöber sah sie, wie eine dunkle Gestalt abstieg und rasch auf sie zukam. »Nein! Bitte nicht!«, jammerte sie, als sie zu erkennen glaubte, wie die Gestalt einen Arm hob, um einen Pfeil aus dem Köcher zu ziehen, doch es war nicht Jessica, die sich besorgt über sie beugte.

»Chris!«, rief sie erleichtert. »Chris! Mein Gott, Chris!«

»Allie! Ich hab dich überall gesucht!«

Tränen der Erleichterung flossen über ihre Wangen, als Chris vor ihr niederkniete und behutsam seine Hände auf ihre Schultern legte. »Chris, ich dachte …« Sie war zu keinem vollständigen Satz fähig, schluchzte und lachte, schlang die Arme um seinen Hals und presste ihre Wange gegen seine. Ihr Schmerz war zumindest für diesen Augenblick wie weggeblasen.

»Hab keine Angst«, tröstete sie Chris, »es wird alles wieder gut.«

»Ich … ich dachte, es … wäre Jessica«, stammelte Allie, »die Bogenfrau … Sie wollten mich opfern … dem Wendigo opfern … die Aufrechten … es gibt sie wirklich …« In bruchstückhaften Sätzen berichtete sie ihm, was geschehen war. »Eine Frau haben sie schon umgebracht … sie hieß Eve …«

»Beruhige dich«, sagte Chris, »du bist in Sicherheit. Dir kann nichts mehr passieren.« Er löste sich von ihr, sah die Wunde, zog die Handschuhe aus und spreizte den Schnitt in der Hose mit zwei Fingern auseinander.

»Ist … ist es arg schlimm?«, fragte sie.

Chris zog die Handschuhe wieder an. »Sieht wie eine Fleischwunde aus. Die Arterie ist okay. Aber den Pfeil muss mein Großvater rausziehen, der hat mehr Erfahrung mit so was und kennt die Kräuter, die eine Entzündung verhindern. In ein paar Tagen bist du wieder fit.« Er kramte zwei Aspirin aus seiner Anoraktasche und reichte sie ihr, zusammen mit seiner Wasserflasche. »Gegen die Schmerzen. Was Stärkeres habe ich leider nicht dabei. Hältst du durch?«

»Mir bleibt wohl nichts anderes übrig.« Allie versuchte ein

Lächeln und spülte die Tabletten mit Wasser hinunter. Ihre Hände zitterten. Beim Absetzen der Flasche verschüttete sie etwas Wasser und sank erschöpft zurück.

Chris schraubte die Flasche zu und stellte sie in die Box hinter dem Sattel zurück. »Warte … ich helfe dir«, rief er, als er beobachtete, wie sie sich keuchend vor Anstrengung auf die Ellbogen stützte. Er beugte sich zu ihr hinab und ergriff ihre ausgestreckten Hände. »Das wird jetzt etwas wehtun. Belaste nur das gesunde Bein, okay? Glaubst du, du schaffst es auf das Snowmobil?«

»Ich bin zäh«, erwiderte sie.

Doch schon beim Aufstehen war der Schmerz so stark, dass ihr beinahe schwarz vor Augen wurde und sie es nur Chris zu verdanken hatte, dass sie nicht wieder zu Boden sank. Sie hielt sich an ihm fest, bis das Stechen nachließ, und hüpfte auf einem Bein zum Snowmobil, schrie vor Schmerz, als Chris sie auf den Sitz hob und sie mit dem verletzten Bein gegen die Maschine stieß.

»Halte dich gut fest«, sagte Chris. Er saß vor Allie auf und wartete, bis sie ihre Arme um seine Taille geschlungen hatte. »Ich fahre so vorsichtig wie möglich, aber ganz ohne Holpern wird es nicht gehen. Ich habe die Maschine nur notdürftig repariert, und sie bockt manchmal noch.« Er drehte das Gas auf und brachte das Snowmobil auf Kurs. »Sind nur ein paar Meilen.«

Schon über der ersten Bodenwelle ahnte Allie, was für eine Tortur die Fahrt werden würde. Jedes Mal, wenn das Snowmobil die Bodenhaftung verlor und unsanft wieder auf dem Weg landete, fuhr ein stechender Schmerz durch ihren Körper, und sie musste schreien, so sehr sie sich auch bemühte, nicht auf die Schmerzen zu reagieren. Sie wollte Chris nicht verunsichern und zu noch größerer Vorsicht zwingen, sonst kämen sie gar nicht mehr vorwärts.

Das Snowmobil war einige Jahre älter als Jessicas Maschine und noch schlechter gefedert. Doch alles war besser, als hilflos im Schnee zu liegen und darauf zu warten, dass der Wendigo kam und sie verschlang oder sie bei eisigen Temperaturen erfror. Sie presste sich mit ihrem Oberkörper fest gegen Chris, um nicht so durchgeschüttelt zu werden, aber auch, um seine Wärme zu spüren. Er hatte ihr das Leben gerettet, und er war der einzige Lichtblick in dieser seltsamen Gegend, in die sie das FBI gebracht hatte. Ob US-Marshal Blair gewusst hatte, was hier vorging? Sicher nicht, sonst hätte sie die kleine Cessna nach Spirit Lake wohl kaum betreten.

Der Wind hatte nachgelassen, auch außerhalb der Wälder, und nur noch wenige Flocken wirbelten ihnen entgegen. Kein bedrohliches Rauschen mehr, kein heiseres Flüstern, das ihren nahen Tod ankündigte. Fast schien es, als fürchtete sich der Wendigo davor, Chris anzugreifen.

Sie erreichten die Blockhütte am Nachmittag. Rusty kam ihnen schwanzwedelnd entgegen und sprang bellend neben ihnen her, als Chris das Snowmobil den Hang zur Hütte hinauflenkte. »Großvater!«, rief er schon von Weitem. »Ich habe Allie gefunden … sie ist verletzt!«

Jeremiah Lone Eagle kam aus dem Haus, diesmal in alten Wanderschuhen, und erfasste die Situation mit einem Blick. *»Boozhoo«*, begrüßte er Allie. »Wie ich sehe, hat der Kampf begonnen.« Er legte einen Arm um ihre Hüften und half Chris, sie aus dem Sattel zu heben. Der alte Mann handelte so routiniert wie ein Sanitäter. »Wir bringen sie in mein Zimmer«, sagte er zu seinem Enkel.

Allie hielt sich an beiden fest und ließ sich von ihnen in die Blockhütte tragen. Angenehme Wärme empfing sie. Das Nachtlager des alten Mannes war bequemer, als sie befürchtet hatte; die Männer legten sie auf ein frisch bezogenes, großes Messingbett mit einer dicken Matratze. Über dem Bett an der Wand hing ein vergilbtes Foto, das ihn und seine Frau in jungen Jahren zeigte.

Sie schnaufte erleichtert, als sie auf dem Bett lag, und ließ sich von dem alten Mann den Anorak und die Schuhe ausziehen. Chris war im Wohnraum, kochte Wasser ab und legte die Klinge eines scharfen Messers ins Feuer. Allie fühlte sich erneut an den Western erinnert und blickte den Alten ängstlich an. »Warum bringt ihr mich nicht ins Krankenhaus?«, fragte sie.

Jeremiah Lone Eagle sah ihren Blick und merkte auch, wie groß ihr Misstrauen war. »Du brauchst keine Angst zu haben«, beruhigte er sie, »ich mache so was nicht zum ersten Mal. Auf der langen Fahrt ins Krankenhaus könnte sich die Wunde entzünden.«

»Aber Sie sind vorsichtig, nicht wahr?« Ihre Stimme zitterte ein wenig.

Der Indianer lächelte. »Du wirst kaum etwas merken.« Er öffnete den Wandschrank neben der Tür, nahm ein Fläschchen heraus und goss etwas von der braunen Flüssigkeit auf einen Esslöffel. »Meine Spezialtropfen«, erklärte er, »verschiedene Heilkräuter und etwas Alkohol. Das beruhigt die Nerven.«

Sie vertraute ihm und schluckte die Medizin. Schon wenige Sekunden später wurde sie schläfrig, und auf einmal war ihr ziemlich gleichgültig, was mit ihr geschah. Ein angenehmes Gefühl nach den starken Schmerzen.

Was dann geschah, erlebte sie wie in einem Traum. Den Indianer, wie er ihre Hose mit einer Schere aufschnitt und sich von Chris das inzwischen sterile Messer reichen ließ. Den heiklen Moment, in dem er die Pfeilspitze mit dem Messer aus dem Fleisch grub, so fachkundig wie ein Chirurg und so sanft und vorsichtig, dass sie den Schmerz nur einmal wie einen heißen Blitz spürte. Teilnahmslos schaute sie Jeremiah zu, wie er die Wunde mit einem sauberen Tuch säuberte und in einer Flüssigkeit getränkte Heilkräuter auf die Wunde presste. Als er die Wunde mit einem festen Mullverband bedeckte, war Allie bereits eingeschlafen.

In ihren Träumen sah sie eine Vielzahl von Bildern. Vor allem Gesichter: die strenge Miene von Betty, die verächtlich verzogenen Lippen von Kimberly, das unschuldige Lächeln von Carol, die kalten Augen von Jessica. Aber auch die Fratze des Wendigo, wie sie ihn vor der Bruchlandung gesehen hatte, und sein gesichtsloses Wesen, wie sie es in den wilden Schneestürmen erlebt hatte. Furchterregende Mienen, die sie mit hasserfüllten Augen anstarrten und doch unfähig waren, sie zu besiegen.

Denn mit der heilenden Kraft des Kräutersuds, mit dem Jeremiah Lone Eagle ihre Wunde bedeckt hatte, zog auch das Gute in ihre Träume ein. Sie sah die gütige Miene des alten Indianers und das liebevolle Lächeln von Chris, dann tauchte auch ihr Vater auf, mit der netten Ärztin im Arm, und er lachte so fröhlich, dass es ansteckend wirkte. Auch Allie lächelte, als sie aus dem Schlaf erwachte, die Augen öffnete und Chris' Gesicht über sich sah. »Chris!«, flüsterte sie. »Chris! Ist die Pfeilspitze schon draußen?«

Die Frage schien Chris zu amüsieren. »Seit ungefähr zwanzig Stunden. So lange hast du nämlich geschlafen.« Er strich ihr ein paar vorwitzige Haarsträhnen aus dem Gesicht. »Du hast alles gut überstanden, Allie. Es war nicht so schlimm, wie wir befürchtet hatten. Der Pfeil hatte keine Widerhaken, und Großvater bekam ihn gleich heraus. Nur eine Fleischwunde. In ein paar Tagen bist du wieder auf dem Damm. Die Heilkräuter wirken wahre Wunder.«

Allie sah den alten Indianer neben Chris auftauchen und lächelte dankbar. »Vielen Dank, Großvater. Wenn Sie beide nicht gewesen wären ... Sie und Chris ... ich wäre dort draußen gestorben. Mit oder ohne den Wendigo.«

»Du bist stark«, erwiderte der Indianer, »sonst hätten dich die guten Geister nicht geschickt, um mit meinem Enkel gegen den Wendigo zu kämpfen.«

»Aber ich habe versagt. Ich hätte wissen müssen, dass mich die Bogenfrau in der Wildnis zurücklassen will. Ich habe gehört, wie Betty und Kimberly es beschlossen haben. Ich dachte, es wäre nur ein böser Traum.«

»Du wirst lernen, auf deine Träume zu hören.«

»Ich weiß nicht, Großvater.«

»Vertrau mir, Allie.« Die Zuversicht in seinem Blick zerstreute ihre Bedenken. »Gemeinsam werden wir den Wendigo für immer aus dieser Stadt und diesen Tälern vertreiben, und dann wird Spirit Lake auch wieder auf den Landkarten erscheinen.« Jeremiahs Hände waren zu Fäusten geballt, so entschlossen war er. »Zu lange warten wir schon auf diesen Tag.« Er ließ seine Worte auf sie wirken und wartete, bis sie sich entspannte. Dann sah er zum wiederholten Male nach der Wunde und nickte zufrieden. »Du bist stark, Allie. Wie eine Kriegerfrau aus längst vergangenen Zeiten.« Er schob die Decke über ihr verletztes Bein und richtete sich auf.

Als er die sehnsuchtsvollen Blicke bemerkte, die sich vor seinen Augen kreuzten, lächelte er verschmitzt. »Ich habe frische Brühe auf dem Herd stehen, und von gestern sind noch einige Biskuits übrig. Du hast sicher Hunger.«

»Und wie«, erwiderte Allie. Doch ihr Blick war auf Chris gerichtet, und der Medizinmann war kaum gegangen, da setzte sich Chris auch schon auf den Bettrand, und sie schlang ihre Arme um seinen Hals. »Ich liebe dich, Chris«, sagte sie zwischen zwei Küssen. »Ich weiß, das klingt ein bisschen kitschig, aber so ist es nun mal. Wenn du bei mir bist, hab ich nicht mal vor dem Wendigo Angst.«

»Ich liebe dich auch«, sagte er so leise, dass sein Großvater es nicht hören konnte. »Schon als wir uns zum ersten Mal sahen, wusste ich, dass du was Besonderes bist. Großvater hat recht. Du bist eine Kriegerfrau. Und das ist ein Lob, das die Krieger früher nur den tapfersten Frauen aussprachen.«

»Ich bin nicht tapfer, Chris.«

»Tapfer ... und hübsch.« Er küsste sie auf die Stirn.

Der alte Indianer kam mit der Wildbrühe. »Zeit für ein kräftiges Frühstück«, sagte er, »die Brühe habe ich heute Morgen erst aufgesetzt. Zum Nachtisch gibt's Pfirsiche aus der Dose.«

»Zum Frühstück?«

»Unsere Vorfahren kannten kein Frühstück. Sie aßen, wenn sie Hunger hatten. Ich habe dir besonders viele Fleischstücke gegeben, die bringen neue Kraft. Den Elch habe ich im Herbst geschossen. Fleisch für ein halbes Jahr.«

Die Brühe duftete verlockend, und das Fleisch war so zart, dass es auf der Zunge zerging. Erst jetzt merkte Allie, wie groß ihr Hunger war und wie viel Kraft sie durch ihre Verletzung verloren hatte. Zwei Teller leerte sie und noch ein Schälchen mit Pfirsichen, ein Festessen nach ihrem unfreiwilligen Ausflug in die Wildnis. Nach einem Schluck von dem starken Kräutertee sagte sie: »Und hier draußen hat man nirgendwo Handyempfang? Was ist mit dem Computer? Kommst du ins Internet rein? Kannst du Mails verschicken?«

»Weder noch«, antwortete Chris. »Wir können froh sein, dass wir elektrischen Strom haben. Internet und Handys funktionieren nur in der Stadt und selbst dort nicht überall. Wenn ich neue Aufgaben für mein Fernstudium brauche, gehe ich in die Stadtbücherei, da kommt man kostenlos ins Netz.«

»Dann sollte ich sobald wie möglich nach Spirit Lake zurückkehren. Bringst du mich hin? Mein Vater macht sich bestimmt Sorgen, wenn er mich nicht erreichen kann. Es wird höchste Zeit, dass ich ihn besuche. Und den Drugstore darf ich auch nicht zu lange geschlossen halten, sonst denken die Leute noch, wir hätten den Laden aufgegeben, oder ...« Der Kräutertee hatte plötzlich einen bitteren Beigeschmack. »... der Wendigo hätte mich geholt.«

»Ruhe dich lieber noch ein paar Tage aus.«

»Mir geht es gut«, sagte sie, »ich habe keine Schmerzen mehr.«

»Ich könnte nach Spirit Lake fahren und deinen Vater anrufen.«

»Ich muss selbst zu ihm. Das letzte Mal, als ich im Krankenhaus war, ging es ihm nicht gut.« Sie lächelte. »Mit dem Verband kann doch gar nichts passieren. Und in Spirit Lake lasse ich die Wunde von Dr. Griffin verarzten.«

Chris musste grinsen. »Bist du sicher, dass du keine Anishinabe bist? Von unseren Kriegerfrauen sagt man, dass sie sehr störrisch und eigensinnig waren.«

»Wer weiß?«, erwiderte sie, ebenfalls grinsend.

»Ihr werdet nicht vor morgen früh aufbrechen«, bestimmte Jeremiah Lone Eagle. »Du brauchst noch einen Tag, um dich zu erholen. Wenn du jetzt fährst, musst du bald wieder umkehren, und es dauert noch länger. Hör auf einen alten Mann, Allie.«

Der Tag verging wie im Flug. Chris blieb bei ihr, erzählte von seinem Studium, das er in einem Jahr abschließen würde, sodass er sich endlich einen dauerhaften Job suchen konnte. Irgendwann würde er das Geld für eine eigene Werkstatt haben oder sich als Teilhaber in eine andere Werkstatt einkaufen, das war sein großer Traum. Wenn der Wendigo verschwunden war, würden wieder mehr Menschen nach Spirit Lake kommen, vor allem Urlauber, die in der Umgebung angeln oder wandern wollten, und es gäbe sicher genug zu tun. »Die Stadt muss endlich ihren Fluch loswerden.«

»Aber wie, Chris? Wir können den Wendigo doch nicht zum Kampf herausfordern. Ich weiß ja nicht mal, ob es ihn tatsächlich gibt. Natürlich passieren hier seltsame Dinge, aber es gibt womöglich für alles eine logische Erklärung. Vielleicht steckt irgendwas dahinter, woran wir noch gar nicht gedacht haben. Schon mal von Area 51 gehört? Eine Gegend in Nevada, die auch nicht auf der Landkarte zu finden ist. Im Fernsehen kam mal ein Bericht darüber. Die Leute glaubten jahrzehntelang, dort würde die Armee ein Ufo verstecken und Untersuchungen an toten Außerirdischen vornehmen, bis sich herausstellte, dass die Air Force dort Prototypen neuer Flugzeuge testet.«

»Du meinst, Spirit Lake ist so was wie diese Area 51?«

»Nein … natürlich nicht«, erwiderte sie lächelnd, »dass der Wendigo ein Außerirdischer ist, glaubt nur der alte Toby. Aber vielleicht steckt was ganz anderes als ein Spuk dahinter. Ich kann einfach nicht glauben, dass ein Monster aus den Bergen kommt und unschuldige Mädchen und Frauen frisst. So was gibt es nur in Märchen und Legenden. Ich *will* nicht daran glauben.«

»Und wohin sind die Mädchen und Frauen dann verschwunden?«

»Ich weiß es auch nicht, Chris. Ich weiß es nicht.«

21

Sie brachen früh am nächsten Morgen auf. Allie humpelte auf Krücken, die Jeremiah Lone Eagle vor drei Jahren benötigt und danach aufgehoben hatte, und trug einen besonders festen Verband, falls die Wunde unterwegs zu bluten anfing. Sie schaffte es ohne fremde Hilfe auf das Snowmobil, ließ sich die Krücken mit einem Lederriemen auf den Rücken binden und schlang ihre Arme um Chris' Hüften. »Vielen Dank, Großvater«, rief sie dem alten Indianer zu.

»Wir sehen uns wieder«, erwiderte er, »schon bald.«

Rusty rannte auch diesmal bis zur Hauptstraße neben ihnen her und verabschiedete sie mit lautem Gebell, bevor er schwanzwedelnd zur Blockhütte zurücklief. Aus einem Gebüsch flatterten ein paar Krähen empor. Der Morgen war still, und ihr Krächzen hallte wie ein Warnruf durch das Tal.

»Alles klar?«, fragte Chris.

»Alles klar«, antwortete Allie.

Über die Gegend spannte sich ein düsterer Himmel. Die Wolken waren von einem verwaschenen Grau, das kaum Licht durchließ. Leichtes Schneetreiben erschwerte ihnen die Sicht. Es war beinahe windstill. Sie waren allein auf der Straße, weder in der einen noch der anderen Richtung ließ sich ein Fahrzeug blicken, und ihr lärmendes Snowmobil wirkte wie ein Fremdkörper in der urwüchsigen Natur.

»Bist du jemals nach Norden gefahren?«, rief sie nach vorn.

»Warum? Da ist nichts.«

»Und wo geht's da hin?«

»Zur kanadischen Grenze. Ich hab's einmal versucht, aber mir ging das Benzin aus, und ich musste umkehren. Großvater sagt, der Wendigo will nicht, dass wir die Stadt verlassen. Wir leben unter einer großen Käseglocke.«

»Und keiner wehrt sich dagegen?«

»Du weißt doch, dass die meisten Leute Angst haben, sich gegen den Wendigo zu stellen. Sie glauben, dass er sie bestraft, wenn sie es tun. Was soll da oben auch sein? Wälder, Flüsse, Seen und irgendwann die kanadische Grenze. Sollen sie ihr Leben riskieren, nur um noch mehr Bäume zu sehen? Das wäre Selbstmord.«

»Das glaube ich nicht.«

»Und was ist dir passiert?«

Allie musste ihm recht geben. Alles sprach für eine geheimnisvolle Macht, die Spirit Lake und seine Bewohner kontrollierte und nach Belieben mit ihnen umsprang. Wie das Kaninchen vor der Schlange erstarrte die kleine Stadt vor dem Ungeheuer, und nicht einmal der Sheriff unternahm etwas gegen die Gefahr.

Seltsam nur, dass Spirit Lake täglich beliefert wurde. Trucks und Lieferwagen mit Lebensmitteln und Waren aller Art hatten keine Schwierigkeiten, nach Spirit Lake zu gelangen. Kurierdienste und der Lieferant, mit dem sie verunglückt war, fuhren angeblich alle paar Tage in die Stadt und wieder hinaus. Sogar einige Bewohner wie der Chefarzt des Krankenhauses schafften es, die unsichtbare Barriere zu durchbrechen. Was war in Spirit Lake los?

Als sie an dem zugefrorenen See vorbeifuhren, diesmal auf der anderen Seite, schauderte Allie erneut. In weiter Ferne war die Insel, auf der sie Zuflucht gesucht hatte, als kaum wahrnehmbarer Schatten zu erkennen. Die schwarz gekleideten Männer mussten gute Feldstecher besitzen, wenn sie einen Menschen aus dieser Entfernung erkannten. Oder brauchten sie die gar nicht? Zeigte der Wendigo ihnen mit seinen Schneeböen, wo sie suchen mussten? Der Gedanke, dass das Fabelwesen die Macht besaß, zwei ausgewachsene Männer zu manipulieren und zu willigen Sklaven zu machen, war erschreckend. Wo wohnten diese Männer? Wo versteckten sie sich? Wie konnten sie monatelang in einer Stadt leben, ohne sich zu zeigen, es sei denn, sie machten Jagd auf Mädchen und Frauen? Wo kauften sie ein? Warum wusste niemand mehr über sie? Warum kümmerte sich der Sheriff nicht um sie?

Sie beugte sich nach vorn und schlang ihre Arme noch fester um Chris. Nur seinetwegen freute sie sich, in diese verhexte Gegend gekommen zu sein. Obwohl sie ihn erst ein paar Tage kannte, schien es, als wären sie durch ein unsichtbares Band miteinander verbunden.

Sie waren bereits ein gutes Stück vorangekommen, als weiter östlich der Himmel aufriss und sich die Sonne mit goldenen Strahlen zwischen den Wolken zeigte. Wie flüssiges Feuer schoss das Sonnenlicht auf die verschneite Erde herab und ließ den Schnee auf den Bäumen und in der Ebene wie unzählige Diamanten glitzern.

»Wow!«, rief Allie beeindruckt. Sie konnte gar nicht genug

von dem idyllischen Anblick bekommen und vergaß sogar die leichten Schmerzen, die sich während der Fahrt in ihrem verletzten Bein breitmachten. »Hast du schon mal so was Schönes gesehen? So was hab ich bei uns in …« Sie unterbrach sich gerade noch rechtzeitig, um nicht »Camden« oder »Maine« zu sagen, denn auch Chris durfte sie nicht verraten, dass sie im Zeugenschutzprogramm war. In ein paar Monaten vielleicht. »… bei uns in Philadelphia noch nie gesehen.«

»Das Auge des Großen Geistes«, rief Chris über den Motorenlärm hinweg.

Allie blickte wie gebannt auf die Sonnenstrahlen. Sie erschienen ihr wie ein Zeichen gegen die böse Macht des Wendigo, ein Fingerzeig, dass es für Spirit Lake und seine Bewohner noch Hoffnung gab. Würden Gott oder die guten Geister, wie Jeremiah Lone Eagle sagen würde, das Ungeheuer vertreiben? Oder war es so, wie der alte Indianer behauptete, dass Chris und sie gegen den Wendigo in den Kampf ziehen würden? Warum sollte ausgerechnet sie gegen ihn vorgehen?

Ein verzweifelter Schrei, so laut und durchdringend, dass er selbst das Motorengeräusch des Snowmobils übertönte, riss Allie aus ihren Gedanken. Chris steuerte vor Schreck nach links, die Maschine geriet ins Schleudern und schlitterte auf die Böschung zu, prallte dagegen und neigte sich zur Seite.

Allie fiel aus dem Sattel und stürzte in den Schnee. Als ihr verletztes Bein den Boden berührte, jagte feuriger Schmerz durch ihren Körper. Die Krücken drückten in ihr Kreuz. »Chris!«, rief sie verzweifelt. »Chris! Hilf mir!«

Chris rutschte mit dem Snowmobil auf die Straße zurück und schaffte es, die Maschine wieder aufzurichten und anzuhalten. Dann rannte er zu Allie. Besorgt beugte er sich über sie. »Tut mir leid, Allie«, sagte er. »Das wollte ich nicht. Blutest du? Bist du verletzt?«

Sie berührte vorsichtig die Wunde unter ihrer notdürftig genähten Hose und verzog die Lippen. »Kann sein, dass es ein bisschen blutet ... nicht schlimm.« Sie ließ sich von ihm hochziehen und blieb auf einem Bein in seinen Armen stehen. »Es geht schon wieder ... viel schlimmer ist, dass ich die Krücken ins Kreuz bekam.« Sie humpelte neben ihm zum Snowmobil zurück, und er half ihr in den Sattel. Der Schmerz ließ langsam wieder nach. »Was war das für ein Schrei?«, fragte sie verwundert. »Der Wendigo?«

»Keine Ahnung ... der Wendigo klingt anders.«

»Es klang so ... so verzweifelt.«

Auch Chris war nervös, als er wieder auf das Snowmobil stieg und langsam anfuhr. Mit eingeschaltetem Scheinwerfer bog er um die nächste Biegung und dann wieder nach links. Allies Bein schmerzte immer noch, doch sie ließ sich nichts anmerken und biss die Zähne zusammen. Zum Glück war die Straße einigermaßen eben. Die Sonne kam jetzt genau von vorn und blendete sie so stark, dass sie die Augen zusammenkneifen mussten.

Sie waren noch keine Viertelmeile gefahren, als sich der Schrei wiederholte und noch lauter und verzweifelter über die verschneiten Hänge drang. Gleich darauf war ein schräges Trompetensignal zu hören. Es kam von vorn.

Chris drehte sich zu Allie um. »Das ist Toby. Der seltsame Alte. Er denkt, der Wendigo wäre ein Außerirdischer.«

»Und warum schreit er dann so?«

»Keine Ahnung ... vielleicht haben ihn die Aliens in der Mangel.« Er fuhr schweigend weiter und bremste hinter einer Biegung, als sie den Alten abseits der Straße durch den Schnee waten sahen. »Toby Brennan«, sagte Chris, »er hat jede Star-Trek-Folge mindestens zweimal gesehen.«

Mit seinen abstehenden weißen Haaren und dem zerfledderten Mantel sah Toby wie ein zerstreuter Professor aus einer Comedy-Serie aus. Er schien Allie und Chris gar nicht zu bemerken, stapfte durch den Schnee, stieß wilde Schreie aus, als hinge er an einem Marterpfahl, und blies mit voller Kraft in seine Trompete. Sein Gesicht hielt er in die hellen Sonnenstrahlen. Als würde er nur darauf warten, dass ein außerirdisches Raumschiff mit dem Wendigo an Bord vor seinen Augen landete. »Warte hier«, sagte Chris. »Ich rede ihm mal ins Gewissen. Wenn er so weitermacht, handelt er sich nämlich Ärger ein. Der Sheriff beobachtet ihn schon seit einiger Zeit.«

Chris parkte das Snowmobil und ging auf den verwirrten Alten zu. Allie dachte nicht daran zu warten, nahm die Krücken vom Rücken und folgte ihm. Vor der Böschung blieb sie widerwillig stehen. Jetzt schmerzten auch die Prellungen an den Rippen wieder. Sie atmete ein paarmal tief durch und schwor sich, sobald wie möglich bei der Ärztin vorzusprechen.

Toby schien nicht überrascht, sie zu sehen. »Hab ich's nicht immer gesagt? Die Außerirdischen sind hier. Sie sind gekommen, um unsere Mädchen und Frauen zu holen, und wenn wir Pech haben, nehmen sie uns alle mit. Diesmal geben sie sich nicht mit einem Opfer zufrieden.« Er blies in seine Trompete und entlockte ihr einen scheppernden Ton.

»Beruhigen Sie sich, Toby«, rief Chris ihm zu. »Sie kennen mich doch! Wir haben uns schon öfter in *Jimmy's Grill* gesehen. Seien Sie vernünftig, Toby! Das ist kein Raumschiff. Das ist nur die Sonne, die durch ein Loch in den Wolken scheint. Kein Grund, die Nerven zu verlieren.«

Toby ließ die Hand mit der Trompete sinken und blickte Chris verstört an. »Du meinst, das ist gar kein Raumschiff? Das ist nur die Sonne?« Er blinzelte in das grelle Licht und schüttelte den Kopf. »Aber ich kann es deutlich sehen. Der dunkle Schatten. Siehst du ihn denn nicht? Das ist ein Raumschiff, ein verdammtes Raumschiff!«

»Toby!«, versuchte es Chris noch einmal.

Der nervöse Klang einer Polizeisirene erfüllte die Luft. Allie blickte die Straße hinab und sah einen Streifenwagen mit Blaulicht näherkommen. Der Sheriff. Er fuhr bis dicht vor ihr Snowmobil, stieg aus und blickte Allie an. »Sie schon wieder. Schon seltsam, immer, wenn es irgendwo Ärger gibt, sind Sie dabei.« Er stieg über die Böschung und stapfte leise fluchend durch den Schnee. Chris beachtete er kaum. »Hey, Toby!«, rief er. »Spielst du schon wieder verrückt? Was schreist du hier rum? Den Krach, den du hier veranstaltest, hört man bis in die Stadt.«

»Sie kommen!«, zischte Toby dem Sheriff zu. »Sehen Sie die grellen Lichter am Himmel? Das ist ihr Raumschiff. Sie brechen schon durch die Wolken. Diesmal holen sie uns alle, Sheriff. Der Wendigo ist ein verdammter Außerirdischer, wie ich immer gesagt habe. Aber vielleicht kann ich sie vertreiben …« Er setzte erneut die Trompete an, blies einmal kräftig hinein, dann schlug sie ihm der Sheriff aus der Hand. »Was machen Sie da, Sheriff? Warum tun Sie das? Stecken Sie etwa mit dem Wendigo unter einer Decke?«

»Komm, Toby!«, redete der Sheriff auf ihn ein. »Wir fahren in mein Büro und trinken erst mal einen Kaffee. Hier sind keine Außerirdischen, Toby, glaub mir.«

»Sie begehen einen großen Fehler, Sheriff! Jetzt gibt es keinen mehr, der die Außerirdischen aufhalten kann. Spirit Lake ist verloren … es ist vorbei.«

»Nun komm schon.« Der Sheriff führte ihn zu seinem Wagen und half ihm auf die Rückbank. »Und ich will keinen Mucks mehr von dir hören, verstanden?« Er schlug die Tür zu und fluchte leise in sich hinein.

Vor Allie blieb er stehen, zog die unvermeidliche Tüte mit den Schokolinsen aus der Tasche und stopfte sich einige in den Mund. »Was suchen Sie hier draußen, Miss?«, fragte er kauend. »Ich dachte, Ihnen gehört der Drugstore. Wann sperren Sie endlich auf? Oder haben Sie so viel Geld, dass Sie nicht arbeiten müssen?«

»Ich bin verletzt«, antwortete sie und blickte an sich hinunter. »Ich lag zwei Tage im Bett.« Sie überlegte, ob sie dem Sheriff von den Frauen in der Höhle erzählen sollte, und entschied sich dagegen, aus welchem Grund auch immer. »Ich bin gestürzt. Morgen oder übermorgen hat der Drugstore wieder auf.«

Der Sheriff wies mit dem Kopf auf Chris. »Sie hängen mit ihm rum?«

»Chris ist ein guter Freund.«

»Ein Indianer.« Er zerbiss eine rote Schokopastille. »Weiße Frauen und Indianer, das bedeutet meist Ärger. Indianer vertragen keinen Alkohol, die drehen schon nach ein, zwei Bieren durch, und manche schlagen ihre Frauen.«

»Chris schlägt gewiss keine Frauen.«

»Das sagen alle, und wenn sie's doch tun, ist es zu spät.«

Allie warf einen flehentlichen Blick auf Chris, der die Trompete des Alten aufhob und sie scheinbar angestrengt betrachtete. Er ahnte wohl, über was der Sheriff mit ihr redete, und wollte nicht zusätzlich Öl ins Feuer gießen. Sie war weniger zurückhaltend. »Sind Indianer etwa keine Menschen?«, fuhr sie den Sheriff an. »Drehen manche weiße Männer nicht auch nach ein paar Bieren durch? Und schlagen sie nicht auch ihre Frauen? Das sind doch Vorurteile.«

»Ich bin kein Rassist, wenn Sie das meinen, aber die Anishinabe haben uns den Wendigo gebracht, und wir haben den ganzen Ärger.«

»Unsinn.« Allie geriet nun richtig in Fahrt. »Seit wann fürchtet sich ein Sheriff vor einem Fabelwesen? Da steckt doch was anderes dahinter. Warum unternehmen Sie denn nichts? Warum rufen Sie nicht das FBI an? Hier werden jeden Winter junge Frauen entführt!«

»Sie brauchen mir nicht zu erklären, wie ich meine Arbeit machen muss, Miss. Wir gehen jeder Spur nach, und natürlich haben wir auch das FBI informiert. Es gibt keinen Beweis dafür, dass diese Mädchen und Frauen tatsächlich entführt wurden.«

»Aber Sie rücken lieber der armen Wendy und dem alten Toby auf den Pelz. Als ob die beiden irgendjemandem was zuleide tun könnten.« Allie war nicht mehr zu bremsen. »Und noch was, Sheriff. Aus irgendeinem Grund komme ich nicht aus der Stadt raus. Zuerst diese blöde Umleitung durch den Wald und dann der Unfall … als wollte mich jemand daran hindern, die Stadt zu verlassen. Was geht hier vor, Sheriff?«

Der Sheriff steckte die Tüte weg und kehrte zu seinem Wagen zurück. »Passen Sie gut auf sich auf, Miss«, warnte er sie, »der Wendigo ist überall.«

22

Zu Hause wusch sich Allie, so gut es mit der Wunde ging, und wechselte die Kleidung. Sie brauchte beinahe zehn Minuten, um ihre weitesten Jeans über das verletzte Bein zu ziehen, und biss die Zähne zusammen, als sie sich nach vorn beugen musste, um ihre Schuhe zuzuschnüren.

Nachdem sie ein paarmal kräftig durchgeatmet und sich einen Kaffee mit viel Milch und Zucker gegönnt hatte, ging es ihr schon wesentlich besser. Sie hätte Chris gerne noch dabehalten, aber die Sorge um ihren Vater war groß, und sie wollte ihn nicht länger warten lassen. Sie klebte einen Zettel mit der Aufschrift *Wegen Krankheit geschlossen* ins Türfenster, schlüpfte in den Anorak und humpelte zu ihrem Wagen. Es kostete sie einige Anstrengung, die Krücken auf den Beifahrersitz zu werfen und einzusteigen.

So schnell es ihre Verletzungen erlaubten, fuhr Allie zum Krankenhaus hinauf. Zum Glück brauchte sie nur ihr rechtes Bein zum Fahren, sonst hätte sie wohl ein Taxi nehmen müssen. Sie hielt auf einem Behindertenparkplatz, nur wenige Schritte vom Haupteingang entfernt, und humpelte durch die Eingangshalle.

Im zweiten Stock arbeitete sie sich zum Krankenzimmer ihres Vaters vor. Ohne Blumen, ohne ein Mitbringsel, daran hatte sie in der Eile gar nicht gedacht. Sie humpelte an der Schwesternstation vorbei, ignorierte den Ruf einer älteren Schwester, klopfte an die Tür des Krankenzimmers und trat leise ein.

Die Ärztin war gerade dabei, ihren Vater zu untersuchen, und wirkte seltsam verlegen, als Allie das Zimmer betrat. »Allie!«, rief ihr Vater, und Sheila Griffin beeilte sich zu sagen: »Wir hatten uns schon Sorgen gemacht. Wo waren Sie denn die ganze Zeit?« Sie strich sich mit einer verlegenen Geste über die Haare, kam um das Bett herum und blieb verwundert stehen, als sie die Krücken sah. »Was ist denn mit Ihnen passiert?«

Allie humpelte zu ihrem Vater und umarmte ihn vorsichtig. Er hing immer noch am Tropf. »Eine Pfeilwunde«, gestand sie der Ärztin. Sie hätte die Wahrheit sowieso herausbekommen. »Am Oberschenkel. Jeremiah Lone Eagle hat sie verarztet.«

»Eine Pfeilwunde?«, fragten Sheila und ihr Vater gleichzeitig.

Die Ärztin führte Allie zu dem zweiten Bett und half ihr hinauf. Mit geschickten Händen zog sie ihr die Jeans von den Beinen. »Das verheilt prächtig«, sagte sie, nachdem sie den Verband gelöst und die Wunde untersucht hatte. »Ich hätte es nicht besser machen können. Ein Medizinmann hat die Wunde verarztet, sagen Sie?« Und als Allie nickte: »Dann muss ich meine Meinung über diese Leute wohl revidieren.« Sie säuberte die Wunde gründlich, desinfizierte sie und legte einen neuen Verband an. »Ich verschreibe Ihnen Schmerztabletten … für alle Fälle. Aber das Schlimmste haben Sie wohl überstanden.« Sie befestigte den Mull. »Sie hatten Glück. Der Pfeil steckte nicht besonders tief.«

Allie setzte sich auf und zog vorsichtig die Hose hoch. »Und du, Dad? Anscheinend geht es dir wieder besser. Du siehst nicht mehr ganz so blass aus. Sag bloß, Dr. Griffin hat dir ein Zaubermittel gegeben?«

»So kann man's auch nennen«, erwiderte er fröhlich. »Und Antibiotika, die ich anscheinend besser vertrage.« Er blickte die Ärztin lachend an. »Jetzt kann es sich nur noch um Wochen handeln, bis ich wieder anständig laufen kann.« Seine Fröhlichkeit verschwand. »Und hab ich das richtig gehört? Man hat mit einem Pfeil auf dich geschossen?«

Allie überlegte, ob sie den beiden die Wahrheit berichten sollte, und druckste lange herum. Erst als ihr Vater noch einmal fragte, gab sie sich einen Ruck. »Ich hab dir doch von dem Wendigo erzählt«, begann sie vorsichtig.

»Dem Ungeheuer? Diesem Fabelwesen, das hübsche Mädchen und Frauen verspeisen soll? Die ganze Stadt scheint davon besessen zu sein. Die Nachtschwester hatte sogar Angst, allein nach Hause zu gehen.« Er stützte sich auf den Ellbogen und blickte seine Tochter ungläubig an. »Glaubst du etwa auch an dieses Monster?«

»Nicht wirklich«, sagte sie, »aber ich hab einige seltsame Dinge erlebt. Von dem Unfall mit dem Lieferwagen hat dir Dr. Griffin sicher schon erzählt.«

»Ich dachte, das war kaum der Rede wert.«

Allie nahm an, dass die Ärztin den Unfall heruntergespielt hatte, um ihren Vater während der kritischen Stunden nicht zu belasten. »Nur ein paar Prellungen«, beruhigte sie ihn. Sie wechselte einen raschen Blick mit Sheila. »Aber es macht fast den Anschein, als käme man aus dieser Stadt nie mehr heraus.«

»Das bildest du dir ein.«

»Vielleicht, obwohl mir hier einiges sehr seltsam vorkommt. Alle Leute haben Angst vor dem Wendigo, und Jeremiah Lone Eagle war sicher, dass ...«

»Jeremiah Lone Eagle?«

»Der Medizinmann, der mich verarztet hat. Chris' Großvater. Chris ist sein Enkel, ein Halbindianer, ein junger Mann, der ...« Jetzt stieg ihr das Blut ins Gesicht. »Er hat mir geholfen, Dad. Er ist sehr nett und ...« Sie brach wieder ab und ordnete ihre Gedanken. »Sein Großvater glaubt, dass mich der Wendigo in einen Blizzard lockte, als ich mit Chris auf dem See war, und mich zu den Frauen in der Höhle trieb.« Sie berichtete von ihrer Begegnung mit den »Aufrechten« und dass die jungen Frauen sie dem Wendigo opfern wollten. »Eine der Frauen ist Bogenschützin. Sie jagte mir einen Pfeil in den Oberschenkel und ließ mich in der Kälte liegen. Wenn Chris mich nicht gefunden hätte ...« Sie atmete einmal tief durch. »Ich weiß, das klingt alles sehr abenteuerlich ...«

»Frauen, die sich in einer Höhle versteckt halten und dem Wendigo unschuldige Menschen zum Fraß vorwerfen? Aber das ist doch unglaublich, das kann nicht sein, Allie. Bist du sicher, dass diese Frau mit Absicht geschossen hat?«

»Sie hat es mir selbst gesagt. Und ich war nicht ihr erstes Opfer.«

»Sie haben schon jemanden geopfert?«

»Eine gewisse Eve. Vor zwei Wochen.« Sie blickte Dr. Griffin fragend an.

Mit gerunzelter Stirn erwiderte die Ärztin: »Eve Walcott ... sie verschwand vor einigen Wochen, das stimmt. Soweit ich weiß, leben ihre Eltern in den Twin Cities, deshalb nahm jeder an, sie wäre zu ihnen gefahren. Der Sheriff hat wohl versucht, sie anzurufen, sie aber nicht erreicht.« Sie blickte Allie kopfschüttelnd an. »Und diese »Aufrechten« sollen sie dem Wendigo geopfert haben?«

»Diese Frauen kennen keine Gnade, Sheila. Wenn Sie mich fragen, haben sie den Verstand verloren. Sie leben wie Kriegerfrauen, wie Amazonen, und glauben tatsächlich, dass sie den Wendigo mit Opfergaben aufhalten können.«

»Das kann nicht sein«, sagte Allies Vater. »Du *musst* dich irren.«

Allie wollte aufbegehren, wurde jedoch durch die Ärztin gebremst, die sich neben sie setzte und ihr einen Arm um die Schultern legte. »Hören Sie mal, Allie«, begann sie. »Sie haben das alles erlebt und gesehen, das glaube ich Ihnen. Aber Sie halten Ihre Erlebnisse auch für ... wie haben Sie es genannt? Abenteuerlich. Kein Wunder. Ein Fabelwesen, das junge Frauen raubt und verspeist, eine Stadt, aus der man nicht hinausfahren kann, fünf Frauen in einer Höhle, die dem Wendigo alle paar Wochen ein Menschenopfer vorwerfen ... das klingt tatsächlich sehr abenteuerlich. Ich sage nicht, dass Sie fantasieren, Allie. Das würde ich mir nie erlauben. Aber ich bin Medizinerin und weiß, wie sehr sich dramatische Ereignisse auf die Psyche eines Menschen auswirken können. Zum Beispiel ein Flugzeugabsturz. Oft Monate später spielt das Gehirn nach einer solchen Erfahrung noch verrückt und gaukelt einem Dinge vor, die gar nicht geschehen sind. Und die Träume sind oft so plastisch und real, dass man sie von der Wirklichkeit kaum noch unterscheiden kann. Natürlich sind Sie durch einen Pfeil verletzt worden, das streite ich gar nicht ab, aber es könnte gut sein, dass die Bogenfrau auf der Jagd war und Sie nur zufällig getroffen hat. Genauso könnte es mit den anderen Erlebnissen sein.« Sie drückte Allie fester an sich und lächelte ihr aufmunternd zu. »Was Sie jetzt brauchen, ist vor allem Ruhe. Schließen Sie den Laden ab und erholen Sie sich. Sie werden sehen, in ein paar Tagen sieht die Welt schon anders aus.«

»Meinen Sie?« Allie zweifelte einmal mehr an ihrer eigenen Wahrnehmung, schon deshalb, weil wirklich alles so unwahrscheinlich und abwegig klang. Sie entspannte sich seufzend. »Vielleicht haben Sie recht. Es war alles ein wenig viel in den vergangenen Tagen.«

»Na also«, erwiderte die Ärztin, »so gefallen Sie mir schon besser.« Sie stand auf und lächelte beiden zu. »Was meint ihr? Sollten wir nicht langsam etwas weniger förmlich sein? Ich bin Sheila.« Ihr Lächeln verstärkte sich. »Bob ... Allie ... jetzt lasse ich euch besser mal allein. Ich sehe nachher noch mal nach dir ... Bob. Bleib im Bett, okay?«

»Zu Befehl, Doc«, erwiderte er grinsend.

Allie wartete, bis die Ärztin gegangen war, und humpelte ans Bett ihres Vaters. Sie schob eine Haarsträhne aus ihrem Gesicht und setzte sich auf die Bettkante. Der Wendigo und alle anderen Störenfriede waren ihr plötzlich egal. »Und dir geht es wirklich gut?«, fragte sie, glücklich darüber, ihn so munter anzutreffen. »So wie es aussieht, hast du das Schlimmste bereits hinter dir.«

»Stimmt«, antwortete er, »ich bekomme auch eine erstklassige Behandlung. Die Infektion ist so gut wie überstanden, und Fieber hab ich auch keins mehr. Sheila hofft, dass sie mich in etwa zwei Wochen entlassen kann.«

»Gott sei Dank!« Allie war erleichtert. »Du magst Sheila, nicht wahr?«

»Ich mag sie sogar sehr. Sie ist eine wunderbare Frau. Natürlich stürzt alles ein bisschen plötzlich auf mich herein, und ich fühle mich auch ein wenig schuldig wegen Mom. Nach ihrem Tod hatte ich mir geschworen, keine Frau mehr in mein Leben zu lassen.«

»Du brauchst kein schlechtes Gewissen zu haben, Dad. Wenn Mom uns zusehen kann, hat sie bestimmt nichts dagegen.« Sie griff nach seiner linken Hand und drückte sie liebevoll. »Du tust bestimmt das Richtige.«

»Sheila ist ganz anders als Mom.«

»Sie ist eine nette Frau … und sie passt zu dir.«

Er lächelte zufrieden. »Und du? Wer ist dieser Chris?«

»Der netteste junge Mann, den ich jemals kennengelernt habe«, erwiderte sie strahlend. »Ich weiß, das klingt ein bisschen platt und fantasielos, aber so ist es tatsächlich. Er hat mir schon ein paarmal aus der Patsche geholfen und war immer in der Nähe, wenn er gebraucht wurde. Und …« Sie überlegte, wie sie es am besten ausdrücken sollte, und dann sprudelte es aus ihr heraus: »Ich glaube, ich habe mich in ihn verliebt, Dad. Ich hätte auch nicht gedacht, dass ich in diesem seltsamen Kaff gleich jemand kennenlerne, es kommt mir fast wie ein Wunder vor, aber so ist es tatsächlich.« Sie erschrak über ihre eigenen Worte. »Jetzt klinge ich schon wie die Frau in einem Kitschroman.«

»Wir klingen alle etwas seltsam, wenn wir verliebt sind.« Ihr Vater schmunzelte. »Erzähl mir mehr von Chris. Er lebt bei seinem Großvater?«

Allie fiel es nicht schwer, über Chris zu berichten.

Als eine Krankenschwester erschien, um bei ihrem Vater den Verband und die Infusion zu überprüfen, verabschiedete sich Allie von ihm. »Erhol dich gut, Dad.« Sie ließ die Schwester an sich vorbei und ging zur Tür. »Ruf an, wenn du mich brauchst, ja? Ich kümmere mich inzwischen um den Laden. Bis morgen.«

Sie verließ das Krankenzimmer und ging durch den langen Flur zum Aufzug. Ein Pfleger grüßte sie freundlich, als er an ihr vorbeiging. Sie schaffte nur ein schwaches Kopfnicken, denn sie fragte sich, ob es sich tatsächlich so verhielt, wie Sheila vermutete. Hatte die Bruchlandung sie so stark mitgenommen, dass sie schon Trugbildern erlag und Gespenster sah? War Jessica eine Jägerin, die sie mit einem Tier verwechselt und nur aus Versehen mit einem Pfeil verwundet hatte? Aber warum war sie dann nicht bei ihr geblieben oder hatte Hilfe geholt?

Allie stieg in den Aufzug und fuhr ins Parterre hinunter. Immer noch in Gedanken verließ sie die Kabine und blieb abrupt stehen, als sie den schwarzen Geländewagen in der Einfahrt stehen sah und nur einen Moment später beobachtete, wie die beiden schwarz gekleideten Männer am Ende der Eingangshalle durch eine doppelte Glastür verschwanden. Sie folgte ihnen, blieb jedoch nach wenigen Schritten stehen und hielt es plötzlich für keine gute Idee mehr, ihnen nachzuspionieren. Sie ging zur Rezeption und fragte die Angestellte, die gerade damit beschäftigt war, ihre Nägel zu feilen: »Entschuldigen Sie, können Sie mir sagen, wer die beiden Männer waren?«

»Was für Männer?«, erwiderte die Angestellte. »Bei mir war niemand.«

»Sie sind dort reingegangen.« Allie deutete auf die Glastür.

»Keine Ahnung, Miss. Tut mir leid.«

Allie wandte sich ab und blieb erneut stehen, als sie Sheila durch dieselbe Glastür kommen sah. Die Ärztin schien nicht damit gerechnet zu haben, ihr hier zu begegnen, und lenkte ihre Schritte erstaunt in ihre Richtung.

»Allie! Du bist noch hier?«

»Die beiden schwarz gekleideten Männer, von denen hier jeder spricht …« Allie kam gleich zur Sache. Sie sprach mit gedämpfter Stimme. »Die Handlanger des Wendigo, die vor ein paar Tagen versucht haben, die kleine Melissa zu entführen … sie sind gerade durch die Tür dort gegangen.« Sie wies auf die doppelte Glastür. »Bist du ihnen nicht begegnet? Die Männer sind gefährlich!«

»Zwei schwarz gekleidete Männer?« Die Ärztin schien ernsthaft zu überlegen und schüttelte den Kopf. »Habe ich nicht gesehen. Könnte sein, dass sie die Treppe zur Pathologie genommen haben.« Sie lächelte plötzlich. »Ich glaube, du bildest dir wirklich etwas ein, Allie. Das waren sicher die Herren vom Bestattungsinstitut. Die kommen öfter, so ist das nun mal in einem Krankenhaus. Wir können nicht alle Leben retten.« Sie legte ihr eine Hand auf die Schultern und gab sich fürsorglich. »Geh nach Hause, Allie, und versuche, ein paar Stunden zu schlafen. Gönn dir ein wenig Ruhe.«

Allie gab sich geschlagen und verließ das Krankenhaus. In der Einfahrt schaute sie den Geländewagen etwas genauer an. Ein vollkommen anderes Modell als der Wagen, dem sie in der Wildnis begegnet war. Auf den schwarzen Türen stand die Adresse eines Bestattungsunternehmens.

Beschämt darüber, sich gegenüber Sheila zur Närrin gemacht zu haben, stieg Allie in ihren SUV und fuhr nach Hause. Der Himmel hatte sich wieder bezogen und die Sonne, in der Toby ein Raumschiff vermutet hatte, endgültig zurückgedrängt. Vereinzelte Schneeflocken tanzten vor der Windschutzscheibe. Obwohl es gerade erst Mittag war, fuhren alle Wagen mit eingeschalteten Scheinwerfern, und das Logo des Supermarkts leuchtete in sattem Neonrot. Der Neuschnee ließ die Stadt sauberer aussehen, als sie wirklich war, tarnte auch den Schrottplatz jenseits der Straße.

Immer noch von dem bedrückenden Gefühl geplagt, sie könnte sich alles nur eingebildet haben, parkte sie vor dem Drugstore und stieg aus. Ein seltsames Gefühl beschlich sie, als sie ihr Haus durch den Seiteneingang betrat. Sie stieg in den ersten Stock hinauf, blieb jedoch auf der obersten Stufe stehen, weil sie das Gefühl hatte, ein verdächtiges Geräusch gehört zu haben. Im selben Augenblick war ihr aber schon klar, dass nur die automatische Heizung angesprungen war. Es sah ganz so aus, als bräuchte sie tatsächlich mal ein paar Tage Ruhe. Das Schild in der Ladentür hängen lassen und im Bett liegen bleiben, Musik hören, lesen oder fernsehen.

Sie ging in die Küche und machte sich ein Sandwich, dick belegt mit Schinken, Käse und Tomaten, ging damit ins Wohnzimmer und klappte den Laptop auf. Nachdem sie ihn hochgefahren hatte, gab sie den Namen des Krankenhauses bei Google ein und erhielt auch diesmal keinen Treffer. Sie versuchte es mit dem Namen des Bestattungsunternehmens, wieder vergeblich. Selbst den Namen von Chris gab sie ein und las wieder das ominöse »Keine Treffer«. Sie klappte den Laptop zu, aß den Rest von ihrem Sandwich und trug den Teller in die Küche. »Das bilde ich mir doch nicht einfach ein«, sagte sie halblaut vor sich hin.

Ihr Smartphone meldete sich, das piepsende Signal für eine Nachricht. Eine SMS? Von Chris? Von ihrem Vater? Sie drückte auf das Symbol und traute ihren Augen nicht, als sie etwas las, das ihr den Atem verschlug. Nach einer kurzen Schrecksekunde las sie die Message noch mal: »Du-weißt-schon ist online. McFinn.«

Hinter »McFinn« konnte sich nur ihre Freundin Evelyn Snyder verbergen. Sie hatte ein Computerspiel entworfen und wollte einen der Charaktere »McFinn« nennen, zu Ehren ihres Bruders, der sich für den gleichnamigen obskuren Helden eines längst vergessenen Italo-Western begeisterte. Und »Du-weißt-schon« konnte nur für *Comancheria* stehen, den streng geheimen Titel ihres geplanten Spiels, den nur sie beide kannten. Nicht einmal die Spielefirma, an die Evelyn das Spiel verkaufen wollte, kannte ihn.

Sie gab www.comancheria.com ein, erhielt keine Reaktion, versuchte es mit zahlreichen anderen Kombinationen, die ebenso wenig funktionierten, bis sie sich an einen Scherz ihrer Freundin erinnerte. »Who the fuck is Commander Evil?«, hatte sie jedes Mal gerufen, wenn sie den Oberbösewicht mit ihrem virtuellen Gatling-Gewehr in ein Sieb verwandelt hatte. Sie gab den Titel mit und ohne Bindestriche in den Computer ein, erreichte wieder nichts und zuckte vor Schreck zusammen, als sie Schritte auf der Hintertreppe hörte.

23

Allie war unfähig, sich zu bewegen. Sie blieb wie versteinert auf ihrem Bürostuhl sitzen und starrte auf die verschlossene Tür. Jemand stieg über die steile Hintertreppe zu ihrer Wohnung hinauf. Ohne zu klingeln oder anzuklopfen hatte er ihren Hausflur betreten. Seine Schritte waren langsam und von langen Pausen unterbrochen, als wäre dieser Jemand verletzt oder schlecht zu Fuß.

Sie griff nach einer ihrer Krücken, um wenigstens eine halbwegs brauchbare Waffe in den Händen zu halten, und beobachtete mit steigendem Puls, wie sich der Drehknopf bewegte und die Tür aufgestoßen wurde.

Eine junge Frau, eigentlich noch ein Mädchen, stolperte in den Raum und hielt sich an einer Sessellehne fest. Ihre zerzausten Locken fielen bis auf den pinkfarbenen Anorak herab, ihr Gesicht war kreidebleich, die Augen unnatürlich geweitet. Wie bei einem Menschen, der gerade einer Katastrophe entkommen war, einem Erdbeben, einem Massaker, einer Flutwelle. Oder vier Frauen, die beschlossen hatten, sie dem Wendigo zu opfern.

»Carol!«, rief Allie entsetzt.

Das Mädchen aus der Höhle ... Kimberlys Schwester. Sie war es tatsächlich. Durchgefroren und mit blutigen Striemen im Gesicht. Der Anorak an einer Seite eingerissen, die Jeans zerfetzt, die Haare voller Tannennadeln und Kletten. Ein verzweifeltes Mädchen, das anscheinend der Hölle nur knapp entronnen war.

Allie humpelte auf das Mädchen zu und nahm es in die Arme. »Carol! Mein Gott, Carol! Wo kommst du denn her?« Eine dumme Frage, denn wo sollte sie schon herkommen? Aus der Höhle, dem Versteck der »Aufrechten«. Aus irgendeinem Grund war sie den anderen davongelaufen.

Carol klammerte sich wie eine Ertrinkende an sie und begann zu schluchzen. Zuerst nur zaghaft, als wüsste sie nicht genau, ob sie das rettende Ufer schon erreicht hatte, dann immer lauter und verzweifelter und so heftig, dass es ihren ganzen Körper schüttelte. Allie wartete geduldig, streichelte ihr beruhigend über den Kopf und murmelte tröstende Worte: »Du bist in Sicherheit, Carol! Du brauchst keine Angst mehr zu haben. Es wird alles gut.«

Sie wartete, bis Carol sich einigermaßen beruhigt hatte, und setzte sie vorsichtig auf den Sessel. »Ich mach dir erst mal einen heißen Tee«, sagte sie. »Hast du Hunger? Wie wär's mit einem Sandwich oder Eiern mit Speck?«

Carol antwortete nicht und schniefte leise vor sich hin. Allie wollte sie nicht drängen. »Ich bin gleich wieder da«, versprach sie lächelnd. Sie humpelte in die Küche und kehrte wenig später mit einem Schinken-Käse-Sandwich und einem Becher heißen Tee ins Wohnzimmer zurück. »Das gibt Kraft«, munterte Allie sie auf, »ich bin bekannt für meine erstklassigen Sandwiches.«

Carol ergriff den Becher mit beiden Händen und nippte vorsichtig daran. Ein zweiter und ein dritter Schluck, und sie schien sich schon wesentlich besser zu fühlen. Das Sandwich rührte sie nicht an. »Danke, Allie«, kam es schließlich zaghaft über ihre Lippen. Nach einem weiteren Schluck sagte sie: »Sie ... sie haben herausbekommen, dass du ... dass du entkommen bist.« Sie sprach so leise, dass Allie sich auf die Sessellehne setzen musste, um sie zu verstehen. »Sie gaben Jessica die Schuld ... sie hätte dich nicht ... nicht ernsthaft genug verletzt. Es kam zu einem heftigen Streit. Sie brauchten ... ein anderes Opfer.«

»Jessica hatte Gewissensbisse und schoss mir ins Bein«, sagte Allie. Sie strich über die Wunde an ihrem Oberschenkel. »Aber ich wäre auch so gestorben, wenn Chris – ein guter Freund – mich nicht gefunden hätte.« Sie blickte das verstörte Mädchen an, das sich mit beiden Händen an ihrem Becher festzuhalten schien und es nicht fertigbrachte, ihr ins Gesicht zu blicken. »Sie wollten dich opfern? Aber du bist Kimberlys Schwester. Sie hätte es bestimmt niemals zugelassen. Ich habe selbst gehört, wie sie Betty gewarnt hat, sich an dir zu vergreifen. Du und Sandra ... ihr wart tabu.«

Carol starrte in ihren Teebecher. »Nicht, wenn man kein anderes Opfer hat. Als uns klar wurde, dass du dem Wendigo ... dass du ihm entkommen warst, drehten alle durch, und plötzlich war auch ... auch Kimberly dafür, mich zu opfern. Ausgerechnet Kimberly.« Sie begann wieder verzweifelt zu weinen und fand erst nach einer ganzen Weile die Kraft, weiterzusprechen. »Ich wäre die Jüngste und sähe wie eine Prinzessin aus, sagten sie, und so eine würde der Wendigo am liebsten ...« Sie hob den Kopf und richtete den Blick zum ersten Mal auf Allie. Ihre blauen Augen waren rot vom Weinen. »Sie schlugen mich bewusstlos, Allie. Und als ich aufwachte, lag ich im Schnee, nur ein paar Schritte von der Hauptstraße entfernt. Jessica hatte mir keinen Pfeil in den Bauch geschossen … sie hatte überhaupt nicht geschossen und mich so nahe bei der Stadt liegen lassen, dass ich … ich ohne fremde Hilfe herlaufen konnte. Ich wusste, dass du in *Miller's Drugstore* arbeitest und … Ich musste doch irgendwohin. Du bist mir doch nicht böse, Allie?«

»Warum sollte ich?«, erwiderte Allie. »Ich bin froh, dass du lebst.«

»Ich weiß nicht, ob ich wirklich lebe.«

»Natürlich lebst du.« Allie schob ihr den Teller mit dem Sandwich hin. »Sobald du geduscht und dich ein bisschen landfein gemacht hast, bringe ich dich ins Krankenhaus. Ich kenne da eine Ärztin, die kümmert sich um dich.« Sie streckte ihr verletztes Bein aus. »Wohnen deine Eltern auch hier?«

»Ich will nicht zu meinen Eltern zurück.« Es klang trotzig.

»Warum nicht?«

»Sie wollen mich nicht mehr.«

»Das bildest du dir sicher ein.«

Carol schüttelte den Kopf. »Ich weiß es. Sie wollten mich noch nie. Weder Kimberly noch mich. Am liebsten hätten sie uns weggegeben.«

»Und warum?«

»Sie wollten unbedingt einen Sohn. Vor allem mein Vater. Wir mussten uns die Haare kurz schneiden und uns anziehen wie Jungen, schießen lernen, Baseball spielen … alles, was Jungen so machen. Wenn wir nicht spurten, gab es Prügel. Wir hielten lange durch, auch wegen unserer Mutter, aber als Kimberly alt genug war, um …« Sie ließ den Satz unvollendet. »Irgendwann wurde es Kimberly zu bunt, und sie verschwand. Wir dachten, der Wendigo hätte sie geholt.«

»Und du? Bist ihr nachgerannt?«

Carol hob den Kopf und senkte ihn wieder. »Ich wollte sie retten und … und lief ihr direkt in die Arme. Ich konnte doch nicht wissen, was sie da draußen tut. Ich … ich wollte nicht, dass sie Eve opfern.«

Carol hatte wieder zu weinen begonnen, und Allie sagte: »Der Sheriff wird sich um die ›Aufrechten‹ kümmern.« Sie hatte längst beschlossen, DeGraff die Wahrheit zu erzählen, machte sich sogar Vorwürfe, ihn nicht früher über die »Amazonen« informiert zu haben. Es brachte nichts, sie zu beschützen, sie hatten längst den Bezug zur Wirklichkeit verloren und würden immer weiter morden. »Wahrscheinlich wird man sie in eine psychiatrische Klinik einweisen. Der Wendigo hat ihnen den Verstand geraubt.«

»Sie kommen nicht ins Gefängnis?«

»Glaube ich nicht.« Sie blickte auf das Sandwich. »So, und jetzt iss was. Dann kommst du wieder zu Kräften, und die Welt sieht gleich ganz anders aus.« Allie merkte, wie unsicher Carol war. »Ich bringe dich zu Dr. Griffin ins Krankenhaus. Die wird dich erst mal gründlich untersuchen, und wer weiß, vielleicht denken deine Eltern inzwischen ja ganz anders.«

Nachdem Carol zumindest ein paar Bissen von dem Sandwich gegessen hatte, stellte Allie sie unter die Dusche. Sie brachte sie dazu, sich von oben bis unten gründlich zu waschen, und half dabei, ihre Haare zu kämmen. Carol nahm die Unterwäsche, die Allie ihr bereitlegte, gerne an, schlüpfte in ihre Jeans und das Sweatshirt und band ihre Haare zu einem lockeren Pferdeschwanz.

»Jetzt siehst du wirklich wie eine Prinzessin aus«, sagte Allie. »Ich hoffe, du fühlst dich besser.«

Sie verließen das Haus über die Hintertreppe und stiegen ins Auto. Allie ließ die Heizung auf Hochtouren laufen. Carol machte inzwischen einen munteren und gesunden Eindruck, brauchte aber sicher einige Zeit, um sich von dem Schrecken zu erholen. Solche Erlebnisse gingen nicht spurlos an einem vorbei. Sheila würde wissen, wie sie in ihrem Fall vorgehen musste.

Durch leichten Flockenwirbel fuhr Allie zum Krankenhaus hinauf. Sie hielt vor dem Haupteingang, begleitete Carol in die Eingangshalle und fragte am Empfang nach Sheila. Als die Angestellte zögerte, fügte sie hinzu: »Sagen Sie, dass ich mit einem Mädchen aus der Höhle hier bin. Einer *Aufrechten.*«

Das verwirrte die Angestellte noch mehr, aber sie wiederholte ihre Worte und legte ungläubig den Hörer auf, als Sheila sofort zusagte. »Seltsam«, sagte sie, »eigentlich will Dr. Griffin nicht gestört werden, wenn sie im Labor ist.«

Wenige Sekunden später erschien Sheila durch die Glastür. »Allie«, rief sie aufgeregt, »und ich dachte, du hättest dir diese ›Aufrechten‹ nur eingebildet. Tut mir leid, aber hier passieren in letzter Zeit so viele Dinge, dass man sich echt schwertut.«

»Das ist Carol«, sagte Allie. Sie erklärte in ein paar Sätzen, was das Mädchen erlebt hatte, und ergänzte: »Bis auf die paar Schrammen im Gesicht ist sie unverletzt, aber sie hat einiges mitgemacht, und ich dachte, es wäre vielleicht besser, ich bringe sie vorbei. Zu ihren Eltern will sie auf keinen Fall.«

»Und warum nicht?«

»Das soll sie dir selbst erzählen. Du kümmerst dich doch um sie?«

»Natürlich«, sagte Sheila sofort. Sie legte Carol freundschaftlich eine Hand auf die Schulter und blickte sie lächelnd an. »Bei mir bist du in guten Händen. Ich werde dich gründlich untersuchen und dir ein paar Vitamine verabreichen, damit du wieder zu Kräften kommst. Ich denke, dass es gut wäre, wenn wir dich für ein oder zwei Tage hierbehielten.« Sie lächelte immer noch. »Aber ich muss natürlich den Sheriff informieren, sonst würde ich mich strafbar machen. Ich sage ihm, dass du noch Ruhe brauchst, bevor er dich verhören kann. Wenn alles so ist, wie du sagst, brauchst du sowieso keine Angst zu haben.«

»Ich wollte nicht, dass sie Eve opfern«, sagte Carol, »ehrlich nicht.«

»Erzähl das alles dem Sheriff, Carol. Komm, wir gehen.«

Allie blickte den beiden nach und wollte gerade gehen, als ihr ein Gedanke kam. »Sheila!«, rief sie durch die Eingangshalle. Sie humpelte ihr entgegen und blieb ungefähr auf halbem Weg stehen. Sie senkte ihre Stimme so weit, dass sie niemand hören konnte. »Was passiert jetzt mit ihr, Sheila?«

Die Ärztin blickte sich zu Carol um, die geduldig vor dem Aufzug wartete. »Der Sheriff wird sie ein wenig in die Mangel nehmen, aber man wird sie auf keinen Fall anklagen. Und wenn doch, wird man ihr verminderte Schuldfähigkeit zubilligen und sie freisprechen. Was dann kommt, weiß ich nicht. Ich werde mir anhören, was sie zu sagen hat, und mit ihren Eltern sprechen. Mach dir keine Sorgen um sie.«

»Wo ist eigentlich Maggy Dale?«

»Maggy Dale?« Sheila schien nicht zu wissen, wen Allie meinte. »Maggy … ja, richtig. Die junge Frau, die der Wendigo nach Hause geschickt haben soll. Du warst dabei, als sie in dem Lokal auftauchte, nicht wahr? Mach dir keine Sorgen um sie. Sie wird die nächsten Wochen im St. Martin verbringen, dort bekommt sie die Pflege, die sie in ihrem Zustand braucht.« Mit einer Handbewegung gab sie Carol zu verstehen, dass sie gleich bei ihr sein würde. »Ich muss gehen. Gönn dir endlich ein wenig Ruhe, Allie, sonst erholst du dich nie. Oder muss ich dich erst ans Bett fesseln?«

»Aye, aye, Doc«, sagte Allie. Doch ihre Neugier war zu groß. Sie fragte am Empfang nach dem Krankenhaus St. Martin und erfuhr, dass es sich um eine psychiatrische Klinik handelte, die ungefähr eine Meile hinter dem Krankenhaus an derselben Straße lag. Vielleicht gab es dort die Antworten, nach denen sie seit Tagen suchte. Sie bedankte sich und fuhr vom Parkplatz.

Die Klinik St. Martin überraschte sie. Wo sie einen nüchternen Bau wie das Krankenhaus erwartet hatte, erhob sich eine historische Villa mitten in einem kleinen Park, der im Sommer eine Augenweide sein musste. Er war von einem stabilen Drahtzaun umgeben. Die Villa erinnerte sie an Abbildungen aus dem Alten Süden, sie kam ihr geheimnisvoll und etwas unheimlich vor.

Allie klingelte am Tor und hielt ihr Gesicht in die Überwachungskamera. Sie nannte ihren Namen und bat, Maggy Dale besuchen zu dürfen. Sie betonte, die Adresse von Dr. Sheila Griffin bekommen zu haben. »Warten Sie«, kam die Antwort. Einige Minuten später öffnete sich das Eisentor, und sie fuhr über die verschneite Auffahrt. Mit gemischten Gefühlen stieg sie die Steintreppe zur Tür hinauf.

In der Eingangshalle erwartete sie eine ältere Schwester. Ihre freundliche Miene verriet, dass sie sich bei Sheila rückversichert hatte. »Ich bin Schwester Abigail«, sagte sie. »Maggy ist in ihrem Zimmer. Aber bitte nur fünf Minuten, mehr schafft sie im Augenblick leider nicht. Sie ist sehr krank, Miss.«

Allie versprach ihr, die Patientin nicht unnötig in Anspruch zu nehmen, und folgte der Schwester einen langen Gang hinab. Vor einer der letzten Türen blieb Abigail stehen. Sie blickte durch ein Guckloch in der Tür, schloss auf und rief: »Maggy, Sie haben Besuch. Alison ist hier.«

Zu Allie sagte sie: »Ich warte draußen.« Was so viel hieß, dass man sie beobachtete und vielleicht sogar abhörte. Vielleicht musste das in einer Klinik mit teilweise gemeingefährlichen Patienten so sein. Ihr machte es nichts aus.

Maggy saß auf einem Stuhl am Fenster und starrte teilnahmslos in den verschneiten Park hinaus. Sie schien Allie gar nicht wahrzunehmen, wandte ihr nicht einmal das Gesicht zu. Es wirkte noch blasser und eingefallener als vor drei Tagen, als sie völlig verstört und nur mit einem Nachthemd bekleidet im Lokal erschienen war. Allie würde diesen Augenblick niemals vergessen.

»Hallo, Maggy«, begrüßte Allie die junge Frau. »Erinnern Sie sich an mich? Ich hab Ihnen die Suppe bestellt, als Sie in dem Lokal aufgetaucht sind.«

»Suppe«, wiederholte Maggy abwesend.

»Sie waren lange weg, Maggy. Wo waren Sie die ganze Zeit?«

»Weiß nicht. Dunkel.«

»Es war dunkel, wo Sie waren?«

»Dunkel … hell … kalt.«

Allie wusste nicht, was sie mit dieser Antwort anfangen sollte. Ehrlich gesagt, wusste sie überhaupt nicht, was sie von Maggy wollte. Oder tat sie das, was Jeremiah Lone Eagle von ihr erwartete? Hatte sie den Kampf gegen den Wendigo bereits aufgenommen? »Waren Sie weit weg?«, tastete sie sich heran.

»Weit … sehr weit.«

»In den Bergen?«

»Weit weg … kalt …«

Allie erkannte, dass sie in fünf Minuten nicht weit kommen würde, und beschloss, aufs Ganze zu gehen. »Haben Sie den Wendigo gesehen, Maggy?«

Maggy reagierte noch heftiger, als Allie befürchtet hatte. Sie begann hysterisch zu schreien, sprang auf und warf sich auf ihr Bett, trommelte wie besessen mit beiden Fäusten auf die Matratze. Die Tür sprang auf, und zwei Pfleger eilten ins Zimmer. »Raus!«, fuhr einer von ihnen Allie an. Er gab der Patientin eine Beruhigungsspritze in den Arm. Maggy schloss die Augen und wurde still.

Allie verließ rasch das Zimmer und lief Schwester Abigail in die Arme. »Tut mir leid«, entschuldigte sie sich, »das wollte ich nicht. Ich konnte doch nicht ahnen, dass sie so heftig reagiert. Sie muss Schreckliches erlebt haben.«

»Sie war ein Jahr verschwunden.«

»Der ... der Wendigo?«

»Unsinn!«, erwiderte die Schwester. »Sie ist ihrem Mann davongelaufen und hat sich den ganzen Sommer in der Wildnis versteckt. Man kann sich ja vorstellen, was dort alles passieren kann. Wir vermuten, dass sie von einem der Fallensteller festgehalten wurde, aber dafür gibt es keine Beweise.« Sie hatten die Eingangshalle erreicht. »Es ist wohl besser, Sie kommen nicht wieder.«

»Und Maggys Mann? Was sagt der?«

»Gar nichts. Auf Wiedersehen, Miss McCormick.«

»Auf Wiedersehen, Schwester.« Allie kehrte zu ihrem Wagen zurück und fühlte einen eisigen Schauer im Rücken, als sie zur Hauptstraße zurückfuhr.

24

Es schneite wieder stärker, als Allie am Supermarkt vorbeifuhr, zudem hatte die Dämmerung eingesetzt. Die wenigen Autos, denen sie begegnete, waren gezwungen, langsam zu fahren. Ein Schneeräumer überquerte vor ihr die Kreuzung und bog mit blinkenden gelben Warnlichtern in die Hauptstraße nach Norden ab. Allie blieb in seinem Windschatten, trat schimpfend auf die Bremse, als ihr der Streusand entgegenflog, und fuhr erst weiter, als sie wieder freie Bahn hatte.

Das Bild der verstörten Maggy, die in der Klinik ein armseliges Dasein fristete, beschäftigte sie. Was immer ihr während des Jahres in der Wildnis widerfahren war, es hatte ihr Leben zerstört. Maggy hatte alles verloren, was sie jemals besessen hatte, auch ihren Ehemann, der längst die Scheidung eingereicht und sie nach ihrer Rückkehr nicht einmal besucht hatte, wie Allie später erfuhr.

Sie blickte in den Rückspiegel und wurde durch die Scheinwerfer eines großen Geländewagens geblendet. Er fuhr so dicht auf, als wollte er sie rammen, und überholte sie auch nicht, als sie das Fenster öffnete und ihn vorbeiwinkte. Der Range Rover, erschrak sie, aus Sorge um Maggy hatte sie beinahe vergessen, in welcher Gefahr sie sich selbst befand. Ich hätte Chris mitnehmen sollen, dachte sie.

An einer roten Ampel packte sie die Wut. Sie gab so plötzlich Gas, dass sie vor sich selbst erschrak, und passierte die Kreuzung, noch bevor die Fahrzeuge der Querstraße losfuhren. Zu spät für den Range Rover, ihr zu folgen.

Sie fuhr eine halbe Stunde lang durch die Gegend, bis sie einigermaßen sicher sein konnte, dass die Verfolger aufgegeben hatten, und parkte vor ihrem Haus. Niemand war in der Nähe, als sie in den Laden huschte, den Schlüssel zweimal von innen umdrehte und den Riegel vorschob.

Im Dunkeln stieg sie in ihre Wohnung hinauf. Sie hängte ihren Anorak an einen Haken neben der Tür, schob eine Pizza in den Backofen und setzte Teewasser auf. Ihr Blick fiel auf den leeren Becher von Carol. Sie hoffte, dass Sheila ihr helfen konnte, die schrecklichen Ereignisse in der Wildnis zu vergessen. Vielleicht gelang es ihr sogar, die Eltern des Mädchens zu überreden, sie wieder bei sich aufzunehmen. Allein würde sie sich bestimmt nicht zurechtfinden, zumindest nicht während der ersten paar Wochen. Auf keinen Fall durfte sie in der Psychiatrie enden.

Mit dem Tee setzte sie sich an ihren Computer. Sie hatte fest vor, das Rätsel um die verschlüsselte Nachricht ihrer Freundin zu lösen, und gab noch einmal alle möglichen Adressen mit »Comancheria« und »Who the fuck is Commander Evil« in ihren Browser ein, jedoch ohne ein Ergebnis zu erzielen. Sie überlegte eine Weile und versuchte es mit »WTF-is-Commander-Evil.com«. Endlich ein Treffer! Eine Website mit einer kindlichen Zeichnung, die Evelyns Helden McFinn beim Faustkampf mit Commander Evil zeigte, erschien auf dem Monitor.

Allie starrte ungläubig auf die Zeichnung, suchte angestrengt nach einem verborgenen Hinweis und erinnerte sich plötzlich an einen weiteren Gag ihrer Freundin: In McFinns linkem Ohrläppchen steckte ein Mikrochip, der es ihm erlaubte, einen Gegner mit allen Sinnen zu spüren und mit ihm zu kommunizieren, selbst wenn er dessen Sprache nicht beherrschte. Sein kleines Geheimnis, das ihn allerdings auch stark gefährdete, denn am linken Ohrläppchen war er besonders verwundbar.

Sie klickte darauf, die Zeichnung verschwand und machte Platz für eine Chat-Box. Evelyns erste Message lautete: »Hallo, Allie! Ich bin's, Evelyn. Entschuldige die Geheimniskrämerei, aber nur so konnte ich sicher sein, dass uns niemand entdeckt. Dieser Chat ist narrensicher, da kommt nicht mal die NSA rein. Melde dich! Ich warte auf deine Nachricht.«

Allie dachte an die Warnung der Sicherheitsbehörden, sich auf gar keinen Fall bei einer Person aus der Vergangenheit zu melden, vertraute aber auch Evelyn, die sich bereits als Hackerin einen Namen gemacht hatte. Sie war in den Hauptcomputer eines großen Konzerns eingedrungen. Allie hatte es mit eigenen Augen gesehen. Evelyn hatte allerdings keinen Vorteil daraus gezogen und die Verbindung rasch wieder beendet. Bezeichnend fand Allie, dass sich der Geheimdienst nie bei ihrer Freundin gemeldet hatte, also musste sie einiges richtig gemacht haben. Wenn sie sagte, eine Seite sei sicher, dann war es auch so.

»Hallo, Evelyn«, chattete Allie zurück. »Hier Allie. Bist du zu Hause?«

Evelyn antwortete mit einem Smiley. »Hat etwas gedauert, bis ich dich ausfindig gemacht habe. Seltsam: Ich kann Spirit Lake, Minnesota, weder im Internet noch auf der Landkarte finden. Bist du sicher, dass du nicht in Iowa oder Washington bist? Oder im Reservat in North Dakota?«

»Ganz sicher«, antwortete Allie, »aber mir geht's genauso. Keines der Geschäfte hier, nicht mal das Krankenhaus, ist im Internet auffindbar, und wenn du aus der Stadt rauswillst, landest du wieder dort, wo du losgefahren bist. Die Ärztin sagt, dass ich mir alles nur einbilde. Wir hatten übrigens eine Bruchlandung ...?« Sie berichtete in wenigen Sätzen von ihrem Absturz im Schneesturm und den seltsamen Dingen, die in Spirit Lake passierten. »Das alles ist mir nicht geheuer. Selbst wenn ich mir einiges nur eingebildet hätte ... dass hier jeden Winter Mädchen und Frauen spurlos verschwinden, stimmt tatsächlich. Und die, die es zurück in die Stadt schaffen, haben meist den Verstand verloren. Bei einer der armen Frauen war ich gerade ... in der psychiatrischen Klinik.«

»Klingt wie ein Horrorfilm.«

»Richtig. Schon mal vom Wendigo gehört?«

»Ein Ungeheuer ... gibt einige Games mit dem.«

»Hier soll es ihn tatsächlich geben.« Sie berichtete vom Wendigo und dem Unheil, das er angeblich anrichtete. »Und am verrücktesten ist: Der alte Medizinmann, bei dem ich gestern war, glaubt allen Ernstes, dass der Große Geist mich auserkoren hat, dieses Monster zu besiegen. Mich und Chris.«

»Medizinmann? Chris? Hab ich was verpasst?«

Allie erzählte ihr von Chris, strich die Hälfte ihrer Lobeshymnen wieder und fasste zusammen: »Chris ist Halbindianer. Jeremiah Lone Eagle ist sein Großvater. Ein Medizinmann. Er glaubt an den Wendigo. Chris und ich müssten ihn besiegen, der Tag würde kommen. Ich weiß nicht mehr, was ich glauben soll, Evelyn. Hier ticken die Uhren anders. Als wäre ich in einem deiner Spiele gelandet, einer Fantasiewelt mit Ungeheuern und einer Stadt, die es nicht gibt.«

»Da steckt sicher was anderes dahinter. Ich höre mich mal um.«

»Irgendwas Neues über die Mafia?«

»Tony Gattuzzo sitzt hinter Gittern«, kam die Antwort nach einigem Zögern. »Aber er hat geschworen, sich zu rächen. Kein Gefängnis der Welt könnte ihn daran hindern. Ich hab mich vorsichtshalber in das geheime Archiv der US-Marshals eingehackt und das »Spirit Lake, Minnesota« durch »Yuma, Arizona« ersetzt. Da kann er lange nach euch suchen.«

»Und wenn einer der Marshals uns verrät?«

»Der Marshal, der für euch verantwortlich war, ist spurlos verschwunden. Eine gewisse Alexis Blair. Könnte natürlich sein, dass die Mafia sie entführt und das Geheimnis aus ihr rausgeprügelt hat. Ist aber unwahrscheinlich, und selbst wenn: Spirit Lake, Minnesota, gibt es nicht. Das hat auch sein Gutes. Lasst sie in Yuma, Arizona, nach euch suchen. Da ist es so heiß, dass sie sicher bald die Lust verlieren.« Eine Pause, und dann: »Ich muss aufhören, Allie. Lösch die Seite aus deinem Verlauf. Ich melde mich bald wieder.«

Allie löschte den Verlauf der ganzen Session, klappte den Laptop zu und lehnte sich zurück. Evelyn Snyder, dachte sie, ein wahres Genie, das einer Computerfirma ordentlich Beine machen würde, wenn sie das College hinter sich hatte. Allie hätte ihre Freundin gern noch etwas Persönliches gefragt: Was gab es Neues in der Stadt, war ihr schon Prince Charming über den Weg gelaufen. Sie wusste jedoch, dass Evelyn weder Klatsch noch eine mögliche Romanze oder irgendeine andere dieser »Nebensächlichkeiten« interessierte. Die einzigen männlichen

Wesen, für die sich Evelyn interessierte, waren McFinn und Captain Evil.

Ein strenger Geruch ließ sie hochschrecken und in die Küche humpeln. Sie kam gerade noch rechtzeitig, um die verbrannte Pizza aus dem Backofen zu ziehen. Fluchend griff sie nach einem Topflappen und stellte das Backblech aufs Spülbecken. »Das war's dann wohl mit meinem Abendessen«, knurrte sie.

Sie ließ die Pizza abkühlen und warf sie in den Müll, schob das Backblech in den Ofen zurück und begnügte sich mit einem weiteren Sandwich, zur Abwechslung mit Thunfisch, Mayonnaise und Tomaten. Auch nicht übel und mit ähnlich vielen Kalorien. Es wurde höchste Zeit, dass sie wieder auf gesunde Kost umstieg. Sie holte sich ein Gingerale aus dem Laden und leerte es in einem Zug, besorgte sich ein zweites, um Nachschub für die Nacht zu haben. Mit gemischten Gefühlen – nach den Erlebnissen dieses Tages kein Wunder – zog sie sich aus und duschte heiß, schlüpfte in ihr Nachthemd und machte es sich noch eine halbe Stunde auf der Couch bequem. In den Nachrichten erfuhr sie einiges über die Redeschlachten im Kongress, die angespannte Haushaltslage und die Krise im Nahen Osten, aber nichts über die lokale Lage. Auch in den Nachrichten kam Spirit Lake nicht vor, nicht mal beim Wetter.

Enttäuscht ging sie ins Schlafzimmer. Vielleicht aus Nervosität, weil während der letzten Tage so viel passiert war, blickte sie durch das geschlossene Fenster auf die Straße hinab und erkannte, dass es zu schneien aufgehört hatte. Stattdessen zogen wieder dichte Nebelschwaden durch die Stadt und ließen die wenigen Lichter wie verschwommene Farbflecken erscheinen. Sie rieb mit der flachen Hand über die angelaufene Scheibe, um besser sehen zu können, doch der Nebel war zu dicht. Weder Mond noch Sterne waren zu sehen.

Allie presste ihre Nase gegen die eiskalte Scheibe und glaubte, einen dunklen Schatten auf die Hauptstraße biegen zu sehen. Der schwarze Range Rover? In dem dichten Nebel war das nicht zu erkennen. Aus der schmalen Nebenstraße schräg gegenüber tauchte etwas Gelbes auf. Melissa in ihrem gelben Anorak? Unmöglich, was hatte ein siebenjähriges Mädchen um diese Zeit auf der Straße zu suchen? Der Wagen hielt dicht neben ihr, eine dunkle Gestalt sprang aus dem Wagen, packte das gelbe Etwas und schob es in den Wagen. Mit quietschenden Reifen fuhr er davon.

Es geschah so schnell, dass Allie nicht sagen konnte, ob sie das alles wirklich gesehen oder nur geträumt hatte. Sie schloss die Augen und öffnete sie wieder. Was war nur mit ihr los? Hatte sie bei der Bruchlandung doch mehr abbekommen, als sie wahrhaben wollte? Fantasierte sie? Sah sie Dinge, die es gar nicht gab? Würde sie auch in St. Martin enden?

Unten hämmerte jemand mit der Faust gegen die Tür des Drugstore. Die Erschütterung war so stark, dass die Glocke über der Tür zu bimmeln anfing. »Allie McCormick! Sind Sie zu Hause?«, rief eine Stimme voller Panik.

Allie griff nach ihrem Morgenmantel und stieg in den Drugstore hinab. Obwohl sie bereits das Licht eingeschaltet hatte, hörte das Hämmern nicht auf. Sie öffnete. »Mrs. Johnson!«, rief sie überrascht.

Melissas Mutter trug einen Trainingsanzug und Hausschuhe, in ihren Haaren steckten Lockenwickler. Ihre Augen waren verweint und vor Angst stark geweitet. »Allie! Ist Melissa bei Ihnen? Bitte sagen Sie, dass sie hier ist!«

»Sie ist nicht hier … leider«, antwortete sie. »Was ist passiert?«

»Sie ist weggelaufen. Ich hab mit ihr geschimpft, weil sie ihr Abendessen nicht essen wollte, und sie sagte: ›Dann gehe ich eben zu der Tante im Laden, die hat die guten Schokokekse.‹ Ich hab sie nicht ernst genommen, dachte doch nicht, dass sie sich tatsächlich wegschleicht. Sie haben sie nicht gesehen?« Sie stand immer noch in der offenen Tür.

»Ich weiß nicht, Mrs. Johnson. Der Nebel ist ziemlich dicht heute Abend, und man kann kaum etwas erkennen.« Sie zog Melissas Mutter in den Laden und schloss die Tür hinter ihr. »Aber als ich aus dem Fenster blickte, dachte ich für einen Augenblick, dass die schwarz gekleideten Männer etwas Gelbes …«

»Also doch!«, schnitt ihr die Frau das Wort ab. »Die bringen sie zum Wendigo! Wir haben sie verloren!« Sie stützte sich am Tresen ab und atmete schwer.

Die Tür ging auf, und ein Mann blickte herein. »Und? Ist sie hier?«

»Die Männer haben sie geholt«, sagte Mrs. Johnson tonlos. »Mein Mann«, fügte sie hinzu.

»Wir müssen den Sheriff alarmieren! Sofort! Komm, beeil dich!« Er rannte davon, seine Frau im Schlepptau, beide völlig aufgelöst und nur noch darauf konzentriert, zum Sheriff zu fahren.

»Ich sehe mich mal um!«, rief Allie ihnen nach.

Sie kehrte in ihre Wohnung zurück und zog ihre zweite Skihose an, eine wetterfeste Thermohose, und ihren weinroten Anorak, dazu die dicke Wollmütze und ihre neuen Stiefel. Sie musste gut ausgerüstet sein, wenn sie mit Chris in die Wildnis zog, denn jetzt war es so weit, das spürte sie. Dass Melissa in den

Klauen des Wendigo landete oder aus irgendeinem anderen Grund in der Wildnis verschwand, durfte einfach nicht sein. Der Tag, von dem Jeremiah Lone Eagle gesprochen hatte, war gekommen. Chris und sie würden in die Berge gehen und erst zurückkehren, wenn sie den Wendigo gefunden und das Mädchen vor ihm gerettet hatten.

Sie verstaute die Notration in ihren Anoraktaschen: Verbandszeug, Schmerztabletten, Schokolade, Traubenzucker, ein Feuerzeug, alles wasserdicht verpackt, falls sie in einem Blizzard oder im Tiefschnee landete. Eine Taschenlampe, ein Messer, das sie in einer Scheide am Gürtel befestigte, ihr Smartphone, obwohl es ihr in der Wildnis wenig nützen würde. Sie verstaute einige Sandwiches und Trockenobst in einem Vorratsbeutel, humpelte zu ihrem Wagen und fuhr los.

Ihr Bauchgefühl sagte ihr, dass der Sheriff nichts unternehmen und auch diesmal nicht das FBI rufen würde. Die verzweifelten Eltern würden die ganze Stadt nach Melissa absuchen und vielleicht sogar über den Highway nach Norden fahren, in ihrer panischen Angst aber niemals in die unwegsame Wildnis, in der man den Wendigo vermutete. Es war unglaublich: In einer Stadt, in der doch sicher einige hartgesottene Kerle wohnten, wagte niemand, sich dem Wendigo entgegenzustellen. Man erstarrte vor dem Fabelwesen, das noch niemand mit eigenen Augen gesehen hatte.

Auch Allie hatte Angst, große Angst sogar, und sie hätte am liebsten gewendet und wäre so lange gefahren, bis die Stadt nicht mehr zu sehen und sie wieder in der alten Wirklichkeit angekommen war, aus einem Albtraum erwachte und neben ihrem Vater im Hafen von Camden auftauchte, als wären sie beide niemals weggewesen. Keine Mafia, kein Spirit Lake, kein Wendigo. Doch nichts dergleichen geschah, und sie fuhr nach Norden, folgte dem schmalen Highway, auf dem sie den schwarzen Range Rover schon einmal gesehen hatte. Sie hatte keine andere Wahl.

Der Gedanke an den greisen Indianer, seine Weisheit und Weitsicht und die unerschütterliche Ruhe, mit der er selbst schwerwiegenden Problemen begegnete, beruhigten sie und gaben ihr Mut für die schwere Aufgabe, die vor ihr lag. Und die Gewissheit, dass sie auf der Suche nach dem Mädchen nicht allein sein würde. Chris würde sie begleiten und stets an ihrer Seite sein, der junge Mann, den sie liebte.

Als sie das Ufer des Sees erreichte und frische Reifenspuren entdeckte, schaltete sie sofort ihre Scheinwerfer aus und ging vom Gas. Die schwarz gekleideten Männer durften sie auf keinen Fall entdecken.

Gegen alle Vernunft folgte sie den Spuren, soweit sie in der Dunkelheit zu erkennen waren, und fuhr wenig später gegen eine unsichtbare Wand. Fast gleichzeitig brach ein orkanartiger Lärm über sie herein, und sie verschwand mit ihrem Wagen in einer tobenden Schneewolke. Wie durch Zauberhand schaltete sich das Radio ein. Die ersten Takte eines AC/DC-Songs hämmerten durch das Wageninnere, verstummten gleich wieder und gingen im Lärmen des Windes unter. Wie ein Fischerboot, das in einen heftigen Sturm geraten war, schaukelte ihr Wagen in der schäumenden weißen Gischt.

Sie wollte schreien, doch bevor sie auch nur einen Ton herausbrachte, beruhigte sich der Sturm, und um sie herum herrschte andächtige Stille. Allie schloss die Augen, bis sie sich einigermaßen von ihrem Schrecken erholt hatte, ließ den Motor an, fuhr auf den Highway zurück und weiter nach Norden.

25

Jeremiah Lone Eagle stand in der offenen Tür, als Allie vor seiner Blockhütte hielt. Sie kletterte aus dem Wagen, tätschelte Rusty, der sie schon beim Aussteigen beschnüffelte, und sagte: »Sie haben Melissa entführt, Großvater!«

Wenn es um Leben oder Tod ging, hielten sich auch traditionsbewusste Indianer nicht mit langen Vorreden auf. »Ich weiß, dass der Wendigo zugeschlagen hat. In meinen Träumen hörte ich, wie er den Namen des Mädchens flüsterte. Es wird Zeit, dem Ruf der Geister zu folgen. Bist du bereit, Allie?«

»Ich weiß nicht, Großvater. Ich bin eine Städterin und kenne mich in der Wildnis nicht aus. Warum haben die Geister mich ausgesucht? Warum keine Indianerin? Warum nicht den Sheriff oder das FBI?«

Der Indianer war angezogen wie immer, doch von seinen Zöpfen hingen zwei Adlerfedern herab, und an einer Kette um seinen Hals hing ein Amulett mit den eingeritzten Umrissen seines Totemtiers, des Bären. »Die Geister trauen niemandem in der Stadt mehr. Sie haben auf eine Frau gewartet, die von außerhalb kommt und eine besondere Gabe besitzt. Komm herein, Allie.«

Allie folgte dem alten Mann ins Haus und legte ihre Mütze und ihre Handschuhe auf den Tisch. Sie sah sich vergeblich nach Chris um. »Wo ist Chris?«, fragte sie.

»Nicht weit von hier auf einer einsamen Lichtung. Er spricht mit dem Schöpfer und bittet ihn, euch auf der gefährlichen Reise in die Berge zu begleiten.« Jeremiah füllte zwei Becher mit Tee und stellte sie auf den Tisch. Mit einer Handbewegung bat er Allie, sich zu setzen. »Ich weiß, was ich von dir verlange, Allie. Du bist keine von uns und kanntest den Wendigo bisher nur aus Hororfilmen und Computerspielen … wenn überhaupt. Ein indianisches Fabelwesen, mit dem du nie etwas zu tun haben wolltest. Aber der Wendigo hat es auf dich abgesehen. Schon als ihr in eurem Flugzeug von dem Blizzard überrascht wurdet, flüsterte er deinen Namen, und du hast es nur deiner Stärke und deinem Lebenswillen zu verdanken, dass du noch lebst. Es war kein Zufall, dass du Chris in einem Blizzard begegnet bist. Die Geister wollen, dass ihr zusammen gegen den Wendigo vorgeht. Sie haben nur noch auf ein Signal gewartet. Du musstest erst erkennen, wie mächtig das Böse in Spirit Lake ist. Jetzt weißt du es. Du hast mit eigenen Augen gesehen, wie die Handlanger des Wendigo das Mädchen entführt haben. Ihr Verschwinden ist das Signal für euch, den Kampf aufzunehmen. Ein Kampf, der nicht mit Waffen, sondern mit einem wachen Geist und wilder Entschlossenheit entschieden wird.«

Allie fragte sich, woher Jeremiah Lone Eagle das alles wusste. Wenn Chris schon länger auf der Lichtung war, mussten er und sein Großvater schon vor Melissas Entführung geahnt haben, dass die Stunde des Aufbruchs nahe war. »Ich will alles tun, um Melissa vor dem Wendigo zu retten«, sagte sie. »Ich möchte nicht, dass sie stirbt oder in dieser seltsamen Klinik endet. Ich habe Maggy Dale gesehen ... die Arme hat den Verstand verloren.«

»Zu lange schon ducken wir uns unter den Hieben des Wendigo, und ich frage mich manchmal, ob der Sheriff und die anderen Würdenträger dieser Stadt nicht mit ihm unter einer Decke stecken.« Jeremiah trank einen Schluck von seinem Tee und blickte sie über den Becherrand an. »Hab keine Angst! Auch du wirst mit dem Großen Geist oder mit deinem Gott sprechen, bevor du in die Berge ziehst. Sind der Große Geist und der Gott der Christen nicht eins? Ich habe eine Schwitzhütte für dich vorbereitet. In dem heißen Dampf, der allen Anishinabe heilig ist, wirst du deinen Geist und deinen Körper reinigen und im Zwiegespräch mit dem Schöpfer neue Kraft erfahren. Bist du bereit?«

Allie hatte schon von Schwitzhütten gehört. Esoterischer Hokuspokus, sagten manche Leute, doch bei den Indianern hatten diese Saunahütten eine lange Geschichte. Sie wurden von Kriegern, aber auch von Frauen, vor allem vor Kriegszügen oder wichtigen Entscheidungen aufgesucht. »Jetzt gleich?«, fragte sie.

»Wir dürfen nicht länger warten«, sagte der alte Mann. »Ich habe alles für dich vorbereitet.« Er stand auf und blieb in der Tür zu Chris' Zimmer stehen. Seine Miene war ernst. »Zieh dich aus und hülle dich in die Decke, die ich für dich aufs Bett gelegt habe. Ich werde am Ofen auf dich warten.«

Allie ging ins Zimmer von Chris und schloss die Tür. Es war ein seltsames, aber auch schönes Gefühl, sich beim Ausziehen auf sein Bett zu setzen und ihm trotz seiner Abwesenheit so ungewöhnlich nahe zu sein. Über dem Bett hing das Poster eines Rennwagens, auf dem Nachttisch stand eine gerahmte Fotografie seiner Großeltern. Er hatte sie wohl immer als seine eigentlichen Eltern betrachtet. Sie strich vorsichtig über das Foto, als könnte sie mit der Berührung auch die gebrechliche Frau an der Seite von Jeremiah Lone Eagle zum Leben erwecken, zog sich aus und legte ihre Kleidung auf das Bett. In die rote Decke gehüllt, kehrte sie zu dem Indianer zurück. »Ich bin bereit, Großvater.«

»Dann folge mir, meine Schwester.«

Durch den Neuschnee und nur von Rusty und einigen neugierigen Krähen beobachtet, stapften Allie und der Indianer zu der Schwitzhütte hinterm Haus. Sie bestand aus biegsamen Ästen, die zu einem kuppelförmigen Gerüst in den Schnee gebohrt und mit Fellen und Fichtenzweigen abgedeckt waren. Der Eingang der Hütte zeigte nach Osten. Wenige Schritte vor der Öffnung lagen ein paar große Steine in einem Feuer. Es duftete nach Fichtennadeln und Salbei.

»*Madoodiswan*«, sagte Jeremiah Lone Eagle, »die Schwitzhütte. »Solange ich denken kann, baden Anishinabe in dem heiligen Dampf, um sich von allen Problemen zu befreien, die ihren Körper und ihren Geist belasten. Der Duft des Salbei hilft dir dabei, die Stimme des Großen Geistes in die Hütte zu tragen und dich bei deinen Gebeten zu konzentrieren.« Er hielt den Salbeizweig ins Feuer, bis er zu brennen anfing, schüttelte ihn, bis er glühte, und hielt ihn dicht vor Allies Gesicht. Der Geruch war angenehm und brachte sie in eine feierliche Stimmung, nicht einmal die Kälte machte ihr jetzt noch was aus. »Großer Geist«, betete er laut, »gib dieser jungen Frau die Kraft, den Kampf gegen den mächtigen Wendigo zu bestehen. Schütze sie vor seinem eisigen Atem, und hilf ihr, die Stadt von diesem Fluch zu befreien. Er hat schon zu viele Opfer auf seinem Gewissen. Bleib an ihrer Seite, wenn sie versucht, die kleine Melissa vor dem Tod oder dem Wahnsinn zu retten. Ich habe gesprochen.«

Der Indianer griff nach einer bereitstehenden Schaufel und brachte fünf der heißen Steine in die Schwitzhütte. Er legte sie in einen Ring aus kleineren Steinen auf den Boden, in jede Himmelsrichtung einen und den fünften in die Mitte. Nachdem er ein weiteres Gebet in seiner Sprache gesprochen hatte, kam er heraus und reichte Allie eine seiner beiden Adlerfedern und etwas Tabak. »Tabak ist uns heilig. Gib ihn ins Feuer – ein Opfer für die Geister, die dir in der Schwitzhütte nahe sein sollen. Die Adlerfeder soll dir helfen, den heiligen Rauch auf deiner Haut zu verteilen. Einen Behälter mit dem Wasser, der für den Dampf sorgen soll, steht neben den Steinen.«

Allie bedankte sich mit einer angedeuteten Verbeugung und trat vor den Eingang, die Adlerfeder und den Tabak in der linken Hand. Mit der rechten hielt sie die Decke vor ihrer Brust zusammen. Sie wandte dem Indianer den Rücken zu, ließ die Decke fallen und betrat die Schwitzhütte. Hinter ihr verschloss Jeremiah Lone Eagle den Eingang mit einem Bärenfell.

Im Schein einer Fackel, die Jeremiah in die Erde gerammt hatte, krümelte sie den Tabak auf die heißen Steine und goss Wasser darüber. Es zischte laut. Dichter Dampf wallte empor und verteilte die Hitze in der ganzen Hütte. Salbeiduft hing in der Luft und half ihr, sich von der rauen Wirklichkeit zu entfernen. Sie war selten einem so angenehmen und beruhigenden Aroma ausgesetzt gewesen.

Allie setzte sich auf eines der Bärenfelle, die Jeremiah Lone Eagle auf dem Boden ausgebreitet hatte, und fächerte sich den

Dampf mit der Adlerfeder auf den Körper. Der Schweiß trat ihr aus allen Poren. Es war anders als in einer normalen Sauna, stiller und geheimnisvoller, ein bisschen wie in einer Kapelle, und der Salbei war der Weihrauch, der einen wie ein schützender Mantel umfing und für Minuten oder manchmal auch Stunden vom Alltag abgrenzte. Sie atmete den Duft ein und spürte einen inneren Frieden, der bis zu ihrer Seele drang.

Während Jeremiah Lone Eagle draußen tanzte und heilige Lieder sang, betete Allie zum Großen Geist oder zu Gott, so genau wusste sie es selbst nicht. »Ich weiß nicht, warum mein Vater und ich in Spirit Lake gestrandet sind«, sagte sie leise. »Vielleicht ist es Schicksal, oder es ist tatsächlich alles in unserem Leben vorherbestimmt, und ich war schon lange dazu ausersehen, dabei zu helfen, diese Stadt von ihrem Fluch zu befreien. Auch wenn ich mich zu schwach und unbedeutend fühle, um diesem Wunsch oder dieser Prophezeiung zu entsprechen, bin ich bereit, es zu versuchen. Ich liebe Chris und werde immer an seiner Seite sein, wenn er sich in Gefahr begibt.«

Sie legte eine kurze Pause ein und ließ die zunehmende Hitze auf sich wirken. »Ich weiß nicht, welcher Fluch über dieser Stadt und ihrer Umgebung liegt. Wenn es der Wendigo ist, gib uns die Kraft, ihn zu besiegen und für alle Zeiten von hier zu vertreiben. Ich weiß nicht, ob ich stark genug bin, um Chris in diesem Kampf beizustehen, aber ich werde alles versuchen, um die kleine Melissa zu befreien und zu ihren Eltern zurückzubringen. Ich weiß, ich war nie sehr religiös und nur an Weihnachten in der Kirche, und ich habe keine Ahnung, ob mir überhaupt jemand zuhört. Ich weiß nur, dass ich allen Beistand brauche, den ich bekommen kann, wenn ich heil aus der Wildnis zurückkehren will. Ich danke dir für alles und … Amen.«

Allie blieb in der Schwitzhütte, bis ihr der Schweiß in kleinen Bächen vom Körper floss und sie kaum noch Luft bekam. Der Indianer schien geahnt zu haben, dass sie genug hatte, schob das Bärenfell zur Seite und empfing sie mit ausgebreiteter Decke. »Reib dich mit Schnee ab«, sagte er, ohne sie anzublicken. Sie tat, wie ihr geheißen, und hüllte sich zitternd in die Decke.

Als sie sich angezogen hatte, fühlte sie sich wie neugeboren. Die Hitze hatte alle ihre Probleme und quälenden Gedanken vertrieben, und sie fühlte sich so sauber und rein wie schon lange nicht mehr. Dankbar griff sie nach dem frischen Tee, den der Indianer ihr reichte, und nickte ihm zu. »Das hat gutgetan«, sagte sie. Sie wärmte ihre Hände an dem heißen Becher und trank einen Schluck. »Ich bin bereit, Großvater. Wann kommt Chris? Wann brechen wir auf?«

»Morgen früh«, erwiderte Jeremiah Lone Eagle, der sich die zweite Adlerfeder wieder ins Haar gebunden hatte. »Du wirst gut schlafen und bereits wach sein, wenn Chris zurückkehrt. Wenn du träumst, wirst du das eisige Herz des Wendigo im Schnee liegen sehen.«

Allie ging gleich schlafen, träumte aber nicht und schreckte nur einmal hoch, als Rusty vor der Blockhütte den Mond anjaulte. Sie stand schon vor dem Morgengrauen auf, wusch sich mit etwas Schnee und zog sich an. Der tiefe Schlaf hatte sie zusätzlich gestärkt. Sie kochte Kaffee, fand frische Eier und Champignons und bereitete ein Omelett zu, wärmte ein paar Biskuits im Backofen auf, bis sie einigermaßen genießbar waren.

Sie hatte gerade den Tisch gedeckt, als Jeremiah Lone Eagle im Wohnraum erschien und genießerisch den Duft nach Kaffee und Eiern einatmete. »*Boozhoo*«, begrüßte er Allie, »so angenehm bin ich lange nicht mehr geweckt worden.« Er war bereits angezogen, trug seltsamerweise Skihosen und feste Stiefel. Die Adlerfedern hingen zwischen seinen Zöpfen herab. »Ich werde euch begleiten«, beantwortete er ihre unausgesprochene Frage. »Nur auf den ersten Meilen, bis ich sicher sein kann, dass ihr auf der richtigen Fährte seid.«

»Aber Großvater«, protestierte sie. »Sie … Sie brauchen Ruhe.«

»Weil ich so viele Winter gesehen habe?« Er lächelte verschmitzt. »Mag sein, dass ich nicht mehr so biegsam wie ein Puma bin und meine Augen nicht mehr so scharf sind wie die eines Adlers, und – zugegeben – ich schieße lange nicht mehr so genau wie als junger Mann, als ich einen Elch auf eine halbe Meile traf. Aber ich sehe es als meine Pflicht an, euch ein Stück weit zu begleiten und auf den rechten Weg zu bringen.« Er setzte sich an den Tisch und griff nach dem Löffel im Omelett. »Darf ich?«

Allie wusste für einen Moment nicht, was sie sagen sollte, und lächelte dann. »Natürlich. Ich hoffe, es schmeckt Ihnen.« Sie schenkte ihm Kaffee ein.

Sie hatte gerade ihren eigenen Becher gefüllt, als Chris die Blockhütte betrat. Die Schneeflocken auf seiner Kleidung und seinem Gesicht schmolzen in der plötzlichen Wärme. Er schloss die Tür und setzte seinen Rucksack und das Gewehr ab, das er ebenfalls über dem Rücken getragen hatte. »Großvater … Allie!«, begrüßte er die beiden. Sie stand auf und umarmte ihn liebevoll.

»Ich bin bereit«, sagte er, »wir werden nicht allein sein.«

Allie holte einen weiteren Teller und Besteck und schob ihm die Schüssel mit dem Omelett hin. »Gerade erst gemacht«, sagte sie, »du hast sicher Hunger.«

Und ob Chris Hunger hatte! Er aß fast die Hälfte des Omeletts allein. Über die Zeit, die er draußen verbracht hatte, redete er nicht, doch seine Miene wirkte entspannter und gelöster als sonst. Er blickte erstaunt auf die ungewohnte Kleidung seines Großvaters. »Du willst uns begleiten, Großvater?«

»Nur ein paar Meilen«, antwortete Jeremiah Lone Eagle.

»Melissa wurde entführt«, sagte Allie.

Chris hielt mitten in der Bewegung inne. »Melissa? Das kleine Mädchen? Ich wusste, dass etwas Schlimmes passieren würde, aber warum ausgerechnet sie? Wir müssen sie finden. Wir dürfen sie auf keinen Fall im Stich lassen.«

»Ich weiß«, erwiderte Allie genauso entschlossen.

Nach dem Frühstück brachen sie auf. Allies Angst um das Mädchen war so groß, dass ihr selbst die schmerzhafte Wunde und die Prellungen nichts mehr ausmachten. In der Schwitzhütte hatte sie zudem neue Kraft gewonnen. Dennoch brauchte Allie fast eine halbe Stunde, um einigermaßen mit ihren Schneeschuhen zurechtzukommen, sah aber ein, dass sie ohne die mit Lederriemen bespannten Holzrahmen bei jedem Schritt im Tiefschnee eingesunken wären. Nachdem sie erst einmal herausgefunden hatte, wie man damit das Gleichgewicht hielt, hatte sie keine Schwierigkeiten mehr, mit den beiden Männern Schritt zu halten.

Jeremiah Lone Eagle hatte sie auf einen Jagdpfad seiner Vorfahren geführt. Er begann ungefähr eine Meile hinter dem Haus und schlängelte sich über einige Hügelkämme nach Norden, den Wäldern entgegen. Der Himmel präsentierte sich in einem düsteren Grau, eine dichte Wolkendecke kündigte weitere Schneefälle an. Es war bitterkalt. Über die Hügel pfiff ein böiger Wind und trieb Schneefahnen wie zitternde Schleier durch die Luft. Die Berge waren nur schemenhaft in weiter Ferne zu erkennen.

Sie liefen im Gänsemarsch. Jeremiah Lone Eagle ging voran, Allie lief in der Mitte, und Chris bildete den Schluss. Der schwere Rucksack auf seinem Rücken schien ihn kaum zu behindern. Das knarrende Geräusch der Schneeschuhe, wenn sie den frischen Schnee zusammendrückten, begleitete die drei über den einsamen Weg, der sich am Waldrand plötzlich gabelte. Ein Pfad wand sich zu dem schmalen Fluss hinab, der auch an der Blockhütte der Lone Eagles vorbeifloss, und der andere führte in einen Fichtenwald, der sich wie eine dunkle Wand gegen den düsteren Himmel abhob. Wie der verwunschene Wald in einem Märchen, dachte Allie.

»Unsere Vorfahren nannten ihn den *Wald der bösen Träume*«, erklärte der alte Indianer, als zitierte er tatsächlich aus einem Märchenbuch. »Nanabush, ein böser Kobold, soll darin seine Späße treiben. Aber das erzählte man uns Kindern nur, damit wir nicht zu weit von zu Hause wegliefen. Die eigentlichen Gefahren beginnen erst jenseits des Waldes, in den Ausläufern der Berge, in die sich selbst unsere Vorfahren nicht hineinwagten.«

»Dort werden wir sterben«, flüsterte Chris betreten.

»Wenn es so wäre, würde ich euch nicht gehen lassen«, widersprach Jeremiah Lone Eagle. »In meinen Träumen habe ich gesehen, dass ihr unversehrt zurückkommen werdet. Ich weiß nicht, ob es euch gelingen wird, den Wendigo zu töten, aber ihr seid unsere einzige Chance.«

Allie blickte nachdenklich auf den Waldrand. Was würde hier geschehen? Würden sie die Ausläufer der Berge jemals erreichen, oder war der Wendigo gerissen und mächtig genug, um sie gar nicht so weit kommen zu lassen?

Würde er sich auf einen Kampf einlassen? Oder würde er sie verhöhnen und verspotten und sich lachend im Schnee wälzen, weil sie geglaubt hatten, ihn auf diese Weise unschädlich machen zu können? Was würde geschehen?

Aus dem Wald drang ein entsetzter Schrei, und gleich darauf brach ein stürmischer Blizzard zwischen den Bäumen hervor und trieb ihnen entgegen.

26

Allie wurde von der Wucht des Sturms zu Boden gerissen. Von einer Sekunde auf die andere war sie von einem tobenden Meer umgeben, dessen Wellen ihr die Sicht und den Atem nahmen und sie gegen die Bäume trieb, die hinter ihr dem Sturm widerstanden. In einem Reflex hielt sie sich an einem Baumstamm fest, bekam eine weitere Böe ins Gesicht und musste loslassen, wirbelte gegen einen entwurzelten Baum und blieb keuchend liegen.

Mit dem Wind trieb ihr die Stimme des Wendigo entgegen. »Allie! Allie! Komm zur mir!«. Eiskalter Wind drang ihr bis unter die Haut und schien ihren ganzen Körper auszufüllen. Sie presste sich so tief wie möglich auf den Boden, um nicht über den entwurzelten Baum gedrängt zu werden, krallte sich mit beiden Händen fest in den Schnee und senkte ihren Kopf gegen den wirbelnden Schnee. Sobald ihr die Windböen etwas Raum ließen, rang sie nach Luft, um sich gleich darauf wieder auf den Boden zu drücken. Über ihr dröhnte und rumorte es, der wütende Wind ließ ihr kaum Zeit zum Denken, er peitschte und schlug auf sie ein, als hätte der Wendigo beschlossen, ihr schon hier den Garaus zu machen.

Dann war es auf einmal wieder ruhig. Stille legte sich über das Land, sie wirkte nach dem Inferno noch tiefer und beängstigender und ließ Allie für einen Moment glauben, der Wendigo hätte sie mit seiner eisigen Pranke erwischt und ins Jenseits befördert. Sie hob ungläubig den Kopf, stellte erleichtert fest, dass sie sich sehr wohl noch im Diesseits befand, und befreite sich stöhnend aus dem Schnee. »Chris! Großvater!«, rief sie mit etwas zittriger Stimme. »Wo seid ihr? Seid ihr okay?«

Sie suchte nach ihrem linken Schneeschuh, den sie während des Sturms verloren hatte, sah ihn einige Schritte entfernt im Schnee stecken und schnallte ihn wieder an. Den anschwellenden Schmerz im Oberschenkel ignorierte sie tapfer. Sie trat zwischen den Bäumen hervor und suchte verzweifelt nach Chris und Jeremiah Lone Eagle, stapfte ziellos in die Schneedünen hinein, die sich wie erstarrte Wellenberge vor ihr auftürmten. »Chris! Großvater! – Verdammt, Chris, melde dich!«

Wenige Schritte entfernt lag sein Rucksack im Schnee. Sie hielt darauf zu und griff danach, dann hörte sie plötzlich, wie jemand stöhnte und spuckte, und drehte sich erstaunt um. Chris war hinter ihr. Wie ein Maulwurf grub er sich aus dem Schnee und stapfte auf sie zu. An seiner Hose und seinem Anorak klebte Schnee. Sie nahmen einander für einen Augenblick in die Arme, erleichtert darüber, dass sie noch am Leben waren, und blickten auf den aufgeworfenen Schnee, der wie eine riesige Lawine über die Hügel gerauscht war.

»Großvater! Wo ist Großvater?«

Der alte Indianer schien ihr Flüstern zu hören. »Ich bin hier! Mir ist nichts passiert!«, rief er. Sie hörten seine Stimme, noch bevor sie ihn weiter unten am Waldrand zwischen den Bäumen hervorkriechen sahen. Dann stemmte er sich vom Boden hoch und kam ihnen noch etwas unsicher auf den Beinen entgegen. »Habt ihr den Schrei gehört?«, fragte er nervös.

Chris rückte sein Gewehr zurecht. »Der Wendigo?«

»Eine Frau.«

»Der Schrei kam aus dem Wald da drüben«, flüsterte Allie und klopfte sich den letzten Schnee vom Anorak. »Vielleicht eines seiner Opfer … eine Frau wie Maggy Dale.« Ihr fiel gar nicht auf, dass sie bereits wie der greise Indianer dachte und fest daran zu glauben schien, dass sie es mit dem indianischen Fabelwesen zu tun hatten.

»Wir müssen die Frau finden«, sagte Jeremiah Lone Eagle.

Ohne über die Risiken nachzudenken, die sie jenseits der Schneedünen erwarteten, setzten sie sich in Bewegung. Sie mussten einen weiten Umweg gehen, um nicht in den Schneewehen zu versinken, dann kämpften sie sich über einen Hügelkamm weiter westlich, der allerdings wesentlich steiler war und nicht nur Allie ins Schwitzen brachte. Der Schmerz im Oberschenkel hatte wieder nachgelassen. Sie spürte nur noch ein leises Pochen.

Vor den ersten Bäumen blieben sie stehen und lauschten in den Wald hinein. Nichts … nur das kaum hörbare Rauschen des Windes in den Bäumen. Als hätte es nie einen friedlicheren Ort gegeben. Kein Laut, keine knackenden Äste, kein Weinen oder heftiges Atem, das auf die Anwesenheit einer verzweifelten Frau hingewiesen hätte. Hatten sie sich den Schrei nur eingebildet?

Sie drangen zögernd in den Wald hinein. Die Bäume, überwiegend ausgewachsene Fichten, standen so dicht, dass kaum Schnee dazwischen lag und sie ihre Schneeschuhe abschnallen konnten. Einer hinter dem anderen tasteten sie sich langsam vorwärts. Es kam Allie beinahe so vor, als hätten sie die Grenze zum Reich des Wendigo überschritten. Ein Reich, in dem andere Gesetze galten, in dem es dunkler, kälter und einsamer war. Menschen wurden hier nur geduldet, wenn das Ungeheuer seinen Spaß mit ihnen hatte, wie eine übermütige Katze mit ihnen spielen und sie dann verspeisen konnte.

Chris hatte seine Schneeschuhe an den Rucksack gebunden und knipste seine Taschenlampe an. Er ging jetzt voraus und schlich wie ein indianischer Krieger durch das Unterholz, jederzeit auf einen Angriff seiner Feinde gefasst. Doch in diesem Wald lauerten keine feindlichen Indianer oder Soldaten. Hier begann das Reich des Wendigo.

Wieder ein Schrei, diesmal näher, gefolgt von heftigem Schluchzen, das in der plötzlichen Windstille aus allen Richtungen zu kommen schien. Sie blieben stehen, versuchten es zu orten und gingen langsam weiter. Chris ließ den Lichtkegel seiner Taschenlampe durch das Unterholz wandern. Er blieb an zwei Pfeilen hängen, die dicht übereinander in einem Baumstamm steckten und immer noch zu federn schienen, glitt an dem Baum hinab und über den Schnee und traf einen Bogen, der einige Schritte entfernt auf dem Boden lag.

»Jessica!«, rief Allie. »Der Bogen gehört Jessica!«

Chris blickte sie erstaunt an. »Die Frau, die auf dich geschossen hat?«

Allie nickte. »Wie kommt die bloß hierher?«

Im flackernden Lichtschein der Taschenlampe suchten sie weiter. Schon wenige Sekunden später entdeckten sie eine dunkle Gestalt, die auf allen Vieren durch das Unterholz kroch und mitten in der Bewegung verharrte, als sie der Lichtstrahl traf. Mit Augen voller Angst und Entsetzen, als erwartete sie, im nächsten Augenblick vom Wendigo zerfleischt und gefressen zu werden, starrte sie ihnen entgegen. »Wendigo! Worauf wartest du?«, flüsterte sie.

»Jessica! Es ist Jessica!« Allie lief zu der Bogenfrau und ging vor ihr in die Knie, verbarg beim Anblick der verzweifelten Frau nur mühsam ihr Entsetzen. Aus der scheinbar furchtlosen Jägerin war ein Häufchen Elend geworden, eine vor Angst und Erschöpfung schlotternde Frau, die zu schwach war, um sich auf den Beinen zu halten. Sie schien um Jahre gealtert. Ihr Gesicht hatte alle Farbe verloren, ihre Lippen flatterten, und ihre Augen waren beinahe so leer wie die von Maggy in der Klinik.

»Jessica! Ich bin's, Allie. Was ist geschehen?«

Jessica brauchte einige Zeit, um den Sinn ihrer Worte zu begreifen. Sie blinzelte in den Lichtkegel der Taschenlampe, entspannte sich ein wenig, als Chris die Lampe so hielt, dass sie nicht mehr geblendet wurde, und blickte Allie verwundert an. »Allie? Du lebst? Ich dachte, ich hätte ...« Sie begann lautlos zu weinen.

»Chris hat mich gefunden«, sagte sie. »Mir ist nichts weiter passiert. Sein Großvater hat mich gesundgepflegt, und im Krankenhaus war ich auch. Die Wunde war nicht so schlimm.« Sie wusste selbst nicht, warum sie Jessica keine Vorwürfe machte.

»Du bist ... bist dem Wendigo ... entkommen?«

»Ich hatte Glück, Jessica.«

»Das ... das freut mich, Allie.« Jessica wischte sich mit dem Unterarm die Tränen aus den Augen. »Es reicht, wenn Eve ...« Sie schniefte laut, senkte dann den Kopf und starrte benommen in den Schnee. »Ich ... ich hätte nicht ...« Ihre Stimme stockte erneut, und Allie sah, wie sich ihre Hände verkrampften.

Sie griff der Bogenfrau sanft unter die Achseln und zog sie vom Boden hoch. Chris hatte inzwischen eine Wärmedecke aus seinem Rucksack geholt, nahm ihr den Köcher mit den restlichen Pfeilen vom Rücken und legte sie ihr um die Schultern. Allie klopfte ihr den Schnee von der Kleidung. Jessica hielt sich minutenlang an ihr fest, schluchzte, weinte und schniefte abwechselnd, bevor sie wieder zu sich fand und dankbar nach dem Taschentuch griff, das Allie ihr reichte. Sie vergrub ihr Gesicht darin und hob einige Zeit später den Kopf.

»Es wird alles gut«, tröstete Allie sie, »du bist außer Gefahr. Wir kümmern uns um dich.« Sie blickte Chris und seinen Großvater an und erkannte, dass auch sie es selbstverständlich fanden, der Frau zu helfen. »Wie kommst du hierher?«

Jessica gewann etwas von ihrer früheren Selbstsicherheit wieder. »Ich wollte den Wendigo töten«, sagte sie. Ein nervöses, beinahe hysterisches Lachen kam über ihre Lippen. »Ich wollte ihn mit Pfeilen töten, ist das nicht verrückt?« Sie schüttelte den Kopf, konnte anscheinend nicht mehr verstehen, wie man eine so verrückte Idee haben konnte. »Kimberly verlangte von mir, dass ich Carol dem Wendigo opfere ... ihre eigene Schwester! Ich ... ich hab sie laufen lassen. Ich wollte das alles nicht mehr. Man kann den Wendigo nicht daran hindern, dass er einen angreift. Selbst wenn man jeden Tag ein Mädchen oder eine Frau opfern würde ... er will keine Geschenke. Er will seine Beute jagen, er ... er will sie einschüchtern und seinen Spaß mit ihr haben, bevor er sie tötet.« Sie blickte Allie an, wartete lange, bevor sie weitersprach. »Ich hab Carol laufen lassen. Ich hab sie laufen lassen, und dann bin ich selbst geflohen und nach Norden gezogen, um diesem Ungeheuer endgültig das Maul zu stopfen.«

Jessica wurde für einen Augenblick schwarz vor Augen, und sie musste sich mit beiden Händen an den Baumstamm klammern. Ihre Stimme brach wieder. »Ich hätte wissen müssen, dass … dass der Wendigo stärker ist. Ich weiß nicht, was er … mit mir gemacht hat, aber mir ist kalt und ich bin schwach und …« Sie flüsterte jetzt nur noch. »Du … Ihr müsst mir helfen! Ich bin … Mir geht es nicht gut. Ich will nach Hause … ich … ich will nur noch nach Hause.«

»Ich werde mich um dich kümmern«, mischte sich Jeremiah Lone Eagle ein. »Du bist erschöpft, du hast Angst, und deine Seele ist verletzt, aber es gibt Mittel, dich wieder zu heilen, und wenn du dich darauf einlässt, brauchst du keine Angst zu haben. In ein paar Wochen bist du wieder gesund.« Er reichte ihr die Hand und wartete geduldig, bis sie danach griff.

Allie nickte aufmunternd. »Du hast Glück, einen weisen Mann wie ihn zu treffen, Jessica. Auch ich habe ihm meine Gesundheit zu verdanken, vielleicht sogar mein Leben. Geh mit ihm und kehre nach Spirit Lake zurück.«

»Ich habe Eve umgebracht«, sagte sie, »ich habe ihr in den Bauch geschossen und sie für den Wendigo liegen lassen. Ich bin schuld an ihrem Tod. Sie werden mich lebenslänglich ins Gefängnis sperren. Ich bin eine Mörderin.«

»Du wusstest nicht, was du tust. Du bekommst mildernde Umstände.«

»Komm mit mir«, forderte Jeremiah Lone Eagle die junge Frau auf. »Alles ist besser, als hier draußen vom Wendigo gefressen zu werden. Hab keine Angst. Denk an das warme Feuer, an dem du bald sitzen wirst. An den heißen Tee und die Fleischbrühe, die ich dir geben werde.«

Jessica griff zögernd nach der Hand des alten Mannes. Sie

wirkte unsicher und ängstlich. Das Licht der Taschenlampe ließ ihre Haut noch blasser aussehen, als sie in Wirklichkeit war. »Wo ist Carol? Ist sie auch tot? Sie ist tot, nicht wahr?«

»Carol lebt … sie ist in Sicherheit.«

»Sie ist nicht verletzt?«

»Ihr ist nichts passiert.«

Jessica lächelte schwach und ließ sich von dem Indianer führen. »Das ist gut«, sagte sie, »sie war so … so unschuldig. Sie ist ein gutes Mädchen.«

Jeremiah Lone Eagle legte schützend eine Hand um sie und blickte Allie und Chris an. Seine weißen Zöpfe leuchteten im Licht der Taschenlampe. »Ich werde für euch beten und singen. Ihr werdet nicht allein sein, wenn die Stunde der Entscheidung gekommen ist. Nach eurem Sieg werden wir in einer besseren Welt leben, und ich werde in unserer Hütte auf euch warten und die Pfeife zu Ehren des Schöpfers rauchen. *Gigawabamin Menawah*!« Er lächelte, als er sah, dass Allie ihn nicht verstand. »Wir sehen uns wieder.«

Nachdem Jeremiah Lone Eagle mit der entkräfteten Jessica verschwunden war, drangen Allie und Chris weiter in den Wald vor. Sie verloren kein Wort über die Entscheidung des Indianers, fanden nicht einmal die Zeit, die Bogenfrau zu bedauern. Wenn sie eine Chance haben wollten, den Wendigo zu besiegen, durften sie sich nicht ablenken lassen, sondern mussten sich ganz auf ihre Aufgabe konzentrieren. Sonst würden sie wie Jessica enden … wenn ihnen das Glück gewogen blieb. Viel wahrscheinlicher war, dass der Wendigo sich über sie lustig machen und sie zu Tode quälen würde.

Chris hatte wieder die Führung übernommen. Den Lichtkegel der Taschenlampe auf den Boden gerichtet, lief er geduckt durch den Wald. Allie blieb dicht hinter ihm. Ihre Schneeschuhe trug sie über der linken Schulter. Immer wieder glitt ihr Blick misstrauisch durch die Dunkelheit. Das Gefühl, ein fremdes Reich betreten zu haben, hatte sich während der letzten Minuten verstärkt. Dieser Wald war anders. Die Bäume schienen einen zu bedrängen, das leise Rauschen des Windes, sonst eher beruhigend, hatte etwas Bedrohliches an sich. Im Unterholz schienen tausend Gefahren zu lauern. Sie fühlte sich wie ein Soldat, der in einen dichten Dschungel eindrang und genau wusste, dass sich dort eine Übermacht seiner Feinde versteckt hielt. Ein Himmelfahrtskommando hätte Allies Großvater dazu gesagt. Er hatte in Vietnam gekämpft und war zahlreiche Male in einer solchen Situation gewesen. Eigentlich müsste ich längst tot sein, hatte er öfter gesagt, bei dem, was ich erlebt habe.

Im zitternden Lichtschein kletterte ein Eichhörnchen einen Fichtenstamm hinauf, dicht dahinter ein zweites und drittes. Putzige kleine Tiere, über die Allie sich normalerweise amüsiert hätte, weil sie so flink und geschickt waren und sie an die Plüschtiere ihrer Kindheit erinnerten. Auch diesmal huschte ein schwaches Lächeln über ihr Gesicht, trotz des Wendigo, der überall in der Dunkelheit lauern konnte. Sie marschierte weiter und entdeckte ein weiteres Eichhörnchen, diesmal auf der anderen Seite. Im Lichtschein verharrte es sekundenlang und starrte sie mit derart kalten und bösen Augen an, dass Allie unwillkürlich stehenblieb und flüsternd warnte: »Chris! Das Eichhörnchen!«

Als wäre ihr Flüstern ein Signal gewesen, drangen die kleinen Tiere plötzlich von allen Seiten auf Allie ein. Nur dass sie nicht mehr putzig und zierlich, sondern aggressiv und gemein waren und sich mit ihren scharfen Zähnen in ihrem Anorak und ihrer Hose verbissen. Die Augen der Tiere waren blutunterlaufen, und ihr Pfeifen und Klopfen hallte ihr laut in den Ohren. »Chris!«, rief sie panisch. Sie fegte eines der Eichhörnchen mit ihrem Unterarm von der Brust und packte ein anderes, das sich anschickte, in ihre Wange zu beißen, am Schweif und warf es in den Wald zurück. »Hilf mir, Chris!«

Doch sie wurde von der Wucht des Angriffs zu Boden gerissen und landete im Schnee, den kleinen Bestien hilflos ausgesetzt. Mit glühenden Augen und blitzenden Zähnen fielen die aggressiven Tiere über sie her. Allie wehrte sich mit Händen und Füßen, als würde sie von einem aufgebrachten Bienenschwarm angegriffen, und bekam nicht mit, wie Chris den Rucksack fallen ließ, sein Gewehr von der Schulter riss und über sie hinwegfeuerte. Der Feuerball des Schusses zerriss die Dunkelheit, die Kugel erwischte eines der Eichhörnchen und schleuderte es gegen den nächsten Baum. Ein Glück für Allie. Die Tiere ließen von ihr ab und zogen sich blitzschnell in den Wald zurück. Ihr Pfeifen und Klopfen war noch eine Weile zu hören, wurde aber schnell leiser und erstarb schließlich ganz.

Sie blieb erschöpft liegen, der Schock über den unerwarteten Angriff stand ihr ins Gesicht geschrieben. »Der Wendigo«, stieß sie leise hervor, »er hat die kleinen Bestien verhext! Wir werden ihn niemals besiegen, Chris. Niemals!«

Chris blickte auf sie herab und wusste nicht, was er sagen sollte.

27

Der Wald zog sich endlos dahin, schien keinen Anfang und kein Ende zu haben und sie für immer festhalten zu wollen. Es war still, nur der Wind begleitete sie mit seinem heimtückischen Flüstern. Sie marschierten den ganzen Nachmittag, ohne den Himmel zu sehen und in der ständigen Angst, erneut den aggressiven Eichhörnchen oder anderen gefährlichen Tieren zu begegnen.

Chris wusste sich auch in beinahe vollkommener Dunkelheit zu orientieren. Mehrmals richtete er den Lichtkegel seiner Taschenlampe auf Bäume und Sträucher, um an der Art ihres Wuchses und dem Moos an den Stämmen zu erkennen, in welche Himmelsrichtung sie liefen. An den Bäumen setzte sich Moos meist auf der Nordwestseite fest, von dort trieb der Wind die meiste Feuchtigkeit heran und ließ es besonders gut gedeihen. Auch jetzt kam der Wind von Norden, allerdings so schwach, dass man ihn kaum spürte.

Am frühen Abend rasteten sie auf einem entwurzelten Baumstamm und aßen von den Sandwiches, die Allie mitgebracht hatte. Erst beim Essen fiel ihnen auf, wie groß ihr Hunger war. Der Tee in Chris' Thermosflasche war noch warm.

Zum Nachtisch teilte er einen Schokoriegel und gab Allie die Hälfte.

»Manchmal denke ich, das ist alles nur ein böser Traum«, sagte sie. »Alles, was ich … was wir während der letzten Tage erlebt haben, ist so unwirklich. Ein Ungeheuer, das eine ganze Stadt in Atem hält und Mädchen und Frauen verschlingt, so was hätte ich nicht mal als Kind geglaubt. Aber wenn ich die Existenz des Wendigo vor Gericht beweisen müsste, hätte ich gute Argumente.« Sie trank einen Schluck Tee und reichte den Becher an Chris weiter. »Aber wie kommt dein Großvater bloß darauf, dass ausgerechnet ich bei der Jagd auf das Ungeheuer helfen könnte? Ich bin weiß … und hab eine Heidenangst!«

Darüber schien auch Chris nachgedacht zu haben. »Großvater ist ein weiser Mann. Du musst ihm vertrauen. Wenn er sagt, dass wir beide den Wendigo besiegen können, stimmt es auch. Bisher hatte er immer recht. Am liebsten würde er den Wendigo selbst bekämpfen, aber der Große Geist will nicht, dass er sich in Gefahr begibt. Dafür ist er zu alt. Deshalb ist Jessica hier. Großvater soll sie nach Hause bringen und uns allein weiterziehen lassen.«

»Mir wäre es lieber, er wäre bei uns geblieben. Er kennt den Wendigo.«

Chris faltete das Papier zusammen, in das sein Sandwich eingewickelt war, und stopfte es in seinen Rucksack. »Großvater ist kein Feigling«, fuhr er fort. »Er hat früher mehrmals versucht, den Wendigo auf eigene Faust zu besiegen. Das hat er dir nie erzählt, nicht wahr?« Er blickte sie an und lächelte verhalten. »Er spricht selten über sich. Das letzte Mal blieb er zwei Wochen in den Bergen. Er suchte überall nach dem Wendigo, doch der ließ sich nicht blicken – als wäre Großvater zu alt und es nicht wert, dass man sich mit ihm beschäftigt. Kein Schneesturm, keine verrückten Eichhörnchen ... nichts. Da wusste er, dass er nur seinen Träumen vertrauen durfte, und dort sah er mich mit einer jungen weißen Frau in die Berge ziehen. So wollen es die Geister, sagt Großvater. Nur wir können das Ungeheuer besiegen. Du und ich.«

»Und wie soll das gehen, wenn man es nicht zu fassen bekommt?«

»Mit Feuer«, sagte Chris, »so haben wir uns den Wendigo immer vom Hals gehalten. Die Legende sagt, dass er aus Schnee und Eis besteht und nur mit Feuer besiegt werden kann. Nur dann würde sein eisiges Herz schmelzen.«

»Du willst ihn mit Fackeln besiegen?«

Er schüttelte den Kopf. »Fackeln sind nicht genug ... und auch ein Lagerfeuer würde gerade mal ausreichen, diese verrückten Eichhörnchen zu vertreiben. Es müsste schon ein großes Feuer sein, ein richtig großes Feuer.«

Sie blickte ihn ungläubig an. »Ein richtig großes Feuer? Und wie willst du das anstellen? Hätten wir vielleicht einen Flammenwerfer mitnehmen sollen? Willst du den Wald anzünden? So ein großes Feuer gibt es doch gar nicht.«

»Wir müssen Großvater vertrauen«, sagte er.

Sie liefen weiter. Beide hingen trüben Gedanken nach, waren plötzlich nicht mehr sicher, das Richtige zu tun. Wer sagte ihnen denn, dass Jeremiah Lone Eagle in seinen Träumen tatsächlich die Wahrheit erfahren hatte? Wer versicherte ihnen, dass sie stark genug waren, es mit dem Wendigo aufzunehmen? Was, wenn nicht der Wendigo, sondern etwas anderes auf sie wartete? Etwas, das so furchtbar war, dass man es sich nicht mal in seinen bösesten Träumen vorstellen konnte?

Sie hatten gehofft, noch vor Einbruch der Dunkelheit den Waldrand zu erreichen, doch als die Nacht begann, waren sie noch immer von Bäumen umgeben. Ihnen blieb nichts anderes übrig, als sich einen einigermaßen geschützten Lagerplatz in einer Senke zu suchen und dort ihre Decken auszurollen. Chris baute aus einigen Steinen eine Feuerstelle, Allie sammelte Äste und Zweige für ein Lagerfeuer. Mit dem Feuerzeug setzte er etwas Reisig in Brand und fachte die Flammen durch ständiges Pusten an, bis sie auf die größeren Zweige und Äste übergriffen und hell emporloderten.

Dicht am Feuer unter ihren Decken, den Rücken gegen Fichtenstämme gelehnt, vergaßen sie beinahe den Wendigo, und die Begegnung mit den aufgebrachten Eichhörnchen erschien Allie wie etwas, das sie vor langer Zeit in einem Horrorfilm gesehen hatte. Im Schein der Flammen fühlten sie sich sicher, zumindest waren sie gegen angriffslustige Tiere geschützt. Selbst hungrige Wölfe waren nicht dafür bekannt, Menschen an einem Feuer anzugreifen.

Sie teilten sich das Wasser aus der Feldflasche, die Chris mitgebracht hatte, und blickten in die Flammen. Das Knistern der Flammen und der zerspringenden Harzknoten hatten etwas Beruhigendes, und die Hitze vertrieb die winterliche Kälte, die während des langen Marsches unter ihre Kleidung gekrochen war.

Allie nahm einen Schluck Wasser und reichte die Flasche an Chris weiter. In seinen Augen und auf seiner Haut spiegelten sich die Flammen. »Was wirst du tun, wenn wir den Wendigo besiegt haben und Spirit Lake wieder eine Stadt wie jede andere ist?«, fragte sie nach einer Weile, ohne in Betracht zu ziehen, wie schwierig die Aufgabe war, die noch vor ihnen lag.

Chris schien darüber bereits nachgedacht zu haben. »Ich würde das tun, was ich bisher auch getan habe. Mein Studium abschließen, bei einer Werkstatt anfangen und Geld für eine eigene Werkstatt sparen.« Er machte eine Pause, bevor er fortfuhr: »Und ich würde dir ein Lied auf einer Flöte aus Adlerknochen spielen. Das taten die Krieger der Anishinabe, wenn sie einer Frau den Hof machten, und wenn sie Glück hatten, zierte sich die Frau nur ein wenig, und der Mann durfte ihren Vater fragen, ob er ihm seine Tochter zur Frau gab. Er brachte ihm Geschenke, um ihn günstig zu stimmen.«

Allie wurde rot. »Und was würdest du meinem Vater bringen?«

»Was er am liebsten mag. Frisches Elchfleisch, hundert Pferde, meine ganzen Ersparnisse ... ich würde ihm alles geben, nur um dich zu bekommen.«

»Ich glaube, das Versprechen, mich immer gut zu behandeln, würde ihm schon reichen.« Sie kicherte. »Vorausgesetzt, ich ziere mich nicht zu lange.«

»Das würdest du nicht tun.«

Sie erwiderte sein Lächeln. »Nein, das würde ich nicht tun. Ich würde meinem Vater sagen, dass ich mich glücklich schätze, einen so tapferen und liebevollen Krieger der Anishinabe kennengelernt zu haben.« Sie suchte nach seiner Hand. »Was taten die Anishinabe-Frauen, wenn sie sich nicht zierten?«

»Sie trafen sich heimlich mit ihrem Liebsten.«

»So wie wir jetzt?«

»So ungefähr.«

Sie drückte liebevoll seine Hand. »Und was taten die beiden dann? Ich hab irgendwo gelesen, dass Indianer sich nicht küssten.«

»Das lernten sie erst von den Weißen.«

Allie lächelte verschmitzt. »Soll ich es dir auch beibringen?«

»Das wäre wundervoll«, sagte er.

Sie beugte sich zu ihm hinüber und schloss die Augen. Und nicht einmal eine Eule, die über ihnen aus einem Baum stieg, vermochte sie zu stören.

Allie schlief spät ein. Chris hatte sich bereit erklärt, die erste Wache zu übernehmen. Sie versank in einem angenehmen Traum, in dem ein Krieger der Anishinabe um ihre Hütte schlich und auf seiner Flöte aus Adlerknochen spielte. Die Melodie umgarnte sie mit sanften Tönen, verhallte im Wind und bewies dem ganzen Dorf, wie begehrt sie war, bis plötzlich ein schriller Misston ertönte und unheimliches Heulen von draußen hereindrang.

Allie schreckte hoch und sah gelbe Augenpaare in der Dunkelheit abseits des Feuers leuchten. Wölfe, wollte sie schreien, doch ihre Kehle war wie zugeschnürt, und es kam kein Laut über ihre Lippen. Die Augenpaare bewegten sich, wanderten nervös um das Feuer herum, begleitet von einem furchterregenden Fauchen, das ihr durch Mark und Bein ging. Wölfe ... der Wendigo.

Chris war aufgesprungen und hielt sein Gewehr in beiden Händen. Er feuerte, einmal, zweimal, dreimal, bis die gelben Augen verschwanden und das Fauchen verstummte. Er blieb noch eine Weile stehen, das Gewehr im Anschlag, bis er sicher sein konnte, dass er die Wölfe endgültig vertrieben hatte. »Hier können wir nicht bleiben«, sagte er dann, »wir müssen weiter.« Er zog einen dicken Ast aus dem Feuer und hielt ihn ihr wie eine Fackel hin. »Ich hoffe, damit können wir uns die Biester vom Hals halten. Bleib dicht hinter mir!«

Eilig packte er die Decken in den Rucksack, schnallte ihn um und nahm ebenfalls eine Fackel aus dem Feuer, bevor er die Flammen mit den Füßen austrat. Im Schein der Fackeln verließen sie ihren Lagerplatz und liefen weiter nach Norden. Beide waren nach dem Beinahe-Überfall hellwach, sie hätten sowieso nicht mehr schlafen können, obwohl die Nacht noch dunkel und schwer über den Bäumen hing.

Vergessen war der schöne Augenblick vor dem Einschlafen, stattdessen breitete sich Angst in ihrem ganzen Körper aus. Wie ein Virus, das innerhalb weniger Sekunden in der Lage ist, einen gesunden Körper zu befallen und sich in den wichtigsten Organen auszubreiten, befiel sie die Furcht, noch im Wald vom Wendigo aufgehalten und für ihre Kühnheit, gegen ihn anzutreten, bestraft zu werden. Aggressive Eichhörnchen, hungrige Wölfe … wer wusste schon, was sie noch erwartete in diesem verhexten Wald? Allie kam sich wie in einem grausamen Märchen vor – einem Märchen mit Hexen und Geistern und ohne Happy End.

Mit dem Morgengrauen erreichten sie das Ende des Waldes. Erleichtert traten sie zwischen den Bäumen hervor, nur um im nächsten Moment vor dem Anblick zu erstarren, der sich ihren übermüdeten Augen bot. Rechts von ihnen wuchsen dunkle Felswände in den Himmel, die schroffen Flanken riesiger Berge, deren Gipfel bis in die Wolken ragten. Von den schiefergrauen Wänden, die im ersten Tageslicht matt glänzten, ging eine unsichtbare Bedrohung aus, als läge dort das Tor zur Hölle verborgen, und jeder, der ihm zu nahe kam, wäre einem grausamen Tod geweiht. Unterhalb der Felswände fielen die verschneiten Hänge sanft nach unten ab und bildeten ein lang gestrecktes Tal, das zu beiden Seiten von dichten

Fichtenwäldern begrenzt wurde. Nur bei genauerem Hinsehen erkannte man einen schmalen Fluss, der aus den Felsen zu kommen schien und sich im Tal verlor.

Allie glaubte eine Bewegung weit unten im Tal zu erkennen und blickte genauer hin. »Da unten …« Sie deutete in die Richtung. »Da bewegt sich was.«

Chris griff mit der freien Hand nach seinem Feldstecher und sah es auch. Ungläubig folgte er der Bewegung. »Zwei Scheinwerfer«, stellte er fest, »ein Snowmobil kann es nicht sein … Das ist ein Auto! Ein Geländewagen … sieht beinahe aus wie der von den zwei schwarz gekleideten Männern!« Er warf seine Fackel in den Schnee und trat sie mit den Füßen aus. »Wirf die Fackel weg! Das sind sie … die beiden Entführer … sie dürfen uns nicht sehen.«

Allie reagierte sofort und ließ sich dann von Chris den Feldstecher geben. Auch sie erkannte einen dunklen Geländewagen … einen Range Rover. Sie folgte ihm mit dem Feldstecher und beobachtete gebannt, wie der Wagen plötzlich nach links abbog und dem gegenüberliegenden Waldrand entgegenfuhr. Erst in seinem Scheinwerferlicht war die Blockhütte zu sehen. »Er hält vor einer Blockhütte«, sagte sie leise. Im selben Augenblick flammte eine Lampe in der Hütte auf, und ein Mann öffnete die Tür. Allie verfolgte fassungslos, wie zwei Männer mit einem reglosen Mädchen ausstiegen und es in die Hütte brachten. »Melissa! Das ist Melissa!« Sie reichte ihm den Feldstecher. »Wo waren sie die ganze Zeit mit ihr?«

»Sie müssen noch ein anderes Versteck haben«, erwiderte Chris. »Was haben sie nur mit ihr vor?«

Selbst mit bloßen Augen konnte Allie sehen, wie die beiden Männer schon nach wenigen Augenblicken wieder aus der Hütte kamen und in ihren Geländewagen stiegen. Sie wendeten und fuhren zu der kaum erkennbaren Forststraße zurück. In zügigem Tempo verließen sie das Tal. Die Bremslichter wurden immer kleiner und verschwanden im trüben Morgendunst.

Chris setzte den Feldstecher ab und schob ihn nachdenklich in seine Anoraktasche zurück. »Ich hatte keine Ahnung, dass es hier oben eine Straße gibt«, sagte er, »ich wusste auch nicht von der Blockhütte. Ich dachte, hier gibt's nur Wildnis.« Er überlegte einen Augenblick, gab sich einen Ruck und band seine Schneeschuhe vom Rucksack. »Wir müssen das Mädchen da rausholen, bevor ein Unglück passiert. Wer weiß, was der Mann mit ihr vorhat.«

»Und wie willst du das anstellen?«

»Weiß ich nicht, aber wir müssen es versuchen.«

Chris hatte recht. Der Mann in der Blockhütte war ganz offensichtlich ein Komplize der beiden schwarz gekleideten Männer. Hatte er die Aufgabe, die Gefangene zum Wendigo zu bringen? Warum erledigten die Männer im Range Rover das nicht selbst? War der Mann selbst der Wendigo? Das Fabelwesen besaß laut Überlieferung die Fähigkeit, menschliche Gestalt anzunehmen. Oder steckte etwas ganz anderes dahinter? Etwas, das mit dem Wendigo gar nichts zu tun hatte?

»Du bleibst besser hier«, sagte Chris, als er die Riemen der Schneeschuhe festschnallte, »zu gefährlich.« Er nahm sein Gewehr von den Schultern und lud es durch. »Lauf zurück und ruf den Sheriff, falls du einen Schuss hörst.«

Allie schnallte ebenfalls ihre Schneeschuhe an. »Kommt nicht infrage. Ich lasse dich nicht allein. Dein Großvater hat gesagt, wir würden es nur zusammen schaffen, also gehen wir auch zusammen da runter.« Sie zurrte die Riemen fest. »Außerdem würde es viel zu lange dauern, den Sheriff zu holen. Bis der hier ist, kann sonstwas passiert sein. Wenn er überhaupt kommt. Der hat doch mehr Angst vor dem Wendigo als alle anderen. Wer weiß, vielleicht steckt er mit ihm unter einer Decke.«

»Und wenn es gar keinen Wendigo gibt?«

Allie hielt mitten in der Bewegung inne. »Das sagst du?«

»Ich weiß, es sind seltsame Dinge vorgefallen, und ich bin der Letzte, der meinem Großvater widerspricht, aber es könnte doch sein ... In den Legenden geht der Wendigo immer direkt auf seine Opfer los. Da braucht er weder schwarz gekleidete Männer noch Helfer in abgelegenen Blockhütten. Warum verlässt er sich in Spirit Lake auf menschliche Helfer? Ist doch sonderbar ...«

»Egal ... wir müssen Melissa befreien!«, sagte Allie. Sie marschierte los, ohne auf Chris' Antwort zu warten, wurde aber schon bald von ihm überholt und blieb in seinem Windschatten.

»Du bist beinahe so stur wie die Kriegerfrau, von der Großvater so oft erzählt«, sagte er. »Eine Frau, die ihre Eltern bei einem Überfall der Lakota verloren hatte und allein gegen die Feinde zog und den halben Stamm tötete, bevor sie selbst starb.«

»Ich habe nicht die Absicht zu sterben«, erwiderte Allie.

Doch je näher sie der Hütte kamen, desto größer wurde ihre Angst, und sie hätte alles dafür gegeben, jetzt einen fähigen Gesetzesbeamten bei sich zu haben. Es war glatter Irrsinn, was sie vorhatten. In einer anderen Stadt, in einer anderen Gegend wäre das FBI mit einer ganzen Mannschaft von Agenten, einem Verhandlungsführer und Scharfschützen für den Notfall angetreten, um das Mädchen zu befreien. Man hätte versucht, den Mann in der Hütte mürbe zu reden und hätte gleichzeitig kampferprobte Männer losgeschickt, die sich von hinten an die Blockhütte heranschlichen. Und was taten sie? Sie näherten sich zu zweit der Hütte, ein junger Halbindianer, der viel von seinem Großvater gelernt hatte und mit einem Gewehr umgehen konnte, aber keinerlei Erfahrung mit einer so kritischen Situation hatte, und eine junge Frau, die nicht die geringste Ahnung hatte, wie sie sich am klügsten verhalten sollte.

Sie brauchten über eine halbe Stunde bis zur Forststraße. Chris und Allie verharrten eine Weile und blickten zu der Hütte empor. Es brannte noch Licht. Einen Hund, der den Bewohner warnen konnte, gab es glücklicherweise nicht. Aber was war, wenn der Mann sie bereits entdeckt hatte?

»Da entlang«, flüsterte Chris und deutete auf die Schneewehen zu beiden Seiten der Auffahrt. Sie würden ihnen Deckung geben, wenn sie links von der Auffahrt einen Bogen schlugen und sich der Hütte von der Seite näherten. Das einzige Fenster zeigte nach vorne hinaus.

»Duck dich so tief wie möglich«, wisperte Chris.

Wie zwei indianische Krieger stapften sie den Hang hinauf. Es war inzwischen hell geworden, und trotz des stark bewölkten Himmels verirrten sich ein paar Sonnenstrahlen auf die Erde und verbreiteten einen eigentümlichen Glanz. Der Wind wirbelte losen Schnee auf und ließ ihn in unangenehmen Schauern auf sie herniedergehen.

Den Mann, der leise die Tür geöffnet hatte und mit einem Gewehr vor der Hütte wartete, sahen sie viel zu spät. »Das ist weit genug!«, warnte er sie.

28

Allie erkannte den Mann sofort. Die schulterlangen weißen Haare und sein Vollbart flatterten im Wind, genauso wie vor einigen Tagen, als er in seinem rostigen Pick-up an ihr vorbeigebraust war und sie später im Wald zu Tode erschreckt hatte. »Joey Brennan«, sagte sie so laut, dass er es hören konnte.

Der Alte kniff die Augen zusammen und ließ den Gewehrlauf sinken. »Miss? Allie McCormick, nicht wahr? Die junge Frau, die ich beinahe über den Haufen gefahren habe. Was suchen Sie in dieser gottverlassenen Einöde? Und warum legt dieser Bengel immer noch mit dem Gewehr auf mich an?«

Allie drückte Chris' Gewehrlauf nach unten. »Eben waren zwei Männer bei Ihnen. Wir wollen das Mädchen, das sie Ihnen gebracht haben, nach Hause bringen. Melissa darf nichts passieren.«

»Ich weiß«, erwiderte Brennan. »Kommen Sie rein.«

Allie und Chris nahmen seine Einladung an, legten ihre Schneeschuhe vor der Tür ab und folgten ihm in die Hütte. Angenehme Wärme empfing sie. Wie die meisten Trapperhütten war auch diese hier karg eingerichtet und so ungemütlich, als stünde sie die meiste Zeit leer. Allie war es egal, sie interessierte sich nur für Melissa, die bewusstlos auf dem Bett des Fallenstellers lag, aber regelmäßig atmete und liebevoll mit einer Wolldecke zugedeckt war.

»Es geht ihr gut«, sagte Brennan, als Allie zu dem Mädchen lief und sich besorgt über sie beugte. »Man hat sie in einen Dämmerschlaf versetzt. Wenn sie aufwacht, wird sie sich an nichts mehr erinnern. Kein Grund zur Sorge.«

»Kein Grund zur Sorge? Melissa wurde entführt!«

»Ich weiß«, erwiderte der Fallensteller müde, »das weiß ich doch.« Er ging zum Ofen und füllte drei Becher mit heißem Tee. Da es nur einen Hocker gab, blieben sie stehen. Brennan schien sich an seinem Becher festzuhalten. Er überlegte seine Worte gründlich, bevor er sagte: »Aus irgendeinem Grund wollte er sie nicht haben. Ich soll sie zurückbringen und vor ihrem Haus absetzen.«

»Er ... wer ist *er*? Von wem reden Sie, Joey?«

»Na, wer wohl?« Joey blickte aus dem Fenster und senkte seine Stimme, als hätte er Angst, jemand könnte ihn belauschen. »Der Wendigo natürlich. Er hält sich irgendwo in den Bergen versteckt. Manchmal höre ich ihn, vor allem nachts, wenn er hungrig ist und so schaurig brüllt, dass es mir kalt den Rücken herunterläuft. So laut brüllt nicht mal ein verwundeter Löwe.«

Allie schluckte. »Und was haben die Männer damit zu tun?«

»Das weiß ich auch nicht, ehrlich nicht. Ich weiß nur, dass sie alle paar Monate ... und manchmal auch öfter ... ein Mädchen oder eine junge Frau hier heraufbringen und mit ihr in den Bergen verschwinden. Einige der Entführten bringen sie später zu mir, und sie sind so ängstlich und verstört, dass man sie kaum noch erkennt. Ich muss die armen Frauen und Mädchen dann in die Stadt fahren und irgendwo aussetzen.« Er seufzte leise. »Ich habe keine Wahl, ich muss es tun, sonst töten sie mich. Die Männer im Range Rover verstehen keinen Spaß, das haben sie mir gleich klargemacht.«

Allie wechselte einen Blick mit Chris und sah, dass er genauso entsetzt war wie sie. »Und warum lassen Sie sich dann mit ihnen ein, Joey?«

»Ich hab mich nicht um den Job gerissen, Miss, und ich tue es bestimmt nicht gerne, aber was soll ich tun? Mich abknallen lassen? Ich hab mich nach dem Tod meiner Frau in der Hütte hier verkrochen. Mir war's egal, ob mich der Wendigo holt, vielleicht wollte ich es sogar. Aber statt des Wendigo tauchten plötzlich diese beiden Männer hier auf und hielten mir ihre Pistolen unter die Nase. Seitdem muss ich ihre Opfer nach Spirit Lake zurückfahren.«

Allie blickte in ihren Teebecher, sie hatte vor Aufregung noch keinen Schluck getrunken. »Und wohin bringen sie die Mädchen und Frauen? Zum Wendigo? Wartet er in seinem Versteck in den Bergen darauf, dass ihm die Männer ein neues Opfer bringen? Seit wann braucht der Wendigo menschliche Helfer?«

»Ich weiß es nicht. Wenn die Männer eine neue Gefangene bringen, fahren sie mit ihr in die Berge hinauf und sind plötzlich verschwunden. Und wenn sie zurückkommen, ist sie nicht mehr bei ihnen.« Joey hielt seinen Becher fest umklammert. »Wer soll es denn sonst sein? Einmal wollte ich's genau wissen und bin den Reifenspuren gefolgt, doch dann waren sie unter dem Neuschnee verschwunden. Als ich ausstieg und mich ein wenig näher umsah, kam ein schwerer Schneesturm auf, und ich hörte jemanden meinen Namen flüstern. Der Wendigo … Meine Frau hat mich immer vor ihm gewarnt. Sie wusste, wie gefährlich er ist.« Er ließ die Schultern hängen. »Ich muss ihm gehorchen. Wenn ich mich weigere, hetzt er mir seine Handlanger auf den Hals, oder er kommt selbst und rächt sich an mir.« Der alte Fallensteller hatte Tränen in den Augen. »Ich kann nicht anders, Miss. Der Wendigo beobachtet mich. Sobald ich versuche, ihn zu bekämpfen, zeigt er mir, wer hier oben das Sagen hat.«

Allie hatte selten eine so verwirrende Geschichte gehört. Sie verstand noch immer nicht, warum der Wendigo überhaupt auf menschliche Handlanger zurückgriff.

»Und wenn es den Wendigo gar nicht gibt?«

»Oh, es gibt ihn. Darauf können Sie sich verlassen.«

»Und er verschont Melissa?«

»Das ist das Einzige, was ich nicht verstehe«, sagte Joey. »Seit ich hier bin, ist sie das erste Mädchen, das er verschont. Die Männer haben mir befohlen, sie so bald wie möglich nach Hause zu bringen. Ich darf sie nicht mal wie sonst in der Nähe ihrer Wohnung absetzen. Sie soll sicher bei ihren Eltern landen. Ich hab die Männer gebeten, sie selbst nach Spirit Lake zu bringen, aber das wollten sie nicht. Sie haben wohl strikte Anweisungen vom Wendigo.« Joey schüttelte den Kopf. »Manchmal frage ich mich, ob ich schlecht träume, aber wenn ich aufwache, bin ich immer noch hier, und wenn ich mal in die Stadt fahre, hab ich das Gefühl, dass der Wendigo mich beobachtet und mich sofort streng bestrafen würde, wenn ich nicht zurückkäme.«

Allie stellte ihren Becher auf den Tisch, ohne etwas getrunken zu haben, und blickte auf Melissa. Sie schien zu schlafen. »Was haben sie ihr gegeben?«

»Irgendwas Harmloses, sagten sie. Sie waren ziemlich nervös. Anscheinend hatte man ihnen verboten, das Mädchen zu entführen. Keine Ahnung, woher die Anweisung kam. Aber es geht ihr gut.«

»Und die Mädchen und Frauen, die nicht zurückkamen? Was ist mit ihnen passiert? Haben die Männer sie dem Wendigo geopfert? Glauben Sie wirklich, dass es hier ein Monster gibt, das sich von Menschenfleisch ernährt?«

»Ich *glaube* es nicht ... ich *weiß* es. Hüten Sie sich vor ihm, Miss!«

Allie blickte dem Fallensteller in die Augen und sah die große Angst, die sich darin spiegelte. Ihr wurde klar, dass er alles für den Wendigo und die Männer tun würde, ihnen selbst bei einem Mord behilflich sein. Denn was war es anderes, wenn man tatenlos dabei zusah, wie ein Opfer nach dem anderen in die Berge verschleppt wurde und nur ein Bruchteil von ihnen wieder zurückkehrte. Joey hatte sich zum willenlosen Werkzeug des Wendigo und seiner Helfershelfer machen lassen, wenn auch gegen seinen Willen. Es war wie bei der Mafia, lebend kam man nicht mehr heraus.

Allie wechselte einen Blick mit Chris und verständigte sich auch ohne Worte mit ihm. Sie würden seinem Großvater trauen und das tun, was er von ihnen verlangte. »Bringen Sie Melissa nach Hause«, sagte sie zu Brennan. »Wenn sie heute Abend nicht bei ihren Eltern ist, kommt Chris zurück, und Sie werden sich wünschen, dem Wendigo in die Hände gefallen zu sein.« Sie wunderte sich selbst über ihre Worte, doch sie erzielten die gewünschte Wirkung. Der Fallensteller zitterte beinahe vor Angst.

»Ja, sicher«, erwiderte er, »auch die Männer wollen, dass ich sie zurückbringe. Ihr passiert nichts. Sie können sich auf mich ...« Er unterbrach mitten im Satz und blickte sie ungläubig an. »Sie wollen doch nicht allein gegen den Wendigo …« Wieder schaffte er es nicht, den Satz zu Ende zu bringen.

Allie ging zu der immer noch bewusstlosen Melissa und streichelte ihr sanft über den Kopf. »Es wird alles wieder gut. Joey bringt dich nach Hause.«

Danach verließen Allie und Chris die Hütte und schnallten ihre Schneeschuhe an. Der Wind hatte aufgefrischt und trieb ihnen Schneeflocken ins Gesicht. Einige Krähen stiegen aus dem nahen Gebüsch auf und flogen krächzend davon.

»Du bist sehr mutig«, sagte Chris. »Du willst wirklich kämpfen?«

Allie zog den letzten Riemen fest und richtete sich auf. »Mir ist beinahe übel vor Angst. Ich würde mich am liebsten irgendwo verkriechen und warten, bis der Albtraum vorüber ist. Aber dies ist kein Albtraum, nicht wahr?«

»Nein, dies ist kein Albtraum.«

Vom Mut der Verzweiflung getragen, stapften sie zur Forststraße hinab und dann weiter nach Norden. Noch waren die Spuren des Geländewagens halbwegs zu sehen. Verdächtige Stille füllte das Tal aus, die Ruhe vor dem Sturm, schien es, und das einzige Geräusch, das diese Stille durchbrach, war das Knirschen des Schnees unter ihren Schneeschuhen.

Bis in die Ausläufer der Berge war es weiter, als es den Anschein hatte, und es war bereits Mittag, als sie die Felsen erreichten. Wie brüchige Riesenzähne ragten sie aus dem Schnee, dazwischen wand sich die Forststraße entlang und verlor sich im Geröll. Steil und zerklüftet wuchsen die Bergriesen in den Himmel, scheinbar zum Greifen nahe und doch noch über eine Stunde entfernt. Ein Raubvogel schwebte an einer Felswand entlang.

Sie liefen weiter, sagten sich, dass der Range Rover irgendein Ziel gehabt und irgendwo gewendet haben musste. Gab es einen Ort, an dem die gefangenen Frauen und Mädchen dem Wendigo geopfert wurden? Allie suchte die Bergwildnis vor ihnen nach etwas Auffälligem ab.

Nach einer Biegung standen sie unvermittelt vor einer Felswand. Es gab keine Straße mehr, nicht mal einen schmalen Weg, und das Unterholz war hier so dicht, dass man kaum etwas erkennen konnte. Ein leises Grollen drang an ihre Ohren, verschwand aber gleich wieder. Für einen Augenblick schien der Boden zu zittern. Allie und Chris blickten einander erschrocken an, liefen aber dennoch weiter und bahnten sich einen Weg durch das sperrige Unterholz. Am Ende der Felswand tat sich eine große Höhle vor ihnen auf.

Sie blieben erschrocken stehen und starrten auf die dunkle Öffnung, die wie ein riesiges, aufgerissenes Maul im Fels klaffte. Sie wurden beinahe magisch von ihr angezogen, liefen darauf zu und starrten in das Dunkel. Aus der Nähe betrachtet, kam ihnen die Öffnung eher wie der Eingang zu einer Mine vor, ein Tunnel, der tief in das Gestein führte und in dem vielleicht Gold oder Kupfer abgebaut worden war. Oder war die Mine immer noch aktiv? An den Wänden hingen große Fackeln und verbreiteten feurigen Schein.

»Meinst du, hier … hier wohnt der Wendigo?«, stammelte Allie. »Ich denke, er … hat Angst vor Feuer. Die Fackeln … wo … kommen die her?«

»Keine Ahnung, aber vor denen fürchtet er sich bestimmt nicht.«

»Und wie wollen wir ihn dann besiegen?«

Wieder drang ein dumpfes Grollen aus dem Schacht, diesmal lauter und noch unheimlicher, die Erde bebte, und ein Windstoß, der nicht von draußen, sondern aus dem Inneren des Berges kam, wirbelte Schnee auf. Ein Fauchen wie von einem Raubtier drang aus der Dunkelheit.

Sie schnallten die Schneeschuhe ab, um sich freier bewegen zu können, und Chris nahm seinen Rucksack von den Schultern, lehnte ihn gegen die Wand und zog zwei Flaschen heraus. »Spiritus«, erklärte er leise. »Sobald wir den Wendigo aus seinem Versteck getrieben haben, schmetterst du die Flaschen gegen die Felswand oder einen Baum und wirfst eine Fackel hinein. Wollen doch mal sehen, ob wir das Ungeheuer damit nicht kleinkriegen.« Er reichte ihr eine der Flaschen.

Nur zögernd betrat Allie den Schacht, denn das war es tatsächlich, ein breiter Schacht, der im Schein unzähliger Fackeln bis tief ins Innere des Berges führte. Weit hinten, so genau war das in dem düsteren Licht und aus dieser Entfernung nicht zu erkennen, versperrte etwas Dunkles den Weg.

Chris griff nach seinem Feldstecher und richtete ihn auf das Hindernis. »Eine Metallwand«, flüsterte er, »und eine breite Tür. Sieht jedenfalls so aus.«

»Der Wendigo? Hinter einer Metallwand?«

Sie nahmen jeder eine Fackel von der Wand und gingen langsam weiter, in der einen Hand die Fackel, in der anderen die Flasche mit dem Brennspiritus. Chris trug sein Gewehr auf dem Rücken. Schritt für Schritt arbeiteten sie sich voran.

»Ich habe Angst«, sagte Allie so leise, dass man sie kaum verstand.

»Großvater betet für uns«, erwiderte Chris.

In der Metallwand glitt eine automatische Tür zur Seite, und sie sahen einen Mann und eine Frau in weißen Kitteln, die vor ihnen hergingen. Sie waren viel zu sehr in ihre Unterhaltung vertieft, als dass sie Allie und Chris bemerkt hätten. »Ich wollte, die Regierung würde mit diesen Versuchen aufhören«, sagte der Mann, »diese Frauen und Mädchen werden doch nie wieder gesund.« Die Antwort der Frau war kaum zu verstehen. Nur den Namen, den die Frau erwähnte, hörten sie: »Dr. Griffin.«

Ihren Worten folgte ein weiteres Grollen, das durch den ganzen Schacht dröhnte und loses Geröll von den Felsen regnen ließ, als würde ihnen ein schwerer Güterzug entgegenkommen. Ein unmenschlicher Schrei erfüllte den Stollen und hallte als hundertfaches Echo nach, dicht gefolgt von einem wilden, furchteinflößenden Fauchen, das Allie vor Angst erstarren ließ. Ein eisig kalter Windstoß fegte ihnen entgegen und löschte die Fackeln an den Wänden, trieb dichten Flockenwirbel durch den Stollen und heulte dabei, als gälte es, alles Leben auf der Erde zu vernichten. Die Felswände wankten wie nach einer Sprengung, und der Lärm war so ohrenbetäubend und durchdringend, dass Allie und Chris sekundenlang zu keiner Bewegung fähig waren.

»Der Wendigo!«, schrie Chris. »Raus hier!«

Der Angriff kam so brutal und plötzlich, dass ihnen keine Zeit zum Überlegen blieb. Nur raus aus dem Stollen, nur weg hier, weg vom Wendigo und den bösen Geistern, die sich mit ihm verbündet hatten! In ihrer Panik stürmten sie aus dem Schacht und in den nahen Wald, stolperten durch das Unterholz, das Fauchen und Toben des eisigen Ungeheuers im Nacken. Sie sahen den Wendigo nicht, seinen gewaltigen Körper, der sich mit jedem Schritt veränderte, sein verzerrtes Gesicht mit dem weit aufgerissenen Maul, sie spürten nur das Eis, das von seinem Körper brach und in scharfkantigen Scherben dicht neben ihnen im Schnee steckenblieb.

Allie rannte so schnell wie noch nie ihrem Leben, nahm Chris nur noch aus den Augenwinkeln wahr und schrie vor Todesangst, erwartete jeden Augenblick, von den Pranken des Monsters gepackt und in sein vereistes Maul gestopft zu werden. Mit weit aufgerissenen Augen rannte sie durch das Unterholz, kümmerte sich nicht um die Äste und Zweige, die ihr ins Gesicht schlugen, und rannte selbst dann weiter, als sie sich den Knöchel verstauchte und stechender Schmerz durch ihren Körper schoss. Ein entsetzter Schrei kam über ihre Lippen.

»Großvater!«, hörte sie Chris verzweifelt rufen.

Allie suchte nach ihm und stolperte über einen abgebrochenen Ast, und im selben Augenblick wusste sie, dass sie nur noch ein Wunder retten konnte. Die Flasche mit dem Brennspiritus und die Fackel wurden ihr aus den Händen gerissen. Die Flasche zerschellte an einem Baum, die Flüssigkeit spritzte nach allen Seiten. Panisch beobachtete Allie, wie die Fackel den Spiritus entzündete, eine Stichflamme explosionsartig an den Bäumen nach oben schoss und innerhalb von Sekunden einen lodernden Waldbrand auslöste.

Chris, nicht weit entfernt von Allie, sah, was passierte, und blieb abrupt stehen. Er schleuderte seine Flasche ebenfalls gegen einen Baum und warf die lodernde Fackel hinterher.

Eine gewaltige Flammenwand baute sich zwischen ihnen und dem Monster auf. Der Wendigo konnte nicht mehr bremsen und lief direkt in die Flammenhölle hinein. Allie floh humpelnd vor dem Feuer, dicht gefolgt von Chris, der sich mit der flachen Hand glühende Asche von seinem verrußten Anorak wischte. Sie drehte sich im Laufen um und sah, wie der Wendigo schreiend und fauchend schmolz und immer kleiner wurde, sich im Todeskampf verzweifelt wand und sein Gesicht bis zur Unkenntlichkeit verzog, bis nur noch sein eisiges Herz übrigblieb und wie ein Harzknoten in der Feuersbrunst zersprang. Ein letztes Klagen drang aus dem Feuer, das Echo seines Schmerzes und seiner Wut, dann war der Wendigo endgültig tot.

Allie traute dem Frieden nicht, humpelte weiter durch das Unterholz und streckte bereits die Arme nach Chris aus, als sie erneut stolperte und der Länge nach in eine Senke stürzte. Sie überschlug sich mehrmals, hörte Chris schreien und prallte gegen einen Baum. »Chris! Ich liebe dich!«, flüsterte sie, dann wurde es schwarz um sie.

Als sie die Augen aufschlug, waren die Schmerzen in ihrem Kopf kaum auszuhalten. Aus einer Platzwunde an der Stirn rann Blut. Es roch nach Benzin. Eisiger Wind fegte über sie hinweg und wirbelte ihr Schneeflocken ins Gesicht.

Sie wandte mühsam den Kopf und merkte erst jetzt, dass sie noch angeschnallt war und mitsamt ihrem Sitz auf dem eisigen Schneeboden lag. Die Wucht des Aufpralls musste sie aus der Maschine geschleudert haben. Die Cessna war in zwei Teile zerbrochen und lag einige Schritte entfernt zwischen den Bäumen. Nur ganz allmählich wurde ihr bewusst, dass der Blizzard keine Einbildung gewesen war und sie auf einer Lichtung abgestürzt waren.

Sie befreite sich von dem Sicherheitsgurt und lief zu dem Wrack. Ihre Knochen waren heil geblieben, doch sie blutete aus einer Wunde am Kopf, und ihre Rippen schmerzten bei jeder Bewegung. »Dad!«, rief sie verzweifelt. »Bist du okay?«

»Mein Bein … Ich glaube, es ist gebrochen.« Er verzog das Gesicht. »Marshal Blair und der Pilot … sind sie …?«

Man brauchte kein Arzt zu sein, um zu sehen, dass beiden nicht mehr zu helfen war. »Sie sind beide tot, Dad.«

Allie zog ihren verletzten Vater aus der Maschine und brachte ihn so weit wie möglich von der Absturzstelle weg. »Du musst mir helfen, Dad!«, rief sie, und er stieß sich, so gut es ging, mit dem gesunden Fuß ab, bis die Schmerzen zu groß wurden und er das Bewusstsein verlor. Allie blieb erschöpft im Schnee sitzen, fand nicht mehr die Kraft, die beiden Toten aus dem Wrack zu holen. Als ihr Blick auf das gebrochene Bein ihres Vaters fiel, das seltsam abgewinkelt war und aus dem der Oberschenkelknochen weiß hervorragte, musste sie sich übergeben, und dann begann sie zu weinen.

Das Rattern eines Hubschraubers erlöste sie aus ihrer Erstarrung. Fast gleichzeitig erklangen die Sirenen eines Krankenwagens und mehrerer Polizeiwagen. Durch einen Tränenschleier sah sie den Hubschrauber landen und eine Ärztin im weißen Kittel auf sich zulaufen.

»Ich bin Dr. Sheila Griffin, die Notärztin«, sagte sie. »Keine Angst, wir helfen Ihnen, Miss. Ihr Vater?«

Allie war zu schwach, um etwas zu sagen, und nickte nur. Wie durch eine regennasse Brille beobachtete sie, wie der Sheriff und seine Männer das Feuer löschten und die Toten aus der Maschine zogen. Die Ärztin legte ihrem Vater einen Zugang und schloss ihn an einen Tropf. Das gebrochene Bein stabilisierte sie notdürftig, bevor die Sanitäter ihn auf eine Trage legten und in den Hubschrauber schoben.

»Kommen Sie!«, rief die Ärztin und half Allie in die Maschine.

Der Flug zum Krankenhaus dauerte nur wenige Minuten. Allie hatte sich ein bisschen beruhigt, sie vertraute der netten Ärztin, die ihr Handwerk zu verstehen schien. Neugierig blickte sie auf die kleine Stadt hinab. Lange nicht so schön wie Camden, auch das Meer würde ihr fehlen, dafür gab es Berge und Seen, und die vielen Lichter in der Innenstadt ließen zumindest hoffen, dass man es hier einigermaßen aushalten konnte. Es hätte schlimmer kommen können.

Sie landeten auf dem Krankenhausdach. Zwei Ärzte erschienen und begleiteten die Sanitäter und ihren verletzten Vater in die Notaufnahme.

Dr. Griffin half ihr aus dem Hubschrauber. »Und Sie kommen mit mir, Miss ...«

»Allie. Allie McCormick.«

Die Ärztin lächelte. »Sieht zwar so aus, als wären Sie mit dem Schrecken davongekommen, aber sicher ist sicher.« Sie führte Allie in einen Untersuchungsraum und bat sie, sich auf die bereitstehende Liege zu legen. »Ich bin gleich wieder hier«, sagte sie und zog den Plastikvorhang zu.

Allie legte sich hin und schloss dankbar die Augen. Doch während sie lächelte, ließ ein Windstoß den Vorhang flattern, und eisige Kälte umfing sie wie der Atem eines gefährlichen Eisriesen ...

Christopher Ross wuchs in Frankfurt/Main auf und lebt heute bei München und »on the road« in den USA und Kanada. Seit seiner Jugend zieht es ihn nach Nordamerika, immer auf der Suche nach interessanten Begegnungen und neuen Abenteuern. Für seine Bücher wurde er u. a. mit dem *Friedrich-Gerstäcker-Preis* ausgezeichnet. Seine Bücher wurden in zwanzig Sprachen übersetzt, etliche davon sind Bestseller.